漫娱图书
SINCE BOOKS
天　生　知　己　系　列

闻霍

楚既白

从虞

目录

君臣有别

顾郸 主编

长江出版社
CHANGJIANGPRESS

漫娱图书

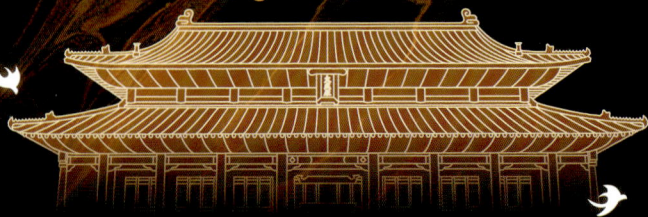

重九

季苍青

李山明

意气风发的单纯世子

蛰伏隐忍的高冷质子

当质子的那些年

驰骁 ∵ 任飞澜

驰骁觉得这场景多少有些眼熟，所以
那个词，许是一见如故？

当质子的那些年

作者 写意良言

你喜欢的甜文我都有！
喜欢甜文看这里：微博@是写意呢

一

镇边王带着影铁军凯旋的时候，镇边王世子驰骁正蹲在算卦先生的摊子前看手相。

不知道从哪儿来的盲人老头，举个卦番往地上一坐，有人把手伸到他跟前，他就摸一把，嘀嘀咕咕说几句含糊不清的话。

大多不是什么好话，因着他不收分文。

"贵人命，寿数短。"

老瞎子摸了驰骁的手后，干巴巴吐出来一句。

"你说本世子寿数短？！"年轻的世子睁圆了眼睛，腾地站起来，怒声道。

驰骁不是个好脾气的主，本来上挑的凤眼不笑的时候看起来就凶，他再一撇嘴，有种不近人情的骄纵模样。

尤其他手边还勾着一柄黑蛇般的长鞭，随主人性子，尾稍嵌了百十根细密的钉子，打人一下，说是抽筋拔骨不为过。

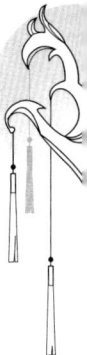

可再如何阎王相，盲人老头也看不着，仍自顾自地点头："是啊是啊……"

"是你个头！"驰骁扬手，长鞭荡出破空一声，骇人得很，这下盲人老头，慌忙抄起自己的卦幡，脚底抹油，蹿得比老鼠还快。

"江湖骗子装瞎在这里摸姑娘的小手！下次再撞到本世子手里，看我不削你！"

驰骁叉腰，望着那算卦的鼠窜离开，勾唇一笑，模样恣意。

"世子！世子！世子爷！奴才可找到您了！"被管家使唤出来找驰骁的小厮跑细了腿，可算在这集市上寻到了没去太学，而是偷偷摸摸出来玩的驰骁。

"喜德，你能不能不要这么慌慌忙忙？像什么样子……"驰骁腰板笔直，优哉优哉享受着路人崇拜的眼神，不紧不慢地收起他的鞭子。

喜德一嗓子叫了起来："王爷的大军进城了！不多时便要回府了！您再不回去！王爷就知道了！"这要是被王爷知道了，世子少不得两顿打啊！

"我爹进城了？"驰骁背手遛弯的脚步一顿。

"是啊是啊……"眼下就在城门口呢！

满头大汗的喜德话还没说完，世子爷就同样脚底抹油，跑没影了。

大周这次出征的目标是个弹丸小国，叫尚齐，夫子教的地论上似乎瞧见过，也就拳头大的地方。驰骁心思不在这些东西上面，那玩意在脑子里存不过半日。

打个鸟跑个马的工夫，他能连夫子今日上门授的课都忘光。

驰骁一边抄小路往王府绕，一边盯着主街瞧。

影铁军的铁骑浩浩荡荡地在主街上踏过，各个战士都身披漆黑甲胄，身姿威猛，气势不凡，最前头那个骑大马的，就是驰骁他爹，镇边王。

够威风，够爷们儿。

趴在小巷子口的驰骁脸上倍有面儿，心想着啥时候自己进军中了，一定比他爹还威风。

这支肃正的队伍后面，还拖着一辆破破烂烂的马车——算不得马车，马拉板子而已，支了个布帘遮着，非礼勿视。

但这春日里，平野之地风本就大，稍稍没点儿斤量的人，都能被吹个踉跄，今日的风也好似通了人性，知道这马车上是个好欺负的主，直接将布帘卷上了天。

布帘子一扬，穿堂的风就刮到了马车里人的脸上——高额，大眼，浅唇，有些病气，一身素白，好似副奔丧样。

但凡有点文化，见这少年都能说出几句矫情的酸话。

只是不好好听学的驰骁真的胸无点墨，搜肠刮肚只憋出一句："这是谁啊，还挺俊。"

二

驰骁到底没逃过镇边王的打，一打他目无师长日日逃太学的课，二打他性子骄纵市井闹事鞭笞人，三打——

"三打你……打你就欠打！"事实证明，外界传言治下极严、纪律严明的镇边王，在家里也不过就是个打孩子不讲道理的老父亲，"把他那破鞭子给本王烧了！"

驰骁其实也不是个乖乖挨打的，只是没来得及跑，就被他爹让三四个仆役给摁在了庭院中央。

老管家举着板子，拼命冲驰骁使眼色，他一板子下去，驰骁叫得比过年放的窜天炮还响。

纵是收着力气，板子也是板子，几大板子下去，驰骁的屁股针扎似的疼，脖子上的青筋也根根崩了出来。

当质子的那些年

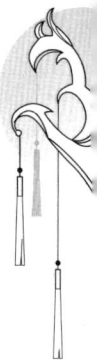

镇边王问他认不认错。

驰骁秉持男儿血性，死不认错。

"我才不去太学！我就不喜欢那劳什子四书五经！我要去军队！我要从军——"

镇江王胡子差点气歪："打！给我继续打！我看你是不见棺材不落泪！"

"嗷——"

"父亲！"驰骋匆匆跑进院子里时，驰骁的"窜天炮"又是一响。

"平舆，你怎么回来了？不在东宫住？"

比起驰骁这个不省心的嫡子，镇江王更欣赏懂事的庶子，也就是驰骁的哥哥——驰聘，字平舆。

驰平舆早慧，十六岁当了太子伴读，如今已是太子的入幕之宾，将来太子登基，驰平舆就是不靠着镇边王的军功，也能叱咤朝野，领个太子封君当当。

这走的是簪缨之路，是正道仕途。

"听闻父亲回来了，儿子向太子告假，回家省亲。"驰平舆见了礼直起身，冲管家一偏头，举着板子的管家立刻退了。

镇边王刚差人去抓驰骁时，管家就派了手脚伶俐的喜德去宫中请驰平舆回来，王爷发威，只有大少爷能劝住。

驰骁还在木椅子上趴着，气得呼哧呼哧的，根本不往驰平舆那边看。

纵然知道驰平舆一来就救了自己，也觉得这人不过是顺带脚的，到底还是被他看了热闹。

哼哼唧唧的驰骁是被人抬回小院的，晚间有人请他去用晚膳，驰骁动都不动，趴在床上生闷气。

"咚咚咚"，门被敲了三下。

"不饿不困不要人！"驰骁嚷嚷。

下一刻，门开了，驰平舆提了个食盒进来，道："我劝过父亲了，下月初一，你进宫当七皇子的伴读。"

"我才不去当伴读！你以为谁都像你一样就喜欢舞文弄墨吗！"

"舞文弄墨用得不错。"驰平舆淡定打开食盒。

"我不是在夸你！"

"驰骁，你马上十八了，有些事你该明白，如今的大周，重文。"

大周的确重文臣，轻武将。或许平稳安定近百年的大周如今已如根深蒂固、枝繁叶茂的大树一般了，不需要那些一心效死的沙场枭雄，只需要些除了心眼小没什么大毛病的文臣，为它细细修剪枝叶。

而手握兵权的人，永远要被帝王家忌惮。

这也是为什么镇边王将驰平舆送到太子身边当伴读，让驰骁去上太学。

"那又怎样，不重视，我照样乐意当武将！我就要去行伍！"

"若你是寻常人家儿子，无人管你，但父亲与我不能坐视不管。"

武将如今就是个火坑，是个有实权的都被天家抓着削过，包括镇边王。

镇边王是外姓封王，无法世袭，而天家也从未提过让驰骁接过镇边王手中的虎符。其心思，可想而知。

而驰骁把被子蒙到了头上，他不懂驰平舆和他爹的意思，只觉得心堵。好男儿志在报国，岂能做贪生怕死之辈。

三

十月初一，七皇子伴读驰骁走马上任。

去太学的日子从驰骁不想去太学，变成了驰骁陪着七皇子一起不想去太学。

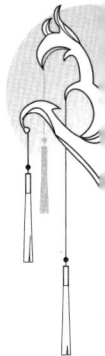

七皇子是如今皇上最喜欢的一位宠妃生下的儿子，驰骁自小被镇边王数落骄纵，遇上七皇子才觉得他那才哪儿到哪儿。

茶烫了骂人，糕点甜了骂人，斗篷送晚了骂人，轿子走急了骂人。

好在，骂的不是驰骁，甚至七皇子还挺喜欢这个和自己一样不喜欢去太学的伴读的。

"驰骁，今日下课，本皇子带你去看个好玩的。"

驰骁追问是什么，七皇子只嗤嗤一笑，不吭声。

驰骁起初只觉得那好玩的是七皇子又从天家那里拿来的什么西洋玩意儿，到地方才发现，是个人。

如果不是七皇子带着，驰骁都不知道皇宫里还有这样不起眼的地方——辞生殿，这名字一看就不是什么好地方。

一个二进的小院，没有宫女，只有一个瘸了腿的太监，支着扫把，一步一拐地扫着庭院中槐树落下的枯黄叶片，见到驰骁他们，立刻停了动作哆哆嗦嗦趴到地上见礼。

"唤你主子出来。"七皇子扬眉，语气轻蔑。

趴着的小瘸子站了起来，去主屋叩门。

驰骁也不是个傻的，看这架势，就猜到七皇子是带自己来欺负人了。

皇宫里明着暗着欺负人的事不算少，大太监欺压小太监，得宠的皇子欺负不得宠的。

"七皇子……"驰骁不喜欢欺负人，更不喜欢这样仗势欺人。

"驰骁，你且等着，本皇子领你听曲儿。"

小瘸子敲了两声门便开了，从中走出的也只有形单影只的一人。一席素白衣袍，墨发披散，脸色苍白，眼角余一点红。

正是驰骁那日在主街瞧见的人。

"七皇子。"

那人看着虚，还是那副病态模样，说话中气不足。他个子高挑，

如同一枝随风飘荡的芦苇般，细瘦得很，驰骁感觉若是七皇子让他上去揍人，这人可能都扛不住他一脚。

"前些日子你说本皇子不配听你的曲儿，那本皇子今日带来的这位可配了？"

驰骁乍一被点名，还有些纳闷，只听那人冷声问："不知七皇子今日带来的，是哪家公子。"

"这位，是镇边王世子驰骁。"七皇子拍了拍驰骁的肩，"可够听你尚齐一曲？"

驰骁还未参透其中意味，就见那人猛地抬起头望了过来，微红的眼中是晦暗的情愫，看得驰骁浑身不舒服。

该怎么形容那样的眼神呢，大概就是，一棵芦苇也有它的倔强和坚持。

驰骁微一点头："我是驰骁，你是？"

他脸上些微阴郁了几分，开口："任飞澜。"

七皇子很满意看到了任飞澜失态的模样，乐不可支，笑得前仰后合："驰骁，他是尚齐的太子啊。"

在七皇子的笑声中，驰骁也明白了这任飞澜看自己眼神的意味。

那是想把自己脑袋给敲下来啊！

四

七皇子和任飞澜间有过怎样的纠葛驰骁不知道，反正他们那日似乎是差点把任飞澜气昏过去了，至于气昏的原因，估计大半都在驰骁这个仇人之子身上。

这任飞澜之前几次能让七皇子吃瘪可见其城府，只是到底是个十七岁的少年，心底的离恨是难以遏制的，见到驰骁就一发不可收拾了。

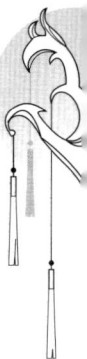

七皇子也发现了这一点，没少带着驰骁去气人，而后这任飞澜也磨炼出了几分心性，看到驰骁时，也能露出个假笑来。

两人见面的场合，一般只有七皇子带他去踢馆抑或是太子攒的宴席上。

太子攒的冬日宴上，任飞澜穿了件白狐斗篷坐在最下角的地方，瞧着似乎很怕冷，刚十二月，手里就捧了银丝的暖炉。

驰骁坐在中间，眼神滴溜溜地乱飘，同桌而坐的是太尉之子。太尉之子与驰骁客套了几句发现彼此实在没话可说，也就住嘴喝茶了。

上座的太子生得很像天家，一副儒雅的模样，年岁明明不大，看着却有气势极了。

驰平舆坐在太子下首，远远看驰骁，再顺着驰骁目光看去，不觉敛了眉。

"老七那个伴读，是你弟弟？瞧着与你不像。"太子亲近地为驰平舆端了糕点，"眉眼几分像，周身气势倒是不同，孤也听过些传言……"

传言里的驰骁不读书，不习字，终日昏昏，跑马射箭，与京中那些喜欢投壶行酒令的公子们都玩不到一起去。

"回太子，那是臣弟。臣弟与臣是不同，他射箭骑术都极好，臣不及他。"驰平舆道。

"那便是真正承袭了镇边王的衣钵，不容小觑啊。"

"不过是打打猎跑跑马，太子过誉了。"

天家敲打镇边王，太子敲打驰平舆。

太子点到即止，又唤驰平舆饮酒，两人闲话没说两句，外围闹了起来。

只听"扑通"一声，似乎有人落了水，岸边一片惊呼。

小太监跑到太子耳边传话，说是七皇子欺负那尚齐小国的质子，把人踹到水里去了。

太子温曒的脸立刻阴沉了下来："老七真会给孤找麻烦，愣着做什么，还不找人去捞！"

传话的太监还没走远，又听得"扑通"一声，这次岸边的惊呼声更大了。

刚走了半截的太监赶忙小跑回来，趴在了驰平舆面前，高声道："驰伴读，世子他……他跳下去了！"

尚齐的质子坠湖，大周的世子跳下去救人。

驰平舆的茶碗险些没端住，太子斜睨过来："听闻驰骁与那尚齐太子并不对付，怎么还这般急着救人命呢？"

"驰骁素来侠肝义胆古道热肠，况且尚齐如今已经归顺，尚齐人的性命不也是性命吗？"

太子久久不语，等岸边喧嚣褪去，才慢慢道："驰骁，还真是少年心性。"

五

十二月份，前些日子刚下过些薄雪，湖面上结了一层薄薄的冰，任飞澜被七皇子一脚踹去时，直接摔在了冰面上，碎冰开裂的声音听得人胆寒。

"别闹了！"驰骁站在一边，忍不住阻拦。

今日七皇子生拉硬拽他过来时，驰骁就叮嘱了别太过分，到底是在太子的宴席上，只是没想到今日那人格外倔，七皇子讽他，他便明晃晃地讽刺回去。

口角的争端很快就变成了动手，七皇子把任飞澜推搡到湖边时，没有一个人敢吱声，只有驰骁一路跟着。

"驰骁，你何必在这儿装好人，他说不定心里想将你活剐了！"

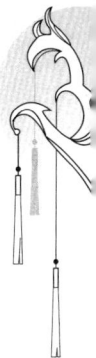

七皇子冷哼。

任飞澜仰着下巴，一声不吭，任由身上的白狐裘被七皇子用力扯得皱巴，他大抵也已经生气了，从脖子到耳稍都是红的，浑身上下都白得很，这两处红，便极为扎眼。

驰骁只觉得他这副样子，可怜极了，便装作听不懂七皇子的话："他恨我做什么，又不是我掐他的领子。"

"那便让他好好恨孤！"七皇子一脚踹倒任飞澜。

任飞澜摔进了湖里，冰也哗啦啦碎了，他就那般直挺挺仰进了湖里，连扑腾都不扑腾一下，顺着收拢的水波，淹进了湖里。

这么大一个人落水，当即就有侍卫上来要救人。

"孤看谁敢救他！"七皇子冷哼，这该死的任飞澜几次忤逆他，这次就得给点教训吃吃。

想等着任飞澜出洋相的七皇子拦着侍卫。

驰骁却觉得不对劲，这人是整个进水里了，一点浮起来的迹象都没有。

他记得任飞澜身上裹着白狐裘，狐裘浸水之后能有几十斤重，他那麻秆一样的身子，怎么可能支得起来。

下一刻，驰骁想都没想就跳了进去。

凫水他也是一把好手，加上火气旺，他身上没穿多厚的斗篷夹袄，在水里的身姿也轻盈。潜入水里时，外面的嘈杂全都不见了，只有水流擦过耳畔的声音。

驰骁很快就找到了即将进入另一个世界的任飞澜，那人闭着眼拧着眉沉沉地往湖底躺去。

驰骁奋力蹬了几下水，蹿到他身前，手忙脚乱地解这人身上的斗篷和夹袄，这些东西吸了水，沉得很。

有些闭气的任飞澜还是有意识的，有人解他衣服，自然就睁开了眼。

本来以为来的是侍卫，没想到却看到了驰骁。

那一刻，任飞澜病态的脸上可谓是五彩斑斓。

驰骁手不灵活地解他的夹袄扣子，却被醒过来的任飞澜狠狠推了一把。

身子又开始继续下沉，任飞澜猛地呛了好几口水，只觉得四面八方压过来的水从各个缝隙往他身体里钻去，又冷又胀。

可是这样也好，他早就不想这样屈辱地活下去了。

往水底沉时，眼前的湖面是一片光亮，光亮之中，竟然还有个人在冲他游过来。

真烦。

被推开的驰骁瞪大了眼睛，一把攥住任飞澜腰间的绦带，用力把人往上拖，一翻身，将昏过去的任飞澜直接夹在了腰侧，奋力往湖面游去。

浮出水面时，他感觉自己快喘不过气了，每呼出一口气，都是朦胧的白烟。

任飞澜靠在他肩上，似乎都没了气。

岸上的侍卫总算动了，有人先上来搀驰骁，驰骁怒骂："这个都快死了，还不赶紧抬上去？"

驰骁上岸时，任飞澜正躺在软垫上，显然，太医还没来，这位没有侍从的质子没人伺候。

七皇子已经不见了，估摸是被自己下去救人的行为给气走了。

驰骁想起任飞澜喝了不少水，于是推开扶着自己的小太监，又转弯冲着那人躺着的软垫去了。

"世子您得赶紧换身衣服呀！"

"想要我换衣服就快去叫太医，不然别啰里啰唆的！"驰骁一撩湿淋淋的衣袍，抽抽鼻子，跪在任飞澜身上，一手成拳压在另一只手上，

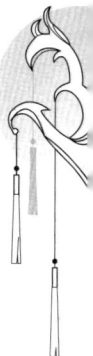

顶任飞澜的胸腹。

　　不少人都是掉河里喝了脏水后小命没了，这几口水，得吐出来。

　　气息微弱的任飞澜被顶了几下，眉头立刻蹙了起来。他微微睁眼，看见仿佛落汤鸡一样的驰骁一下下按压着自己的胸腹，心头升起一种诡异的感觉，颤了颤，紧了紧。

　　"你……"任飞澜张了张嘴，出的却都是气音。

　　"你说什么？"驰骁中气十足，他听不清任飞澜的话，便趴了过去把耳朵凑到他唇边。

　　"你……呕！"

　　下一秒，驰骁的俊脸就被任飞澜吐了一大口脏水。

　　"你！"驰骁被喷蒙了，直起身子瞠目结舌盯着脸色有所缓和的人，"我可是你的救命恩人，你就是这么报恩的？！"

　　任飞澜看着那公子哥骄纵的眉眼，抿唇笑了。

　　后来想起，任飞澜也不知道那时自己在高兴什么。

六

　　任飞澜这一次落水，算是因祸得福。七皇子将人欺负得太厉害，天家知道了，为表慈悲，他给任飞澜这个质子在宫外赏了座宅子，奴役小厮齐全，日子过得怎么都比宫里好点了。

　　至于驰骁，他也是因祸得福，七皇子为这事被罚了禁足，天家的意思是，驰骁不用再去给他当伴读了。

　　走马上任半年有余的世子爷，再次赋闲在家。

　　"你怎么得罪了七皇子！驰骁，我看你是去哪儿都不得安宁！"镇边王收到驰平舆从宫中的来信，拎起棒子直奔驰骁的小院。

　　"我什么时候得罪他了！"驰骁被一棒子从床上抽了起来，捂着

屁股逃窜。

"你！不然好端端的，为什么不让你当伴读！"

"他欺负人被禁足了！"

镇边王的脚步这才慢下来，给了驰骁爬上树的机会。

"那你也给我滚下来去太学上课！"

"不去！不去！我要去——"

"住嘴！"

父子俩一大早上在庭院中比嗓门儿，管家拿着任飞澜府邸送的拜帖进来时，驰骁还趴在榕树上，大冬天的，只穿着里衣，冻得直打哆嗦，镇边王大马金刀坐在树下拎着棒子，就是不让他下来。

"这是什么？"

"是那日世子在宫里救的尚齐太子送来的拜帖，请世子过府一叙。"

"谁？"榕树上的驰骁探出脑袋，眼睛亮晶晶的，"是谁？任飞澜？"

这算是件正事，镇边王这才收了棒子走人。

驰骁坐着马车前去时，反复翻阅手中拜帖里彬彬有礼的几行字，他看不懂，也琢磨不透，但应当是为给自己道谢吧？

说来也奇怪，按理说，驰骁和任飞澜应当不对付，但人与人之间就存在一个极奇特的眼缘。

驰骁从未厌恶过任飞澜，甚至从看他第一眼起，就对这人有种莫名的好感。

有个词怎么说来着，一见……一见……

驰骁下了马车，只见任飞澜已经站在门楣前相迎了，眉眼中没了先前宫里相见时的冰冷与厌恶，大约是平静的。

"世子，落水那日匆忙，未来得及道谢，这次我在府中备下薄酒，以表诚意。"任飞澜道。

两人对视，皆是抿唇一笑，寒冬中刮的西北风都变得温和了许多。

驰骁觉得这场景多少有些眼熟。

所以那个词，许是一见如故？

七

任飞澜比驰骁小，还未成年，才十七，驰骁不在意那些虚的，只说以平辈相称便好。

少年人的感情总是能培养得极快，尤其是遇上驰骁这样没心眼儿的。

自从任飞澜搬到宫外，驰骁除了偶尔去太学上上课，下了学就去找任飞澜玩。

任飞澜也有夫子，但比起太学的太师们是差了不少的，但有的学生，能叫夫子觉得折寿，如驰骁之辈，有的学生能让夫子自愧不如，如任飞澜之辈。

也就只有看到任飞澜对策论时，驰骁才觉得自己这个朋友当真厉害，他早把任飞澜少说也是个太子的事都忘脑后去了。

"太子，镇边王世子又来了。"小厮揣手站进来禀报。

任飞澜瞧着眼前刚刚抄写好的一卷金刚经，缓缓放下笔，道："请进来。"

小厮出去不久，门就被人从外面撞开，穿着赤红斗篷的驰骁如同一团火球般从外面冲了进来，斗篷领口一圈黑狐毛，他兴冲冲一张嘴说话，就吃进去了一小簇，呸了半天。

任飞澜观察下来，发现驰骁常常有这般犯蠢的举止。最终只能主动上前，替驰骁解开斗篷，从根源上解决问题。

"世子，屋里有炭火，不必穿这斗篷。"

"太急了，忘了。"驰骁就着任飞澜的手脱了斗篷，从怀里兜出

一捧油纸包的白糖山楂，献宝似的递到了任飞澜眼前，"给你带的。"

白糖山楂也叫雪球，洗净的山楂裹上白糖，红红白白堆在一起，看着极喜庆，年关将至，长街上都是卖这些的小商小贩。

前两日驰骁带了一袋子八宝糖来，任飞澜说不喜欢吃甜的，这次就改成了酸的。

捻起一颗山楂的任飞澜打量着被酸得直皱脸的驰骁，只觉得这人生了一副娇气公子的模样，倒是有颗单纯至极的赤子之心。

几番接触下来，已经让任飞澜彻底摸清驰骁这人了。

驰骁突然道："对了，过年你一个人在府中吗？"

"是，总不能回去过年再回来吧。"任飞澜苦笑。

"那……我带你在京中逛逛吧，年节有庙会，你想去看看吗？"两人关系没亲近多久，这还是驰骁第一次邀请任飞澜出去玩。

"去京中逛逛？"任飞澜眼中闪过期待但很快又落寞了下去，"我不便出去。"

"不便又不是不能，大过年的，干吗待在屋里不动弹？"

于是大年初六一早，驰骁便去了质子府接任飞澜。任飞澜这次换了件狐裘，但还是白的，他的衣服依稀就是那几种样子，而驰骁一身红，还用红绳系发，格外喜庆。

任飞澜身后还跟了两个侍卫，沉默着不说话，连驰骁身边的喜德给他们散喜钱都没个笑脸。

"走吗？"任飞澜似乎全然不在意被人盯着。

"走，对了——伸手。"驰骁道。

"嗯？"任飞澜照做，一粒碧绿的翡翠珠子就从驰骁手里滚到了他的手里，"这是？"

"压岁钱。"驰骁收回手，咧嘴一笑，"到底我还是虚长你一点不是？"

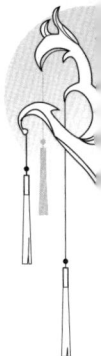

任飞澜收回手，只觉得那枚珠子发烫，他偏头舒了口气，似乎有些不好意思再看驰骁。

　　京中的庙会上什么都有，毕竟这个节点连三岁小孩手上都有点闲钱花用，正是大赚一笔的好时机。

　　任飞澜四处看着，目光在一个穿着兽皮的卷发男人身前停下。男人面前放着七八个木质的笼子，盖着黑布，只露出里面东西的一双利爪来。

　　"这还有蛮人来赶庙会？"

　　蛮人在京中不多见，纵然驰骁常逛，也很少碰见。

　　"是狄奴人。"任飞澜道，"笼子里的，是海东青。"

　　"你怎么知道？狄奴是什么？海东青又是什么？"驰骁书读得不到位，什么都不知道。

　　"尚齐以北相邻高山，高山之中有阿母河，河流孕育草原生出狄奴人。海东青就是鹰犬。"任飞澜解释道。

　　"鹰犬？那不是打猎的一把好手吗？"

　　"正是，若是训练得当，不只打猎，行军侦查报信也很厉害。"

　　驰骁瞬间来了兴趣，大周在南方，海东青这种玩意真是少见，他在后院养过几条矮腿的猎犬，但仍是不满足。

　　任飞澜又说这玩意还能作战报信，他就更想要了。

　　"走！我们去看看——"驰骁一扬手，跑得极快。

　　任飞澜抿唇，抬脚去追，等他到的时候，驰骁已经掀着笼子布谈价了。

　　里面的海东青猛地一见亮光，激发了兽性，扬起翅膀撞笼子，嗤嗤地嘶鸣着，吓了驰骁一跳。

　　"哎呀，你这公子哥会不会看鸟，哪能这样直接掀笼子！"

　　驰骁看了半天，只见角落有只灰蓝色的海东青，膘肥体壮，可以

说是一众鸟中最俊最英武的那个，他伸手一指："那你给我把那只鸟拎出来瞧瞧。"

"这只烈啊，得它合眼缘才行！"

"我就要看。"驰骁一扬下巴。

小贩没办法，只能提起笼子，那笼子刚一动，里面的海东青就扑腾起来，浑身都是蛮力，一般人根本制止不住，小贩正要把笼子摁住，却见那鸟撞破了笼门，忽闪一下从中挣脱，冲着驰骁飞了过来。

锐利的喙如同尖锐的箭头，凶相毕露，蹲在地上的驰骁突然觉得，这鸟下一刻就要啄掉他的脑袋了。

倏忽一道白影挡到了驰骁身前，那只发疯的大鸟转瞬改换方向仰头而起一飞冲天，在天上一圈又一圈展开翅膀翱翔着。

"你没事吧？！"驰骁立刻站起来，拉过任飞澜。

方才那只大鸟冲过来时驰骁的心提到了嗓子眼，任飞澜挡过来则差点把驰骁的心直接捏碎。

任飞澜的脸也是煞白，上下打量着驰骁，回道："没事，还好，还好没事。"

天上的海东青飞够了重新落到了笼子上，歪着脑袋看任飞澜。

"我要把它买下来回家炖汤！"驰骁蹙眉。

"世子，我觉得这鸟有灵性，方才未必会伤人……"任飞澜慢慢地蹲下，冲着海东青喷喷两声，伸出了一只胳膊。

那鸟竟乖乖站了上去，完全没了刚才的凶相。

莫名的，驰骁总觉得这只鸟看任飞澜的眼神，跟看自己的眼神不一样。

"公子，这是跟您有缘啊！我这可是草原上的好鸟，顶好的！"

任飞澜也看着海东青，眼神似乎很是渴望。

"多少银子，直说吧。"驰骁掏出荷包。

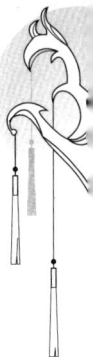

"世子，不必，这些东西都不便宜……"

"就当是我提前送你的生辰礼！"驰骁递了银票，扬眉，"这东西和你有缘，你就好好养着。"

任飞澜胳膊上架着鸟，眯眼看看小贩，小贩立刻改口："哎呀公子，这祖宗放我这里也是供着，您要拿走，我就给您打个折……"

"那感情好！"遇上打折，驰骁喜上眉梢，掏银子的动作更大方了。

见驰骁高兴，任飞澜这才松了口气，偏头看自己胳膊上的大鸟，目光有些严厉。

海东青咕叽了两声，歪歪脑袋，一副天真模样。

八

春日的脚步迈近，很快到了三月，冰雪初融，万物始发，天家组织起了围猎。

这围猎大多是走过场的，毕竟满朝大半文臣连马都骑不好，也就在猎场里放几只半死不活的兔子和山鸡以供消遣。

好就好在，围猎一开始，驰骁不用去太学了。

他熟门熟路地来找任飞澜时，后者正弯着腰，用小钳子夹着新鲜肉条喂蹲在门廊上的海东青。

那海东青远远一看，如同老山鸡一般敦实。

任飞澜似乎格外喜欢这只海东青，从不拘束着养，有时候这只鸟能飞出去半月不见影子。

"你还挺喜欢它？"

"是，毕竟是世子所赠。"任飞澜这样说。

过几日要围猎，驰骁其实是想来借这海东青的，他觉得，任飞澜应当是不用参加围猎的。

"世子，我也要去围猎的。"任飞澜道。

驰骁一靠近，海东青就扑闪翅膀飞开了，似乎避之不及，没了初见时想要干死他的气势。

"啊？你？"两人亲近了许多，驰骁说话也就无所顾忌了，"别逗了。"

虽然任飞澜比他高些，但是这风吹便折的芦苇模样自始至终都没变过，那小细胳膊小细腿一看就不堪一击。

任飞澜见他不信，主动伸出手来："那我们不妨一试？"

"试便试。"

在掰手腕这件事上，驰骁打遍大周无敌手。

当他握住任飞澜的手时，却在上面摸到了薄薄的剑茧，看着清瘦只有骨头的胳膊，轻轻松松压制着他的力道，甚至看任飞澜自得的模样，驰骁就知道他根本没用全力。

丢人，实在有点丢人。

"你这……"

"最近勤加锻炼了些。"

"那你之前……"

"受了伤。"

或许任飞澜不说，驰骁这辈子都不会知道当初尚齐派出来跟镇边王叫阵的将军，正是任飞澜。

任飞澜的武艺只能算是不差，比起经验老到的镇边王，还是不及，马上过招很快便被斩下，也是如此，尚齐才输了。

"仔细想想，也该多谢镇边王那时留我一命。"

下了马的敌手，只需一击便能毙命，镇边王当时没要任飞澜的命，只是将他打伤，而后任飞澜却一直以此为辱，甚至一开始对驰骁都不假以好脸色。

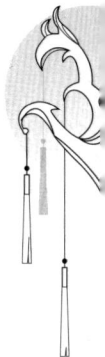

"你是将军？"驰骁的眼睛已经亮了。

"我父皇年事已高，我代携天子剑出征罢了。"任飞澜道。

"那也好厉害，我父亲……从不让我入军中看看。"驰骁向来明艳的脸上显得有些落寞。

"大周重文，武将或许……"

"可我就是喜欢！若让我进朝中当文官，我哪会，到时候不还得被人戳着脊梁骨骂草包？！"

毕竟现在都净被人议论是个纨绔子弟了。

大约传言都是以讹传讹人云亦云，任飞澜看不出驰骁的半点顽劣，比起那些在花楼勾栏里饮酒作对就能传成才子的子弟们，他更讨人喜欢。

"他们不懂你。"任飞澜道。

"我也觉得。"驰骁点头。

两人看看彼此，都是一脸认真，不约而同地笑了起来。

"只是，若你想从军，走建功一路，这些年内，恐怕不会有那么大的乱子给你做功业。"

建功建功，得有功才能建。如今大周强盛至极，哪里有不长眼的国敢在这时候硬碰硬。

"是，所以，我想着要不要进宫当个锦衣卫……"这也算是曲线救国了。

"堂堂世子去当锦衣卫，屈就了。"任飞澜不赞成道。

锦衣卫，说白了就是在皇宫里的高级侍卫，熬到头，顶天了也就是个同知金事，倒也是大官了，但距离驰骁的梦想，属于羊大腿和鸡腿之间的差距。

窗外的海东青一头顶开了窗户，站在窗框上，不叫也不闹，在它毛茸茸的脖子上，系了个小小的竹筒。

任飞澜一惊，赶忙站起来，把海东青挥了出去，对驰骁告罪："惊扰世子了，那畜生不懂事。"

"没事，你这座山雕真是越来越聪明了。"驰骁神色如常，似乎什么都没看到。

"坐山雕？"任飞澜扬眉。

"是啊，你也未曾给它取名字，我总不能老叫'这鸟''那鸟'，或者'老山鸡'吧？"

"它有名字的。"任飞澜轻笑。

"你怎么没告诉我！"驰骁很不高兴。

"忘了，世子见谅，是我的错。它叫阿耶亚。"

"阿耶亚？"

"草原上的话，灰烬处的火光。"

灰烬处有火光，只需要一片落叶，烈焰便可再度燃起。

九

围猎遇上了春天的大雨，雷声轰隆作响，大部分文臣和皇子们都躲在帐篷里不出来，驰骁坐久了，听外面的雨声听得烦躁，好不容易等雨停了，他急忙蹿出去找任飞澜。

正巧，一出帐篷就见到了。

任飞澜今日也是一身箭袖，肩上缀了一圈兔毛保暖，衣摆上面刺了繁密的花纹，似乎是兰花。

"我在帐篷里无聊，来找你说说话。"任飞澜道。

"我也是，快憋死了，好不容易雨停了，我们出去吧！骑马打猎！"

"也好。"

两人一前一后策马而行，阿耶亚不知从哪处飞了出来，始终飞在

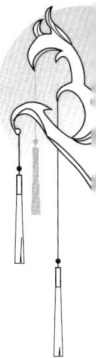

他们前端探路。

射箭是驰骁的强项，别说那些半死不活的山鸡了，就是真正山野里跑的鹿，他也能猎一只。

不多时，马背上挂着的狩袋就鼓鼓囊囊了，任飞澜虽然没有驰骁那么厉害，却也猎得四五只兔子。

"正好，我的兔子也给你，着人给你弄张毯子。"

两人打猎打尽兴了，骑着马优哉优哉地在山野间闲逛，驰骁望着任飞澜的侧脸，这人还是清瘦的模样，但已经没了病气，看起来温润如玉，是京中小姐都喜欢的那款。

"怎么了？一直看着我。"

"看你好看，第一次见你我就觉得你长得不错。"一年前那个春日和一年后这个春日，驰骁的眼光仍是如出一辙。

"谢谢，世子也是。"任飞澜轻笑，没有半点不愉。

"胡说吧，你第一次见我，我觉得你似乎想把我脑袋削下来。"

"我那时刚被当作质子遣送大周，心里嫉恨。"任飞澜坦诚道，"不只想敲掉世子的脑袋，连我自己的脑袋都不想留。"

他到底也是个太子，仗打输了，又送于大周当三年质子，古来有几个质子能有好下场，就算他能平安回到尚齐，还有继承大统的资格吗？

"当日冬宴，原本……"

"行了，"驰骁打断道，"反正，不也顺顺当当过来了吗？"

"顺顺当当？"

头顶的海东青叫了一声，任飞澜抬头望去，呢喃道："是啊。"

"驰骁，如果有一天，我回到尚齐，你还会来找我吗？"

"当然了！我还怕你回到尚齐就把我忘了！但是我去了，你要罩着我啊，毕竟那是你的地盘。"

“自然——”

十

春雨是最没有定数的，上一刻还是艳阳高照，下一刻便能阴云密布，雨点噼里啪啦的，砸得人脸都疼。

驰骁被任飞澜用斗篷裹住的时候，他这才发现，任飞澜比自己高了。

好像任飞澜本来就比他高，只是以前是一点点，现在是他的额头只能到任飞澜的眉心了。

“你怎么好像长高了？”

“嗯？有吗？”任飞澜偏头，吐息喷在驰骁脸上，混杂衣服的松木莲荷香，邪风一吹，驰骁浑身一紧，打了个哆嗦。

“你冷？”

“还好你带了斗篷，不然真要成落汤鸡了。”驰骁干笑两声。

“我怕冷，所以一直带着斗篷，不过这雨一时半会儿不会停，我们还是找个山洞生火取暖吧。”

天无绝人之路，那飞着的阿耶亚探出前哨，真寻到了一个不远处的山洞，只是山洞外，已经站着一匹淋雨的大白马。

“这里应当有人在避雨了。”

“那就证明这山洞不漏雨，我们也去避一下。”驰骁赶紧从任飞澜的钳制范围内蹿了出去，冒着雨冲进了山洞。

任飞澜怀里一空，有些空落落的。

山洞里的确有人，还是熟人，且不止一个。

“太子殿下——”驰骁看着穿着明黄箭袖笑眯眯的男人，真没想到会在这里遇见太子。

有太子的地方，就必然有驰骁的哥哥驰平舆，于是驰骁不情愿地

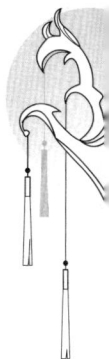

点了个头："哥。"

驰平舆点点头，道："快过来烤火，头发都淋湿了。"

"你一个人？"太子却意味深长地看了眼驰骁干干净净的衣袖。

"不是，还有任飞澜。"驰骁一扭头，任飞澜刚刚安置好马匹，带着阿耶亚进来了。

他手上，搭着一件湿淋淋的斗篷，半个肩膀都是雨水打湿的印子，看起来比驰骁狼狈许多。

"见过太子、驰伴读。"任飞澜语气冷淡，显然和这两个同样躲雨的对象，不是很熟。

虽然驰平舆是驰骁的哥哥，但驰骁极少跟任飞澜提他。毕竟，一个哪哪都比自己优秀的哥哥，没什么值得挂在嘴边的。

"是尚齐太子啊，一起来烤火。"太子又笑了，这次他还偏头看看驰平舆，意味不明，驰平舆则斜了驰骁一眼。

驰骁被瞪得不明不白，心情也是极差，坐在最边上，离驰平舆老远。

任飞澜也跟着靠了过来，他只认识驰骁，挨着驰骁无可厚非，海东青则厚脸皮些，靠火近了一点，梳理自己杂乱的羽毛。

气氛十分安静，太子一直似笑非笑，驰平舆冷着脸，驰骁撇着嘴翻白眼，任飞澜面无表情，只能听见柴火燃烧时发出的碎裂声。

最后还是太子打破了尴尬："你们两个一起在外面打猎，遇到了大雨？"

"嗯。"驰骁应道。

驰平舆突然重重叹了口气。

"平舆，你怎么了？"太子问。

"回殿下，臣头疼。"

"莫不是染上风寒了？"太子伸手贴驰平舆的额头，却被驰平舆挡开。

"无事，只是炭火太旺，烤得头疼，我去洞口吹吹风，驰骁，你跟我一起。"

"我不吹风。"驰骁才不乐意跟驰平舆做伴去吹风。

"驰骁，你就陪陪平舆吧，就当卖孤一个面子。"太子的请求和命令也没什么区别，不过是语气温和了些。

任飞澜有些关切地看了眼驰骁，他撇撇嘴，还是站起来跟过去了。

不出驰骁所料，他是来挨训的。

驰平舆和他老爹一样，训人从不问缘由，说来就来。

总之，只要驰骁做的事，似乎就是不对的。

"这些日子我没回家，你怎么就与那尚齐的质子越走越近？驰骁，你不能找些正经朋友吗？"驰平舆拧眉，低声呵斥。

"任飞澜怎么了？他怎么不正经了？"

"天天跟着你骑马射箭，你就不能学点好？"

"那我就会骑马射箭啊，他愿意和我玩，我还感谢他呢！"

"驰骁，那质子为什么与你走近你想过吗？你倒是信任他？！"

"去年冬宴你跳下去救他我就觉得不对劲，你到底在想什么！"

驰骁一下子给问傻了，怎么好好的知己，驰平舆一说就这么奇怪。

"你胡说什么呢！驰聘，你别太过分！"驰骁的眼睛一下就红了。

驰平舆看出他真的生气了，张了张嘴，无奈地说道："驰骁，我和父亲别无所求，只求你平平安安，你懂吗？"

偏偏驰骁送上去抱地雷，要从军，得罪皇子，跟质子交好，一抱一个准。

"如果那质子出了什么事，只会连累你。"

"他会出什么事？那质子府都该让侍卫暗卫围完了。你也说了，我们俩凑一起就是不干正事，他能出什么事？和我厮混吗？"

"驰骁！"

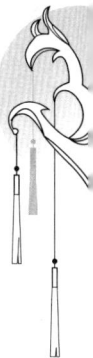

"驰聘，我求求你了，你和父亲能不能给我点自由！我做什么事，交什么朋友，你们都要管束我！既看不惯我，为何还要看！"

驰骁一声怒吼，山洞里的任飞澜听见了，立刻站了起来。

太子不紧不慢地道："尚齐太子，别人的家事还是莫要管了。"

"驰骁是孤的朋友。"任飞澜作为一个质子，明面上却仍是尚齐太子，是客，在大周太子面前自称孤，也无可厚非。

任飞澜出来时，驰骁不见了影子，驰平舆站在山洞口，望着远处。外面的雨小了许多。

"他往北边跑了。"驰平舆对任飞澜道。

"多谢。"

"尚齐太子，我不知道你接近驰骁是什么心思，但我弟弟不聪明，我希望你不要耍些不干不净的心眼。"

"你是仗着背后有太子撑腰，所以才这样跟孤说话吗？"

"你觉得孤依仗驰骁的身份，与你一般？"任飞澜驻足，声音凉薄，"驰伴读，大可不必，你与太子和孤与驰骁，全然不同。"

任飞澜说完，便冒雨跑了出去，驰平舆看着雨幕，只觉得头更痛了。

✦ 十一 ✦

任飞澜找到驰骁时候，觉得驰骁是真的不聪明。外面打着雷，这人却坐在树下避雨。

"快起来，不要在树下面坐着。"

驰骁靠着树干摇摇头："劈死我——"算了。

"住嘴。"任飞澜蹲下，捂住了驰骁的嘴，"不许胡说。"

驰骁扒开任飞澜的手："呸呸呸，好了吧？"

任飞澜这才收起手，一把将驰骁从树根处拉了起来，走到空旷的

地方才缓和了神色，而雨已经不怎么下了。

　　"任飞澜，你有很厉害的兄弟吗？像我哥那样的？"驰骁问。

　　任飞澜摇头："没。"

　　"也是，你是太子，已经是你的兄弟们里最厉害的那个了。"驰骁自嘲一笑，"驰平舆比我更像嫡子。"

　　"驰骁——"

　　驰骁有时候也觉得，他可能生得不是时候，恰巧赶上了天家不看重武将，他父亲想要绵延天恩，而他呢，又没有文曲星那个脑子。

　　不然，他与镇边王也应当是虎父无犬子，而不是现在，虎父训犬子。

　　"小时候父亲不在家，驰平舆教我读书算数，那时候其实还挺好的，只是后来——"

　　驰平舆十三岁作词咏农，十五岁策论面见天家，后成了太子伴读，说不定再熬一熬，等太子继位，拜相也不是没有可能。

　　他光耀门楣，驰骁就是给驰家大门抹黑的那个。

　　"驰骁，你很好，若是你愿意随我回尚齐，我允你大将军之位。"

　　驰骁干笑两声，他有时候真是不记得任飞澜是另一个国家的太子。

　　"怎么，你不高兴？"

　　"我……任飞澜，我对你挺好的对吧？"

　　"嗯。"

　　"那你呢？你是真的把我当朋友吗？"

　　任飞澜一怔："刚刚驰平舆和你说了什么？"

　　"我没有，我……"

　　"我是把你当至交好友的。驰骁，我许诺，我从不想害你，更不想做愧对你的事。"

　　任飞澜眼神认真，驰聘抱肩一笑。

　　"我知道你的真心。"

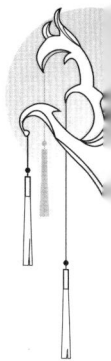

十二

今年的春雨下得有些过分，五月初，大涝，连皇城都在几天急雨中被淹了，郊野的农田更是毁坏严重，听闻许多城池已经开始闹饥荒了。

地方官怕出事，层层瞒报，等初夏灾情抑制不住时，疫病爆发了。

疫病蔓延得很快，就连京畿之地都出现了灾民，皇城之内家家户户燃起了艾草，走到哪儿都是一股子呛鼻子味儿。

"查出疫物根源了吗？"

驰骁摇摇头，他脸上系着布巾，只露出一双乌黑的眸子："你在府里待着，就别往外跑了。"

"那你呢？"

"天家明日去五华祭天，我也得去。"

今年灾祸太多了些，天家前些日子下了罪己诏，大赦天下，可惜疫病还是没有分毫好转，明日便要带着百官上五华山祭天请罪。

任飞澜不语鬼神是非，只道："我听人说原先草原上也出过疫病，大多是死掉的家畜传染的，将尸体焚烧或深埋，才能从根源隔绝疫病。"

"我哥说太医院也是这样说的，只是，怕是地方不作为。"

如今仅看京中，天子脚下，米面粮油、蔬菜瓜果身价飞涨，京外更是菜贵如金，染上疫病，还未病死便先饿死了。

饿死的尸骨无钱安葬，草草裹上席子就丢了，被路上的野狗刨食，疫病便又传了起来。

"这疫病一来，只怕从现在到年关都不好过。"任飞澜道。

"希望祭天有点用，让这灾年在疫病里终结。"

去了五华山，文武百官各列两旁，驰骁他们这些子弟都在队尾排着。天家早已垂暮，一步步踩着台阶踏上最高处，接过僧人手中的香，恭恭敬敬地插进了香炉里。

晨光熹微中，轰鸣的钟声响彻山林，一群僧人敲着木鱼开始念经，惊飞一片鸟雀。

莫名的，驰骁的心漏跳了一拍。

祭天之后，地方的疫病得到了些微控制，一路走进了十月末，才算彻底缓过气来。

而整整半年的天灾人祸，地方今年的收成不足往年一成，国库被疫病掏去了大半，连天家都拿出了自己的私房来贴补国用。

但这些与驰骁都没什么关系，他只知道，终于又可以出京跑马了。

任飞澜被他拉着出来赏秋景。京郊生了一片红枫林，到了季节，赤艳艳的仿佛火星点燃了整片山野。

阿耶亚化作苍灰色的流星，从湛蓝的天际边划过。

"驰骁，你是不是该过生辰了？"任飞澜突然想起，两人马上便要相识一年多了，却从未听过驰骁提生辰。

驰骁送了他许多东西，他一直想找个机会回礼。

"下下月廿五。"驰骁道，"不过没什么好过的，那是我娘的祭日。"

"对不起……"任飞澜的脸上浮起一丝歉意。

"没事，我都习惯了。"驰骁拍拍任飞澜的肩膀，反而安慰起了他，"不过，你要想给我过，我也乐意。"

任飞澜轻轻拂过驰骁肩上的落叶，轻笑："我给你过。"

十三

灾年就是灾年，今年的冬天比往年冷了许多，刚入十一月，朝中便传来消息，狄奴铁骑陈兵北境，似乎是要南下。

这个消息让文臣们慌了神，分成了两派，一派是狄奴并非南下，就算南下，也有尚齐等国挡着，如今国库虚疲，无力开战。

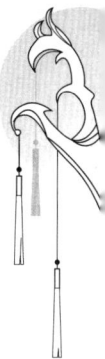

另一派则主张先发制人，派使者去狄奴谈判，粮草珠宝置换，将他们南下的苗头压制住。

武将们照例没有发言权。

为这事，驰平舆连夜从宫中出来，见了镇边王，促膝长谈一夜。

说了什么驰骁不知道，但是有打仗的苗头他听到了。

驰骁少有地给了驰平舆一个笑的模样："哥，是不是那些蛮人要来打了？"

"不是。"驰平舆哪里不懂驰骁的小九九，"无论狄奴南下不南下，发兵都是下下策。"

如今的国库难以支撑万数以上的大军出征，休养生息才是上策，背水一战太过凶险。

"你说，那些狄奴人会不会打过来？"驰骁一个人是想不通的，只能去找任飞澜。

"七成会。"任飞澜道，"草原上的粮草本就不够，今年还是寒冬，这才不得不南下抢。"

"他们是来抢粮草？"

"是。"

"可是，我见地图上，尚齐离着他们更近……"

"但大周是肥羊，与其抢撑半个冬日的，不如去抢只肥羊，整个冬日都好过。"

驰骁走后，任飞澜在书房里留了很久，直到天方明，一只苍灰色的海东青趁着夜色未褪尽从质子府中飞出，脖上还挂着一只乱晃的竹筒。

很快，就如任飞澜所说，狄奴人南下了。

十一月初五，狄奴铁骑长驱直入陕州，烧杀抢掠，满城荒夷。

十一月初六，铁骑踏入蕲州，蕲州太守带城投降。

当质子的那些年

城池陷落的军报一封封急送进御书房，终于，将天家气得抬了出来，太子监国。

十一月初八，太子召见镇边王、平阳王、肃骁王于御书房，半刻钟后，太子勃然大怒。

"孤堂堂大周，国难当头，就无一人敢领兵上阵？！"太子从来都乐呵呵的，一发起火来，也是骇人。

武将们也不是傻的，这时候出兵，就是让自己手上的兵去送死。

驰平舆垂首立在镇边王身边，不安地道："镇边王年事已高，臣斗胆，求殿下放还镇边王告老。"

"驰聘你好大的胆子，真当孤不敢动你？！"

"求殿下开恩！"

"来人！将驰聘给孤拖下去，杖责！"太子摔了奏折站起来，杖责多少到底没说出口。

驰平舆最终挨了几下，趴着被送回了驰家。

十一月初十，文臣上书，可让友邦先行出兵，抵挡一阵。

尚齐摇身一变，从送质子的附属国，变成了友邦。

"尚齐会出兵吗？"驰骁那天去找任飞澜问。

"如今应是我弟弟监国，我弟弟他……"

"你弟弟应当会出兵吧？"毕竟任飞澜还在大周。

任飞澜只是看着驰骁，目光复杂，半晌叹了口气，笑着摇摇头。

驰骁不明白这摇头是不知道，还是不会。

十一月十二，尚齐出兵，结盟狄奴，合攻大周。

当夜，质子府被围，驰骁赶来时，任飞澜被押上了囚车下狱。

"任飞澜！"驰骁一声吼，生生让那些官兵停下了动作。

"驰骁，回去吧。"任飞澜的眼底没有任何惧色，驰骁却遍体生寒。

十一月十五，平阳王带兵出征下洲，粮草不足，一万大军未撑过

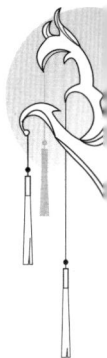

三日便溃散四逃。

十一月十九，太子登门镇边王府。

"孤是来求人的，一求镇边王出兵，二求平舆随我回去。"

驰平舆自从挨了打，就一直告病在家，如今出来见客的，也只有镇边王与驰骁。

太子的眼底一片青黑，脸颊瘦了许多，看着有些狼狈："孤可以许诺，此次镇边王出兵，无论输赢，都必重重封赏……"

"殿下，您言重了，老夫从不是在意这些功名的人。"镇边王叹了口气，"老夫只是觉得心寒。"

镇边王就算想把两个儿子都培养成文官，他自己到底也是个武将，从大周疲敝之际走到如今，却随着文臣的一句"穷兵黩武"被天家提防至今。

"打仗哪里有不耗费粮草的，将士们也是肉体凡胎，总不可能一日只吃一顿饭。"

"孤保证，粮草早已先行，此次便是孤饿死，也决计不让将士们少一粒米。"太子望着镇边王，一撩衣袍，直直跪在了地上。

"太子殿下！这使不得！"

可无论镇边王如何搀扶，太子就是不起来。

驰骁看着这一切发生，心底混沌一片，扭头跑出了前厅，只见驰平舆正被喜德搀扶着站在门边，神情空白。

驰骁望着驰平舆，猛地红了眼眶。

"哥。"

十一月廿一，镇边王率大军出征，讨伐狄奴。

送行当日，驰骁看着骑在大马上的镇边王，觉得眼前的父亲似乎已经全然不似两年前健朗了。

镇边王对驰骁少有的好言好语："小儿，等为父回来，若你还想

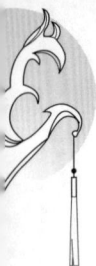

进行伍，便去吧。"

十四

十二月初一，镇边王大军死伤半数，退至渭水。

十二月初四，渭水一战，大周军数以万计被狄奴坑杀。

十二月初九，镇边王诱敌入谷，以火药猛攻，与狄奴铁骑同归于尽，但仍旧未转颓势。

至此，大周失城十九所，流民无数，京畿可危。

镇边王的尸身未找到，下葬时，驰平舆选了一套他曾经穿过的盔甲。

驰骁在看到院中停灵的棺椁时，都还以为自己在做梦。

他一滴泪都没掉，只觉得他爹下一刻就会从院子外冲进来，举着棍子把他打上树。

跪灵时，驰骁才终于绷不住，号啕大哭。驰平舆脸色苍白，却还是强撑着迎送往来官场之人，孝衣的宽松袖子下，他抓住了驰骁的手，握得很紧。

就像小时候，每一次他们送镇边王出征一样，手牵着手。

当夜，两人一起守灵，驰平舆道："狄奴大军不多时就该打进京城了，驰骁，西边城门下有个地道，到时候，你去那里，自有太监接你离京。"

"哥，你说什么呢？"驰骁从未想过，有朝一日，他会经历亡国败逃。

"驰骁，如今大周已是穷途末路。"

若是一开始便派使臣与狄奴交涉，说不定不会到这种地步。

"还有……还有任飞澜，他在哪儿？他……"

"任飞澜？驰骁，真难为你还记得他。"驰平舆的脸色一下子难看至极。

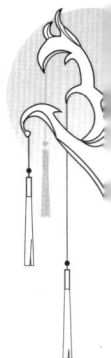

驰骁失去了父亲，转眼还要失去家国，他猛一想到还挂念的人，除了驰平舆，便只有任飞澜了。

"他是质子，可尚齐不顾他便出兵……"

"尚齐不顾他便出兵？怎么可能，若不是他，尚齐根本不会出兵！父亲死的第二天，尚齐就派了使臣将他们的太子接走了。"驰平舆愠怒，"驰骁，他分毫不用你记挂，明白吗？！"

尚齐给出的交换条件，是他们退兵，但同样，大周要割七城十五郡给尚齐，奉上黄金万两、丝绸千匹，还有最重要的一条，归还尚齐太子。

任飞澜被带走的第二天，尚齐退兵了，但狄奴铁骑也能给大周致命一击了。

十二月十五，狄奴铁骑攻破城门，京城贵胄皆被关押。

驰骁一早就被驰平舆催着走，抱着包裹的驰骁倔得像头驴："你也跟我走。"

几番纠缠，驰平舆终于坦白："我走不了。"

"为什么？"

"总要有人留下来，若是谈判还有一线希望呢？"驰平舆抬手，摸了摸驰骁的脑袋，"驰骁，哥一直都知道你是个好孩子，所以哥总怕你受委屈，但是哥没想过，反倒是哥总给你委屈受。

"驰骁，别恨哥，好不好？"

"哥——"驰骁哽咽到无法出声。

那一刻起，他似乎就孤身一人了。

十五

大周的皇宫里，宫人已经少了许多，狄奴的铁骑肆无忌惮地踏进

了宫中，太子站在大殿中央，身边是一众自愿留下来的文臣，站在他旁边的，是驰平舆。

前来谈判的，不只有狄奴的将军，还有任飞澜。

"许久不见，尚齐太子。"太子苦笑，想不到短短两年，两人的位置彻底调换。

"大周太子。"任飞澜戴着金冠，面若白玉，身姿修长，周身是拒人千里之外的漠然。

"你们尚齐已经退兵，还来谈什么！"有文臣愤愤地开口。

"孤想用一城一郡换一个人。"任飞澜不是来谈判的，他开出的筹码大周除了答应没有任何讨价还价的想法。

那是大周的国土，用一个人换回来，简直是最值的买卖。

"你想换什么人？"

"驰骁。"

驰平舆勃然："任飞澜，你不要太过分！驰骁与你没有半点关系！"

"换不换随你们，孤总能有别的办法找到他。"任飞澜语气平缓，话却嚣张至极。

大周的文官窃窃私语，听着同僚诟病驰骁是细作，驰平舆气得浑身发抖："任飞澜，我们驰家究竟欠了你什么，驰骁又欠了你什么，你要这么玷污他的名声！"

任飞澜看着那群嘴碎的文臣，抿了抿唇，改了口："大周若同意归顺尚齐，尚齐有办法让狄奴退兵，但，大周要使人来尚齐当质子。

"这质子，孤只认驰骁。"

<h2 style="text-align:center">十六</h2>

驰骁没走，他就藏在地道里。趁夜里时，偷偷跑了出来，他想着

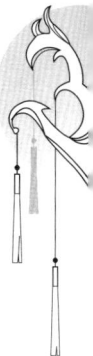

杀狄奴人，能杀一个算一个。

十二月的夜风冷得像是冰刀子，划得人脸颊生疼。

一家酒肆的老板被狄奴人弄死后扔在了街上，酒肆里满是驰骁听不懂的蛮夷话。

他就蹲在巷子里，出来一个，便飞扑上去捂住那人的嘴，用匕首深深地刺进他的脖颈之中，温热的血喷了驰骁一脸。

他的手在抖，但心却恨极了。

驰骁身上带着血，顺着狗洞，爬进了宫里。

他要去找驰平舆，要去杀那狄奴的头子。

一声熟悉的鸟叫从天上传来，灰蓝色的海东青斜斜飞了下来，停在了驰骁面前。

任飞澜的鸟？他也在这儿？！

"你主人在哪儿？"

他要去见任飞澜，就算尚齐派人来要质子，不过也就是应尽的义务。他信任飞澜，因为任飞澜说过，他是真心的。

海东青探着脑袋，仔细端详着面前脏兮兮的脸，似乎认出了驰骁，一扬翅膀低低飞了起来。

驰骁跑在后面，禁宫之中从未像今天这样空旷，一个掌灯的宫人和巡查的侍卫都没有。

阿耶亚飞进了一座宫殿里，驰骁认不得这是哪里，悄悄溜着墙边进去了。

只有主屋亮着灯，海东青直接撞破了窗子飞了进去。

窗子之中传来一个男人的声音："飞澜，你这只海东青，这些年来不知道抓破了我多少帐纱，当初飞檐说你在大周要这只鸟，我还想着你在大周哪儿来的闲情养鸟，日子够滋润啊。"

"阿耶亚小时候蹲惯了窗子。"听另一个声音，是驰骁熟悉的任

飞澜。

"真想不到，你养的这只鸟能派上那么大的用场，若不是你传信来说大周外强中干，我们倒是真不敢这么快南下……"

驰骁靠在墙角，只觉得浑身发冷，一阵阵虚汗往外冒，视线很快便不再清晰了，那是满眼的泪。

驰骁忘了自己是怎么举着匕首冲进去的，当他把任飞澜摁在墙上用匕首抵住那人的喉咙时，他的手却下不去一寸。

"驰骁，你想杀我吗？"任飞澜低头看驰骁，将自己的脖子凑近了那匕首锋利的尖端，驰骁手一颤，划了一个极小的伤口。

他仍是那副泰然淡定的模样，驰骁却觉得眼前一片片黑。

"任飞澜，你不是说，你不会利用我吗——"

"驰骁，我从未利用你。海东青是我在尚齐养的，哪怕不是你带我去庙会，我也会主动出去将它带回来。

"至于给尚齐传信，给狄奴传信，驰骁，我是尚齐太子。"

这四个字，是驰骁早就忘记的身份，却是任飞澜日日夜夜不敢忘的家国。

"驰骁，你和我走吧，我可以给你一个新的身份，你想当将军，我封你做将军，好不好？"

十七

尚齐吞并大周半数国土，一跃成为四面忌惮的强国。

送去大周的质子太子在归来后的第二年登基，改国号为平顺。

大周送来尚齐的质子被关在宫里，极少露面，见过的人都说，看起来像是个病秧子，半死不活的那种。

驰骁从未想过他会活下来，在他把匕首对准自己时，他满意地看

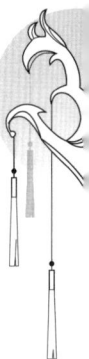

到了任飞澜一直平静的面孔上生出的错愕和惊慌。

就好像，自己的命比他的还重要一般。

驰骁不想活，可任飞澜却说，若是他没了命，就让大周最后一点国土都被大军踏尽。

那之后，驰骁就不敢寻死觅活了，但他好像也早就死了。

当了皇上的任飞澜很忙，但他时常会来找驰骁坐坐，给驰骁带尚齐好吃的糕点、好看的书画，驰骁却从不理他。

驰骁及冠那年，没人为他束发，任飞澜找来梳子，一点点为他梳了个漂亮的冠，然后掏出一串翡翠手钏，有些讨好地道："及冠礼，你还有什么想要的，我都给你找来。"

"放我走。"驰骁看着任飞澜，"我不会死，不会回大周，但我也不想待在这里，待在你身边了。"

"驰骁——"任飞澜听惯了驰骁说这些话，但驰骁每说一次，他都一如既往地心口发闷。

"任飞澜，算我求你，念在往日恩情，念在你借我的手灭了大周，念在我日日赎罪的分上，放我走，好吗？"

"我真的很后悔，"驰骁脸色苍白，不过二十岁，发间已有了银丝，"我为什么第一眼见你，会觉得你是个不错的人。"

"你说什么？"任飞澜现在比驰骁高大了太多，他站起来的阴影能够把驰骁整个笼罩在身下。

"我说，我眼瞎。"

驰骁如今已经不知道自己究竟还恨不恨任飞澜了，但他很明白一点，他恨自己。

大周的命，大周百姓的命，数以万计将士的命，父亲的命，就像一座又一座大山般压在驰骁身上，让他只能苟延残喘地活着。

任飞澜望着驰骁，半晌从袖中掏出一封信。

"这是驰平舆给你取的字。"

任飞澜离开后，驰骁才打开信，看着那熟悉的字迹——善安。

半月后，尚齐派人送信去大周，信中说大周的质子不幸病薨，已经厚葬。

大周来使几次索要质子骸骨，尚齐都拒不交还。

十八

五华山的寺庙赫赫有名，连皇帝都时常来进香。

但尚齐的国君似乎很不招五华山上僧人的待见，他每年都去祭天，每次都被一位僧人拒之门外，那僧人也是无惧得很，浑然不怕惹怒了天子被杀头。

香客们都觉得那是位很虔诚的道长，常年跪在佛像前，一下下敲着木鱼。

来礼佛的人家大多认得他，便跟他打招呼："善安法师。"

"施主好。"出家人的嘴角总是微微扬起，眼眸中却是黯淡至极的。

驰善安后来想起那年在街上遇到的江湖骗子，觉得他似乎也没说错，贵人命，寿数短。

窗外，晨钟又重重地响了起来，山间的雾气缓缓消散。

望着眼前垂眸慈悲的佛，僧人闭上了眼，阿弥陀佛。

终

"萧祁，北疆的桃花开了。"

◆ 楚瑜 — 萧祁 ◆

寒风夜送桃花开

心机深沉偏执徒弟

×

温润如玉儒雅师父

寒风夜送

桃花香

作者 ▦ 岁止

啊都想写的咕咕。

楔子

大殿中灯火通明，萧祁着一身玄色龙袍负手而立，冠冕垂落的珠串随着他的气愤剧烈晃动，他眼神阴冷地盯着跪伏在地的玄青色身影，薄唇动了动，那声音阴狠得仿佛要把眼前这人咬碎，撕碎，碾碎。

"楚瑜，朕再给你最后一次机会，想清楚了再说。"

楚瑜缓缓直起背，抿着唇，抬眸露出一个笑，轻声却又坚定道："臣恳请陛下……"

话尚未说完，"砰"的一声，茶杯在他身侧摔得粉碎。

萧祁一个箭步冲下来抓住楚瑜的肩，力道大得似乎下一秒就能将肩骨捏碎。他不想听那句话的最后两个字。

"楚瑜！你明知赵相他要把我从这个皇位上拉下来，你怎能背叛我！怎能抛弃我！怎能？！"

自他登基以来，赵相明里暗里挑衅皇权，大有取而代之的意思。他以为楚瑜会助他铲除赵相势力，却不想竟然在关键时刻倒戈。

萧祁双目充血，死死盯着楚瑜如玉般温润的眼睛，他想从楚瑜的眼里看到那么一点回心转意，哪怕只是一点点也好。

然而，那双眼睛里平静无波。

一股无名火陡然涌了上来，萧祁目眦欲裂，骤然拔剑指着楚瑜，栖寒剑的寒光刺得楚瑜心口一疼。

萧祁冷下脸，几近咬牙切齿地道："是你一手扶我登上这个皇位，如今却又与赵相交好！楚瑜啊楚瑜，你到底有多少事瞒我！又有多少事是在欺我骗我！"

楚瑜微仰着头看他，惨然一笑："那你呢，萧祁。你又可曾欺我，骗我？"

无声对峙下，萧祁先一步错开了视线。

他们各自心怀鬼胎，最终还是萧祁败下阵来。他丢下栖寒剑拂袖离开，却又在殿前停住脚步，冷声道："既你如此喜欢那赵家姑娘，朕便成全你。来人！传朕旨意，赵相胞妹赵秋秋温婉端庄，特赐婚于镇国大将军！"

萧祁的脚步声愈来愈远，楚瑜抬眸看着殿内中央的龙椅，双手抬起交叠举过头顶，叩首道："臣，谢陛下隆恩。"

偌大的宫殿只剩楚瑜一人。

曾经被他送给萧祁的、陪伴自己近十年的栖寒剑就这么丢在了冰冷的地上，连同他的心也一同变得冰冷。

一

楚瑜和萧祁的第一次相遇是在一座破庙，那会儿他还不叫萧祁，叫齐洛。

彼时正是深秋时节，北梁大军踏破西吴都城，完成中州一统返回北梁的途中，恰好附近有一处年久失修的破庙，三军便在此休整。

破庙的角落里蜷缩着一个浑身是血的孩童，瞧着约莫十一二岁，孩童紧闭着眼睛，抱着手臂发着抖。跟在楚瑜身后的将士就要拔剑，被他制止了："无碍，就让他在这儿。"

将士应了声，生起火堆后就退了下去。

不多时，军师探头问他要不要出来玩行酒令。

楚瑜向来不喜这些，摇了摇头道："不去。"

军师了然，但又忍不住损他："你这人当真是性子冷又无趣。"

楚瑜不置可否地笑笑，拿出一卷书已然看了起来。

不太大的破庙里顿时只剩楚瑜和缩在小角落的孩童。

借着明亮的火堆看了会儿书，楚瑜忽地听到一段细碎轻微的呜咽声，他抬眼望了过去，那孩童也不知是梦到了什么，死死地咬着下唇渗出了血珠。他冷得直发抖，整个人孱弱得不行，身上的血渍结成了块，看着倒也不像是他身上的伤口。

楚瑜将自己身上的貂裘脱下来披到了孩童身上，不消片刻，孩童原本苍白的脸便缓和了不少，血色也渐渐上来了。

楚瑜盯着孩童手上的冻疮，一时想起了什么，晃了会儿神。

次日，大军返程，走了一两个时辰，后方有将士回禀，说有个孩童一直跟着他们。

军师先一步开口道："赶走不就得了，这点小事还要回禀？"

将士犹疑几秒，小心翼翼地回："那孩童身上披着的是将军的大裘。"

军师疑惑地扭头去看楚瑜，后者仿若无事般地回望过来。

楚瑜眉眼清冷地拉着缰绳，淡淡地开口道："带上来。"

孩童被带到了楚瑜面前。楚瑜打量着这瘦弱骨柴的小流浪汉——虽未长开，但眉宇间已然有几分冷厉之势，脊背挺直如寒夜雪松，不知是不是错觉，楚瑜竟觉得他骨子里存着些许难能可贵的傲气，不是那种骄纵跋扈的傲，而是将士风骨的傲。

或许是欣赏这一点，昔日在沙场上杀伐果断、人称鬼面将军的楚瑜竟在此刻柔和了眉眼，语气温和地问："为何要跟着我？"

孩童仰着脖子看骑在骏马上的年轻将军，说："我已无家可归，想跟着将军。"

楚瑜却说："如今天下已无战乱。"

孩童乌溜溜的眼里写满了坚毅："我亦想护一方安宁。"

听到这话的楚瑜难得弯唇而笑，一双桃花眼满含笑意，那笑如泛着温润光芒的碧玉，顾盼生姿，竟让孩童看怔了。

楚瑜继续问他："军中很苦，你可受得了？"

孩童重重地点着头。

"叫什么名字？"

"齐洛。"

从西吴都城到北梁最快也需几个月的脚程，翻过眼前这座相当于天然屏障的连绵山就能远望到北梁都城。

军师骑马到楚瑜身边，时不时地回头看与他们相距甚远的齐洛，说："我派人查过了，西吴那边并未有姓齐的王室，你大可放心。"

楚瑜点了点头，轻淡道："许是瞎编的名。"

军师不解："……你既怀疑，为何还要留他？"

楚瑜的手里牵着缰绳，目光望向了远处高耸入云间的山峰，他声音寡淡，仿佛一阵轻风都能吹散。

"我只是，在他身上看到了我自己。"

北梁大军班师回朝的时候，都城郊外的桃花开得甚好，粉粉嫩嫩的花骨朵结成一簇簇的，北梁君主召集了文武百官前来城外相迎，下旨犒劳三军将士，论功行赏。

"朕今夜在宫中设了夜宴，特为爱卿接风洗尘。朕知爱卿不喜酒宴，但这天下能有今时今日，爱卿功不可没，可不许再推诿了。"

说罢，北梁君主边拉着楚瑜的手边往都城里走，楚瑜推拒不了，余光瞥到站在十几米开外的齐洛默默往后退了两步，身影掩在了其他人身后，他下意识地皱了下眉。

夜宴之上，觥筹交错，鼓乐齐鸣。

不少大臣纷纷围过来一人一杯地敬酒，谄媚之意溢于言表。

"现如今谁人不知这天下是您楚大将军打下来的。"

"楚将军今年也不过十八吧，当真是年少有为。"

"楚将军可曾有婚配？老朽有一孙女……"

楚瑜不喜宴会，这便是原因。

几位大臣正溜须拍马着，只听赵丞相清了清嗓子，故作大声道："不知楚将军可曾听过一句歌谣？"

楚瑜一双眼眸如秋水般淡然："还请丞相赐教。"

"嗬，楚将军竟会不知？"赵相冷哼一声道，"如今世人皆在传'北梁军非北梁军，其军只认楚瑜令'，此歌谣早已在市井传得沸沸扬扬！楚将军这一路上当真没听过？又或者是听见了却又装没听见？"

夜宴骤然安静下来，原先对楚瑜阿谀逢迎的大臣纷纷往后退了几步，生怕战火蔓延到自己身上，不论是哪个朝代，君主都最忌讳功高盖主。

楚瑜弯着唇，暗自冷笑，打从他踏入城门的那一刻开始，他便知道此番回都城必定暗涛汹涌。他深知北梁君主疑神疑鬼、捉摸不定的性子，为了中州大业，更是不惜将自己的骨肉至亲送入西吴做质子，哪怕西吴以皇子性命为威胁也坚定下旨攻城，而自己不过替君主征战十年，不过为北梁征战十年，又怎会得到这样的人的信任。

他只不过是一颗棋子，原先是一颗能为其所用、为其领兵打仗的棋子，如今却是一颗拥有兵权、极其危险的棋子。

今日赵丞相的这出戏，就算不是君主指使，也定是经过他的默许了，不过这样也好，倒是给他省去了很多麻烦。

北梁君主的目光直直地落在楚瑜身上，他在等楚瑜的回答。

楚瑜神色自如地饮尽酒，起身拜了个大礼道："陛下，臣斗胆求一赏赐。"

北梁君主眸光微沉："爱卿尽管开口。"

"如今天下一统，世间再无万里硝烟，臣唯有一愿便是回故土北疆。"言及此，楚瑜再一拜，"臣恳请陛下准臣解甲归田。"

众臣皆是一惊。

楚瑜的意思再明显不过了，他是要上交兵权，远离都城，再不参与朝堂之事。

北梁君主惺惺作态地挽留了几句，但楚瑜去意已决，他只好应允。

楚瑜领命，再次行礼，低眸时，眼底的谦卑恭顺荡然无存。

他笃定北梁君主不会杀他，各国已灭，但难保不会有意图反叛复国的逆臣，届时，也需用上自己。而他之所以恳求回北疆，除却那里是自己的故土，更是因为北疆是他的地盘，只要他回了北疆，都城的手再长也得在他北疆折断。

北梁，他可以使其一统中州，亦可让其改朝换代。

三

夜宴终了，楚瑜回到了将军府。他不常回来，这府邸亦是长久未住人。楚瑜去书房的途中看到在后院打扫落叶的齐洛，脚步一顿，招来刘副将问道："他不应该在军营吗？"

刘副将恍然道："您说齐洛啊，他说将军您是他的救命恩人，想留在将军身边。"

楚瑜又打量了眼齐洛，回卧房睡下了，许是常年睡卧沙场，神经一直紧绷着，今日卸去了这包袱，难得也有如此酣睡的一天。

隔天一早，楚瑜到院子里透气，才走几步便听到刀剑破空的声音。

他绕到另一边的院子，秋叶簌簌，一道清瘦的身影在漫天秋叶雨中练剑，许是这景太美，楚瑜停下脚步站在月洞门下静看了好一会儿。

齐洛没有习武的底子，马步扎不稳，手提着剑也是无力，若是上了战场决计活不过一秒。习武之人的身材一般都较魁梧，再不济也是健硕，也不知齐洛这几年是如何过的，瘦得只剩下一副骨架子，粗布麻衣穿在他身上空荡荡的，仿佛一阵风就能刮走。

楚瑜无声地看了半响，忽然出声说："下盘不稳，姿势不对。"

齐洛仿若惊弓之鸟，吓得将木剑藏在了身后："将……将军。"

楚瑜低眉一笑，问："为何要藏？"

楚瑜走近，他身上的熏香清新好闻。说来也怪，在齐洛心里像楚瑜这种血染铠甲上阵杀敌的将军，应当不像他这般温文儒雅，笑容如四月春风。

"为何要藏？"楚瑜又问了他一句。

齐洛像是被钉在原地，他低头不知道该看向何处，只好盯着楚瑜腰间挂着的玉佩，唯唯诺诺地道："将军才起身，不……不宜见刀光。"

楚瑜弯了下唇，俯身直视着齐洛如墨玉的双眼："你怕我。"

"不，不，不是的！我不怕！"

"那为何不敢看着我说？"

齐洛不由得捏紧了衣角，楚瑜的声音温和得像江南烟雨，这和他在破庙里迷迷糊糊听到的淡漠声音不同，也和都城外不卑不亢回答的声音不同。

若要他来说，或许是更有了温度。

齐洛压下心中翻腾的情绪，抬起头对上楚瑜浅褐色的瞳孔，一字一句重复了一遍缘由。

随后，他看到楚瑜莞尔一笑，抬手摸了摸自己头顶："将士们说你不爱说话，性子孤僻，不过我瞧着也不像。"

齐洛抿着唇，道："外人皆传将军您凶狠残暴，可我也觉着将军不是。"

小家伙，还挺伶牙俐齿。

楚瑜饶有兴致地问："那你觉得我是怎样的？"

齐洛毫不犹豫地回道："像玉，言念君子，温其如玉，将军便是世间最温润无瑕的玉。"

楚瑜笑了笑，并未过耳，假若是他五六岁时有人对他说这话他倒信，可如今他早过了这个年龄。

"手伸出来。"

齐洛不明所以地伸出手，任由楚瑜在他的手背反复揉捏。

"筋骨还行，过些日子回北疆跟着我练剑吧。"

齐洛发着怔，好半会儿才反应过来，忙不迭地作揖，喜上眉梢道："多谢将军！"

"错了。"

齐洛立马改口："多谢师父！"

楚瑜笑着，转身离开了院子。

在楚瑜转身的那一霎，齐洛眼底的光亮渐渐暗淡，眼眸幽深，仿佛覆上一层化不开的墨色，浑身上下充斥着一股凛冽的寒意。

这第一步，总算是达到了。

他低头看着手里的木剑，唇角勾起一抹冷笑。

北梁君主，我的好父皇，既然您不顾血肉至亲，便别怪我无情无义。

四

楚瑜在京师小住了半月便启程回北疆，回朝之时有多风光，而今便有多萧索。镇国大将军这名号听着好听，实则明升暗贬。楚瑜什么也没带，只把自己的戎装和佩剑带上，似乎一点都不留恋人人向往的都城。

马车驶出都城，齐洛坐在车夫旁边，一条腿垂下来荡着。他们白天马不停蹄地赶路，夜里就找个客栈休息一晚。

住客栈通常是楚瑜一间，但这次客栈的房间不够，楚瑜便让齐洛和他一起睡。齐洛不敢僭越，找店小二抱了一床被褥铺在地上躺下了。

午夜三更，楚瑜翻来覆去没能睡得着，愈快回到北疆，他就愈发愧疚。正要闭眼尝试入睡时，却听到旁边的齐洛似乎被梦魇缠住了，梦呓了几句。

说着什么"不要，不要丢下我……""好冷……我好冷……"

楚瑜不由得轻蹙了下眉。他起身走到齐洛身边蹲下身，齐洛用被子将自己严严实实地裹了起来，尽管如此，他额间仍冒着冷汗，嘴里呢喃着冷。

楚瑜将自己的被褥抱过来盖到他身上，哪知齐洛忽然大喊了一声"不要杀我"，一个挺身坐了起来，他像是做了噩梦，不停地喘着气，好半会儿才注意到楚瑜。

齐洛显然是没想到楚瑜竟然还没睡着，眼底的慌乱怎么也藏不住。

好在室内未掌灯，兴许看不出什么。

齐洛稳定下心神，试探地喊："师，师父……"

楚瑜轻声问："做噩梦了？"

齐洛犹豫地"嗯"了一声，心中正盘算着如若楚瑜往深了问该如何回答。然而对方什么都没问，径直走到床前拿起了什么东西，接着便塞到了他手里。

那物件冰凉，齐洛摸着上面凹凸不平的花纹，一时有些怔住了。

他知道这是什么，是楚瑜那柄不离身的剑。

黑暗中不是很能看得清，但依稀能看到楚瑜模糊的轮廓，他说："栖寒，是它的名字。"他顿了下，又道，"若是害怕便带着它，也算得上是一件趁手的兵器。"

齐洛眼眶逐渐泛红，他明白楚瑜的用意，这剑放在他身边，多少能消解他一些不安。

太久了，齐洛已经太久不曾感受到这样的温暖，栖寒剑被他紧紧握着，那架势仿佛即使是握着一块烙红的铁他也不肯松手。

胸腔被这一点点热度填满，暖烘烘的像是抚平了他此前所有的意难平，他贪恋疼爱，贪恋温存，贪恋他所不曾拥有的一切。

齐洛不禁拉着楚瑜的衣袖，声音隐隐含着哭腔："师父……不管日后如何，你都不要抛下我，好不好？"

窗外月朗星稀，月光漫进屋内，爬上了楚瑜雪白的衣袂，他目光蕴含着几分笑意，低声道："好，为师答应你。"

这一句话虽轻飘飘的，可于齐洛而言，却是万分珍重。

他在想，若是楚瑜知晓他的身份，知晓他们在破庙的相遇不是巧合会是何种神情。他对自己如此之好，可自己从一开始就是目的不纯地接近他。

倘若师父知晓了，怕是会寒心吧。

所以，他不能告诉师父……他不能……

抱着这样的心思，齐洛入了睡，梦里再没有要杀了他的人，只有一处温柔暖和的怀抱。

五

除却武功，楚瑜还会教些经史子集、治国安邦之策，齐洛天资聪颖，学得很快，他教起来也不怎么劳心费神，有时在庭院里摆一副上好材质的古琴奏上一曲，齐洛便会就着琴声舞剑。

前不久楚瑜让人去布庄挑了几匹布料给齐洛添置了几件新衣，此时穿在他身上，倒也有些少年郎的英气。

曲毕之后齐洛以一个利落的招式收尾，背着剑一路小跑到楚瑜面前央着楚瑜教他学琴，刘副将每每见到都得数落齐洛一番："怎么什么都想学，将军哪有那么多东西教你啊。"

齐洛心底清楚楚瑜对自己算是倾囊相授，可这还不够，他哼了一声道："我这叫好学！"

楚瑜见他额前沁出一层薄汗，掏出手帕替他擦拭："好，我都教，你想学便好。"

刘副将没好气地瞪了扬扬得意的齐洛一眼，道："将军您就惯着他吧！"

时间一天天过去，楚瑜不常出府，偶尔出门也是被齐洛哄着。出了府总是会有一些讨人厌的眼线，楚瑜不用想都知道是都城那边派来盯着自己的。

楚瑜面上坦荡，从不遮掩，任他们盯出花儿来，数十年的蛰伏都过来了，何必急于一时。

或许是楚瑜确实露不出什么马脚，北梁君主逐渐放下了对他的戒心，往后也不再往北疆塞眼线了，甚至偶尔得了新奇的珍宝也会差人送来几件。楚瑜上呈奏折洋洋洒洒写了数百字以谢陛下抬爱，反手就将那些东西束之高阁。

彼时正是冬至日，也是楚瑜回北疆的第六个年头。府内大管家四处张罗着晚宴菜肴，各式的馅儿都得备上几样。说是晚宴，实则不过是与几个好友酌酒尽欢罢了。

日渐西沉，不多时便下起了雪，原先在外头准备的宴席不得不挪到了堂内。

楚瑜窝在后院的静室里小憩不到片刻就听到一阵轻悄悄的踩雪声，那人没走正门，反而从院落翻身上来，随后，眼皮覆上了一抹温热。

他放下书卷，无奈地笑着："整个府里忙得脚不沾地，你倒好，偷懒偷到我这儿来了。"

"我给管事包完饺子才过来的。"齐洛扁着嘴，不满道。

楚瑜将齐洛的手拿了下来："难道不是管家嫌你手脚笨将你赶走？"

每年冬至齐洛都会包饺子，但他包的饺子奇丑无比，除了楚瑜不挑会全部吃完，其他人看都不看一眼。

"嫌就嫌嘛，反正也不是给他们吃的。"齐洛的手指贴在楚瑜的手背上，冰冰凉凉的，他连忙起身给火炉添了些炭，"师父的手怎的这么冷，这炭怕不是好炭吧。"

楚瑜撑着手臂半倚在桌沿，目光追随着在屋内忙活的齐洛。短短六年，他从一个瘦弱孩童长成了飒爽挺拔的翩翩少年郎，个头也比他高了。

"改日我去问问有没有更好的炭换上。"齐洛从里间抱来一件大裘替楚瑜掩上，又很自然地捧起楚瑜的双手放在手心反复搓着，"今天下雪了，师父多穿些，可别感染风寒。"

齐洛低着头，楚瑜恰好能看到他的侧脸，剑眉星目，乖顺极了。

他失神片刻，也不知道想到了什么，轻声答应。

外头雪花簌簌，屋内火炉煨着清酒，刘副将起身敬酒，楚瑜浅浅一笑，回敬了一杯。

齐洛坐在下座闷闷不乐地吃着菜，这种场合他向来插不上话，就好像他们之间有属于他们自己的故事，是别人艳羡不来的，可他和楚瑜却没有，也没有那种更深的羁绊，心里酸溜溜的，特别不好受。

"洛洛，后日等雪停了一同去狩猎如何？"楚瑜的眸光柔和深邃，笑起来时又带着几分风流劲，只一笑便能让世间繁花黯然失色。

齐洛忙不迭地点头答应。

适时，煮好的饺子被端了上来，齐洛那一盘奇形怪状的饺子没人下筷，他气得冒烟，当视线落在楚瑜面前那一盘时，楚瑜漫不经心地夹起一块送入薄唇，片刻，一盘水饺已经吃完，楚瑜别的都没动，只吃了齐洛的那一盘。

齐洛笑开了花，一颗心仿若腾空了似的雀跃不已。

当天夜里，他左右睡不着觉，晚宴上也没吃多少，索性便起身想溜到灶房看看有没有吃的，刚绕过别苑，倏地就瞥到楚瑜的书房似有人影晃动。

六

"据都城探子回报，北梁君主龙体每况愈下，大抵是撑不过年关了。"刘副将像是咬碎了牙愤恨地道，"公子，如今北梁君主垂危，东宫之位尚未确立，十六年卧薪尝胆不就是为了此刻吗？公子，该做决断了。"

摇曳的烛火在楚瑜如画的眉眼前跳跃，他敛下眼，半边脸隐在荫翳中，不紧不慢地捻着指尖，也不知道在想些什么。

"公子……"刘副将欲言又止。

楚瑜抬了下手，道："再容我想想。"

见楚瑜不欲再谈，刘副将知道自己这会儿是劝不动，只得先退下。

过了半晌，楚瑜行至桌案前盯着干净的宣纸片刻，窗外倏地亮起一道火光。

思及与刘副将的密谈，脸色陡然一沉。

火光来自灶房，角落传来几声窸窸窣窣的轻响，齐洛灰头土脸地从灶台沿直起身，手上还拿着一块沾了灰的窝窝头，他也看到了站在门口的楚瑜，一愣："师父你……肚子也饿了？"

楚瑜见是他，眉间舒展，方才淡漠阴狠的神色全然收了起来。

"不饿。只是看到有火光，以为进了贼。"

"贼？我没看到啊，我一直都在这儿呢。"齐洛抬手擦了下脸，"倒是瞧见了刘副将，刘副将还同我说了几句话。"

楚瑜神色不显，淡淡地问道："他说什么了？"

"他说冬狩第一他拿定了，还说我是小兔崽子。不过我回嘴骂他老古董，他气得嘴都歪了。"齐洛边说边模仿着刘副将的表情，他看到楚瑜蹙着眉，忍不住伸手在皱起的眉间一点，"师父，你不开心吗？"

楚瑜微怔，不动声色地错开，他绕过齐洛走到灶前，问道："饿了？想吃什么？"

齐洛顿时丢开手中的窝窝头："想吃师父做的饺子！"

齐洛听闻楚瑜四处征战的那些年，每逢冬至便会亲自包饺子犒劳三军将士，他此前没个机会，现如今倒也想尝尝那饺子的味道。

楚瑜莞尔："你知道的倒是挺多。"

他找来了面皮，齐洛也没闲着做了点肉馅儿，不多时，几个精巧的饺子在楚瑜手心里成形。煮开水，下了锅，一碗热气腾腾的水饺就煮好了。

齐洛忙不迭夹起一个送进嘴里，烫得直呼嘴："唔！好吃！"

楚瑜偏头看着他笑，只是那笑意未入眼底。

他的心神开始恍惚，一下子回到了征战沙场的那十年。

包饺子啊……

其实，他之所以会给将士们包饺子，只不过是因为冬至原是一家团圆、阖家欢乐的日子，可跟随他的这些将士们却有家不能回，有些人，甚至永远回不了家。

他只是想以这种方式弥补自己的愧疚罢了，仿佛只有这么做了，那压在他身上的负疚感便能少一些。

七

冬狩那天，都城再度传来消息——君主有意让二皇子继位。

刘副将一整天都心不在焉的，那二皇子可是出了名的乖张狠戾，骄奢淫逸。

"若让这种人当中州之主，黎民百姓会有安身立命的那一天吗？！"刘副将扼腕叹息，"公子！恕末将失言，您难道忘了当年北疆被灭，北梁军是如何屠尽都城百姓的吗？多少老弱妇孺惨死于他们之手，公子您既决定复仇，为何不一条路走到底呢？八岁入北梁军，整整十年为那皇帝，为您的灭国仇人打下这江山！这本该是属于公子您的？！"

楚瑜披着一件白色狐皮大裘立于白茫茫的雪地中，宛若雪松般的瘦劲俊美融入雪景。他远望着骏马上一道高挑的身影，忽然轻声问："复仇复国，当真是我唯一的选择吗？"

刘副将一怔，却似乎理解了他的那种心境，无可奈何地别过脸。

"你们都问我，问我是不是忘了北疆亡国之恨。"楚瑜的目光渐渐失焦，他暗下眼眸，嗓音很淡，带着几分茫然和挣扎，"我没有忘，也不敢忘。每日午夜梦回，我都会梦到那会儿，桃花未开之时，父皇母后倒在一片血泊中，都城的每一处都是令人心惊的红。可是，如今天下太平，我又怎能让硝烟再起？！"

或许前几年他还能坚定地要复仇，可之后，他见惯了生离死别，见惯了天人永隔，尤其，导致这些的刽子手正是他自己。

如若当年北疆未灭，他所希望的也不过是河清海晏、国泰民安的景象，但如今他所走的每一步都与当初的信念背道而驰。

刘副将的一颗心宛若被揪住，他知道北疆旧部给了楚瑜莫大的压力，他怎会不知楚瑜这些年是如何走过来的。原是一副软心肠、温润儒雅的公子，却一步步将自己逼成了薄情冷面的模样。

"殿下……"刘副将嘴唇翕动，他已经许久没这么尊称过楚瑜了。

然而他听到楚瑜说道："其实，还有另一条路。"

另一条路？

刘副将正诧异着，只见齐洛骑马奔了过来，踩着马镫跳了下来，他看着齐洛，瞬时明白楚瑜是何意了。

冬狩玩得不是很尽兴，齐洛夜里便赖在楚瑜屋里，死乞白赖地让楚瑜给他讲故事。楚瑜放下书卷，让下人温了两壶酒，酒过三杯望向庭院，院子里飘着鹅毛大雪。

楚瑜忍不住起身走了过去，庭院栽种着几株今年刚种下的桃树，但尚未到开花的季节，只露出些许光秃秃的花枝。

齐洛贪杯，又喝了几盏，回过神来见楚瑜站在庭院中，他也凑过去站定在楚瑜身边。齐洛晕乎乎的不想动，干脆脑袋一歪，边哈着气边极其自然地靠在楚瑜的肩上，撒娇意味尽显："师父，我想看桃花。"

楚瑜垂眸瞥了他一眼，道："得等明年三月了。"

"那明年三月我也要跟师父一起看。"齐洛嘀嘀咕咕着，"好不好？"

雪花落在他们身上，许久，楚瑜忽然喊了声他的名字。

齐洛脑袋不怎么清醒，迷迷糊糊地"嗯"了一声，却又后知后觉楚瑜喊的不是"齐洛"，而是他的本名。

齐洛微怔，周遭的一切骤然放慢，他抬起头，不敢置信地偏头去看楚瑜，而楚瑜也侧身与他对视，那双桃花眼里平静无波，仿佛在说一件早就知晓的事。

楚瑜说："萧祁。"

他顿感手脚冰凉，宛若被丢进寒冬腊月的冰湖，冰水堵在喉咙里，久久发不出声。齐洛想要努力忘却的记忆霎时间席卷而来，从他母妃心灰意冷在冷宫里自缢，到他被其他皇子在寒冬腊月摁入水里，再到被父皇抛弃到西吴做质子，最后到西吴待他如卑贱下人，冬日里克扣炭火、裹着一张破草席蜷缩在刺鼻难闻的炭火旁，发着高烧也无人问津……

远在西吴，心如死灰。

尽管如此，他还是对他的父皇抱有希冀的。

直到宫人们传来北梁君主不顾他的死活发兵西吴，他才恍若初醒，原来，他的父皇早就视他为弃子。他不过是个不受宠的冷宫妃子所生，生死也与他父皇无关。

宫人受命处死他，或许是多年来在胸腔里积蓄的怨恨和不甘，他起身反抗，杀死了那几个宫人逃了出来。他只知道他要逃，要活着，只有活着才能把他此生所受的罪全部讨回来。

萧祁垂下眸光，纤细的睫毛遮去了他眼底滔天的恨意，他极力掩饰，艰涩地开口："师父……我、我不是有意瞒着你的，我只是怕你不要我，怕你像我父皇那样抛弃我……"

楚瑜看着他，不知为何自嘲似的笑了一声，旋即又轻轻拍了拍萧祁的肩，抖落一身雪花："你若信我，为师便不会不要你。"

萧祁浑身一颤，藏在衣袖里的手紧攥成拳。

楚瑜低头替他理了理貂裘的领子，问："萧祁，我让你做什么你便会做吗？"

萧祁想起冬至那晚他听到楚瑜与刘副将的对话，虽不知楚瑜为何要谋反，但听着像是有冤情，不过这对他来说并不算坏事，或许他还能借此机会顺势而为。他敛好情绪，抬眼直视着楚瑜，一字一句笃定地道："师父，你让我做什么我都会做。"

楚瑜回望着他，扬起一个笑容，那笑如同四月开的石榴花，火红炽烈，与他身后的白雪相衬，显得他清冷孤傲，仿佛周身透着一股薄情。

他缓缓启唇，说着大逆不道的话——

"萧祁，我要你做这中州的君主，你可敢？"

八

太康十一年，年关将近，中州各地各户门前张灯结彩，一派辞旧迎新的喜庆景象。午夜刚过，北梁都城突然传来整整三万下鸣钟声，鸣钟三万，帝王薨逝。

楚瑜先一步领北疆旧部直奔都城，都城内隐藏十多年的暗线终于得见天日，昔日都城里的兵马也纷纷投靠。围宫殿，废太子，立新帝，一切都不过数日之间。

大雪纷飞，也如同十余年前北疆灭国那般，雪压了梅花枝，落在宫殿屋檐上，洒满了宫殿下的数百级阶梯。

今日，楚瑜撑着伞一步步走向正殿，而走在他前头的是穿着龙袍的萧祁。

楚瑜用了十六年去下这一盘棋，他费尽心思盘算至此，不惜成为敌人的刀剑也要将这天下纳入囊中。但他不想再起战火，更不想让无贤无德之人坐拥自己打下的北梁江山。于是，拥护萧祁继位便是最好的选择。

楚瑜负手立在殿前，如飞絮的雪花落在他眉眼，融进白皙的肌肤里，他望着这座宫殿却毫无复仇的快感，又或许是复仇太过容易平淡，仿佛是一场易碎的梦，太不真实了。

彼时，萧祁坐在高高在上的龙椅上，居高临下地看着跪拜在眼前的一众大臣，勾着唇角，暗下眼眸。他扶着龙椅，指腹一寸寸地摩挲着龙纹，六年，他终于如愿走到了这个位置。

那些曾经伤他的、害他的，他都要全部讨回来。

大殿外跪着许多哀求活命的皇亲贵族，萧祁皇位尚未稳，这几日又在宗亲里大动干戈，人人自危。大家心里都清楚以前是如何欺辱萧祁的，现如今萧祁登上皇位，他们哪儿还能活命。

楚瑜迈步刚要进大殿就有相熟的皇子猛地抓住他的衣裾求饶，求他让萧祁手下留情。

楚瑜神色淡漠，冷漠地扯开衣袍："今日留你一命，他日怎知你不会报复于他。"

话落，挥了挥手让侍卫将他们拖走，免得扰君主清净。

楚瑜回过身来，只见萧祁已经迎了上来，目光潋滟得如月色下的湖水。

"吵到你了？怎么出来了？"

"没有，就是听到师父的声音，有点想师父了。"萧祁还像之前的齐洛，孩子气似的拉着楚瑜的手臂左右晃，"刚才我还以为师父会答应他，为他求情，"萧祁弯下身，将额头埋在楚瑜的肩窝，眸色淡淡，宛若覆上一层寒霜，"毕竟我听说师父和他关系要好。"

知道萧祁在此事上的偏执，楚瑜抬起手像往常那样轻抚着他的后脑，忽然叫了声他的名字："萧祁。"

萧祁哑着声音，听上去有点低落："嗯。"

楚瑜叹了口气，他怎会不明他只想要个承诺。他垂下头，几缕发丝落了下来："我楚瑜这一生很少会做选择，但因为你，我屡屡破例。"

收你入军营，收你做徒，更是在复国和辅佐你之间，选择了后者。

在众多皇子中，也选择了你。

萧祁说不清自己内心那阵微妙的感觉，他明明最开始只是想利用楚瑜，甚至想取而代之夺其兵权，可当楚瑜在破庙里为他披上那件貂裘时，当他做噩梦楚瑜送他栖寒剑时，他摇摆不定了。

或许是朝夕相处的这几年里，萧祁很渴望，像误入沙漠的旅人渴求甘泉，他亦渴求从未有过的偏爱。

"楚瑜，你要一直陪我。"

"好。"

九

然而，楚瑜失言了。

楚瑜和萧祁之间的间隙不知是何时生起的，众人只知原先辅佐萧祁上位的镇国大将军楚瑜渐渐开始与独揽大权的赵相交好，只知在朝堂上萧祁不再询问楚瑜，而楚瑜也甚少出入萧祁的宫殿，两个人宛若形同陌路，无人知晓这其中到底发生了什么。近来更是又听闻楚瑜曾多次拜访赵相府邸，还向萧皇求娶赵相胞妹，萧皇虽大怒却也应允了。

四月十三，是楚瑜大婚之日。

将军府前宾客络绎不绝，萧祁只遣人送了份礼。

酒过三巡，楚瑜的两颊浮起酡红，显然是喝多了。众宾客开了几句玩笑便推着楚瑜进婚房，然后一哄而散。楚瑜关上房门，清隽的脸迅速淡下神情，和煦的笑容顿时消失得无影无踪。

他正要转身，身后倏地闪过一道身影，他下意识要擒住对方，哪知对方却像是看穿了他的心思，轻而易举化解了他的招数。他被一股极大的力量攥住手臂，如山般的威压竟让他动弹不得。

这时，借由房内花烛的火光，楚瑜看清了他身前的人。

是萧祁。

楚瑜沉下脸，拧起眉，正要发怒，萧祁却陡然散去一身戾气，声音闷闷的："师父。"

一声师父，依赖温存。

"为何要抛弃我……师父……"

楚瑜深知近几月对萧祁太过冷漠了，若不是赵相一直在暗处盯着，他也不会没有机会向他解释，他张了张嘴，却听到来自屋檐的一声极细微的轻响。

楚瑜瞬间垮了脸，神情冷厉地道："那你呢，你欺我骗我，反过来又问我为何抛弃你，可你真的有相信过我吗？萧祁，你扪心自问，这个皇位当真是我推你上去的？"

这一句一句的话，宛若刀子般一下一下地捅在萧祁心上，鲜血淋漓，疼痛万分。

萧祁想起前不久赵相对自己说："陛下怕是有所不知，楚瑜的身世其实是北疆皇室遗族。"

那会儿他是不信的，他甚至翻阅了大理寺十六年前的冤假错案，也没有找到有关的官员卷宗，可当年北疆的王后却是楚姓。怀疑的种子在心底潜滋暗长，萧祁派了暗卫去查，有种种线索表明北疆太子仍活在世上。

暗卫传回来的密信中写着——北疆太子，名君瑾，字瑜。

萧祁眸光低垂，他看着身下这位他敬重仰慕的好师父，怪异地笑了一声，随即在他耳边咬牙切齿道："师父，你说的真可笑。你以为我不知道吗？从始至终，我也不过是你手中的一枚棋子，一枚你可以操控的棋子！你说我不信你，可你当真什么都告诉我了？"

他笑容轻佻，迫使楚瑜抬头，一字一顿道："或许，我应该换一种方式称呼你——北疆太子楚君瑾。"

楚瑜琥珀色的瞳孔骤然一缩，脸上写满了难以置信："你竟查我？"

"师父，赵相有什么好呢，赵秋秋也不过资质平平。为何师父不跟着我？只要是我有的我都会给你，哪怕你想取我的性命，只要你想要，我都给你。你别抛下我好不好？"

萧祁红着眼，一双墨色眼眸隐约噙着水光。他握着楚瑜的手腕，抵住自己的胸膛，那稳健的心跳声从手心传来，滚烫而炽热。

楚瑜烧红了脸，他不知是因为酒醉，又是别的什么。

楚瑜眸光一颤挣脱手腕的束缚，使劲地推他，凶狠道："逆徒！你眼中可还有我这个师父！"

"朕今日便让你看看朕眼里有没有你！"

感觉内心深处某根紧绷的琴弦骤然崩断了，楚瑜发了狠地抬脚踹了过去，哪知萧祁压根毫无防备，他被踹退了几步，嘴角渗出鲜血。

楚瑜翻身而起，指甲嵌入了手心，很疼，但他只能眼神冰冷地看着萧祁。

萧祁扬起一个讥诮的笑，眼底的光宛若陨落的星辰般一点点消散在黑夜里。

他说不上自己为何如此愤怒，到底是因为楚瑜从未提过他的身世，还是因为他们之间充满了各种欺瞒，又或者是楚瑜抛弃他投靠了赵相。

他说不清，也看不清自己的内心。

这几个月以来，他不停地告诉自己楚瑜不会那样待他的，不会架空他，不会只让他做一个傀儡皇帝。但之后又慢慢想通了，只要楚瑜在他身边，哪怕做个毫无实权的君主他也愿意。

可是，楚瑜却投靠了赵相，背弃了自己。

他沉默地转过身，一言不发地离开了。

萧祁前脚刚走，赵相便从屋檐上跃了下来："楚兄，你这亲手带大的小皇帝，脾气可真是乖戾，让人捉摸不透啊。"

楚瑜裹紧衣衫起身，冷笑道："他既不能掌控，废了也好。"

"好！本相要的便是你这话！"赵相给楚瑜倒了杯酒，"若此事成了，北疆故土便归还于你，这中州天下就由你我二人坐拥！"

楚瑜的目光在酒杯里停了一瞬，接过。

赵相勾着唇笑："祝我们此番顺遂。"

酒杯一碰，一饮而尽。

待屋内只剩楚瑜一人时，他的视线落在了萧祁遗留的那方红巾上，他捡起那红巾凝视半晌，揣进了怀里。

十

次日早朝过后，萧祁在宣政殿密见了赵相。

赵相拿着笏板行礼道："陛下心中恐已有了决断。"

萧祁坐在龙椅上，他神色淡漠地看着眼前这个他的好父皇留下的祸患，笑道："赵相，楚将军昨夜才与你赵府结亲，你此般又是为何？"

赵相处变不惊地跪下道："楚将军手握重兵，臣恐其对陛下有不臣之心，故而假意交好，还望陛下明鉴。"

"那你想要什么？"

赵相回道："臣只想恪尽职守，与陛下一同守护北梁的万里江山。"

萧祁的眼底冷若寒霜。

好一个赵相，如此冠冕堂皇的话也能说出口，是当他三岁小孩好哄骗吗？真是越来越不把他放在眼里了。

看来赵相这股势力，是时候拔除了。

赵相离开之后，萧祁身边的宫人呈上一封信，说是将军府送来的。

萧祁仍生着气，一听到"将军府"三字，这几个月在胸腔里积攒的怒气就渐渐积压不住，那宫人是个有眼力见的，低着头也不敢再说什么，便自作主张将那信放入了装杂物的箱子里。

不日，北梁颁布律令，科举不分贵贱高低，文人雅士皆可参与。

此令一出，许多寒门子弟皆有了出头之日，朝堂上的新面孔日益增多。

但这仍远远不够，萧祁要的是能够与赵相抗衡的势力。

只是，还未等这支势力壮大，赵相便按捺不住地在三月后起兵造反，一如一年多前萧祁起兵逼宫那般。

火光照亮了整座宫殿，厮杀声、怒吼声、刀剑声不绝于耳。

萧祁就坐在金龙殿内，他阖上双眼，在等一个结果。

宫殿外，赵相垂死挣扎的声音传了进来："萧祁！我要杀了你！你父皇亡我云国，伤我子民！今日，父债子还，我定要让这江山随我姓赵！"

如同楚瑜的蛰伏一般，赵相也在北梁这诡谲的朝堂中沉浮了二十多年，一步步爬上丞相的位置，一步步手握大权。

只要让那愚蠢的二皇子继位，他要复国简直是轻而易举，他可以架空皇权，成为中州北梁至高无上的摄政王。

然而，他没想到的是，当年被自己倾轧至北疆的楚瑜竟发兵都城扶持萧祁继位。

之后，他想方设法挑拨离间，想要坐收渔翁之利。

这一切本该照着他的预想发展，却不知中间何处出了岔子，多年的筹谋功亏一篑。

赵相想到了楚瑜，可楚瑜一直都在他的监视下……

他被刀枪锁住，忽地大笑一声："云国既亡，复国无望，我又有何颜面苟活于世！哈哈……就算是死，也会有人陪我！"

话落，他猛地起身抓住剑柄往自己脖子一抹，倒在了地上。

萧祁从殿内的黑暗中走出，看着赵相的尸体，不由得想，楚瑜呢，楚瑜会想要复国吗？会想要北梁的江山吗？会想杀了自己吗？

这场宫变持续到寅时终是尘埃落定。

当晚，萧祁下令将赵相余党一网打尽，这其中也包括楚瑜。

其实萧祁不是没有怀疑过，怀疑楚瑜投靠赵相的目的。他希望一切是自己想的那般，楚瑜只是假意交好，而赵相胁迫他与自家胞妹成亲，为的是可以控制楚瑜。

然而这些都只是他一厢情愿的猜测罢了。

在赵相起兵前，萧祁曾偷偷潜入将军府，他想印证自己的猜想，却见紫藤花架下，楚瑜支起画板，手里拿着狼毫笔正给不远处的赵秋秋绘丹青。

白衣君子唇角含笑，鹅黄衫女子眉目含情。

好一幅岁月静好的画面。

萧祁暗中握拳，笑自己痴，笑自己傻。

殊不知在他转身的那一刻，楚瑜的神色便淡了下来。他搁下笔，那画纸上画的不是那曼妙女子，而是一俊美少年郎——少年策马挽弓搭箭，眼神凌厉。

那是在北疆的萧祁。

十一

楚瑜被关进了天牢，萧祁一次都没去探望。

他怕自己心软。

自赵相谋逆失败后，不少大臣纷纷上奏要斩草除根以绝后患，楚瑜也在处决之列。萧祁看着这些奏折，道不明内心是何种感觉，但不会太好。

萧祁没有批阅，他想着能拖一天是一天，哪怕是将楚瑜关押在天牢，那也依旧是在他身边，哪儿都去不了。

许是心里想着这事儿，下了早朝的萧祁不自觉就走到了天牢，他看着那扇厚重的大门，迟疑一瞬便迈步进去。刚走进去一步，就被扑鼻而来的血腥气冲得屏住了呼吸。

楚瑜被关在尽头的死刑牢里，他蜷缩在角落，身上没有外伤，可见没动用私刑。只是，瞧着却比上次在紫藤花架下时要消瘦了许多。

隔着铁栏，萧祁有很多问题想问他，问他后不后悔，可话还没来得及说出口，里边的人就无力地咳嗽了几声。

楚瑜病得厉害，原本一张清秀的脸变得苍白无比，眼窝深陷，嘴唇此刻血色尽无，瘦得跟具枯骨似的。他又咳了两声，抓着萧祁的衣袖低声呢喃着他的名字，喊的是洛洛。

萧祁的记忆一瞬间被拉回到他们尚在北疆的日子。

他明知楚瑜是北疆皇室遗族，明知楚瑜在北梁步步为营十余年就是为复仇，明知楚瑜背弃了自己投靠了赵相，明知自己不过是一颗棋子，可他就是狠不下心。

师父，在北疆的那六年难不成都是假的吗？

萧祁动了动嘴唇说："我在。"

听到熟悉的声音，楚瑜勉强抬眼笑了笑，身上的痛如万千食骨蚁在啃咬，细密得让他压根难以聚神。

赵相的那杯酒，当真是个好礼物。

楚瑜敛起眸，强忍着疼意。他觉得自己很累，很冷，受本能驱使，不由自主地贴近了萧祁。

楚瑜深吸一口气，疼得牙间打战，却缓缓拉住萧祁的衣袖道："萧祁……放我回北疆吧。事到如今……我只……只求你能看在过往的情面上，让……让我回北疆吧。"

萧祁身形一僵，苦涩地问了一句："楚瑜，我们回不去了吗？"

以往那些逍遥快活的日子，都回不去了吗？

过了很久很久，久到萧祁都以为楚瑜睡着了，他才开口道："……赵相大势已去，你已然为中州之主，天下至尊。而我，不过是谋反叛逆的逆贼，任人处置的阶下囚罢了……"

萧祁忍着泪意道："那你为何求我放你回北疆？"

楚瑜的双目开始失焦，他在想，过不了几个月，北疆的桃花就快开了，他想回去看一看。

最终，萧祁还是放走了楚瑜，让另一个死囚犯代替了他上了刑场，又秘密派人将楚瑜送回了北疆。

他站在城楼上目送着马车，直至马车变成了一个点消失在视野里。城门缓缓关闭，他看着那逐渐变小的门缝，心下陡然生出几分哀凉。

身后这偌大的皇城宫殿，再无人陪他了。

十二

自楚瑜离开都城已有三个多月了。

萧祁最近一直在做同一个梦，梦里他和楚瑜之间没有隐瞒、没有猜忌、没有背弃。

殿外忽地传来一阵细小零碎的说话声。

萧祁原是半梦半醒，此时也睡不着了，便喊人进来问话。

进来的是萧祁精心培养的暗卫，暗卫单膝跪地，禀报道："北疆那边传来消息，楚公子……已于三月初三故去了。"

　　三月初三，已是半个多月前。

　　暗卫低着头不敢出声，身前的人影颤巍巍地站起，萧祁茫然恍惚的声音在寝殿回响，他像是喃喃自语："北疆的桃花开了吗？"

　　萧祁顾不上穿衣，赤着脚奔向了皇宫内院的桃林。

　　宫殿长廊里，未见桃林，已闻花香。

　　任谁也没想到，中州之主、北梁帝王此时此刻竟蹲下身，掩着面泣不成声。

　　寒夜桃花开，故人终不还。

　　除了死讯，北疆还送来了一方木箱。

　　木箱里存着数百幅萧祁在北疆的画卷，每一幅都是楚瑜画的，以及一封绝笔信——萧祁……

　　短短二字却似千斤重压在心头，萧祁颤着手湿了眼眶。

　　而另一封信来自刘副将，他将一切事情的前因后果，包括萧祁所看到的、不真实的、所不知道的却又真实得血淋淋的真相，全都完完整整地写了出来。

　　譬如说，楚瑜一早便知"齐洛"是北梁被丢去西吴的皇子萧祁，尽管如此，却依旧将他留在身边，教他策论韬略，教他治国。楚瑜并不是把萧祁当一颗复仇的棋子，也无意让他做傀儡帝王，楚瑜不想复国，也不想复仇，他所想走的，不过是一条和赵相不一样的路罢了——天下太平，君主贤德，足矣。

　　又譬如说，楚瑜调查到赵相的身世，也察觉出他的目的，然而赵相在都城的势力盘根错节，不太好铲除，他干脆静观其变，顺水推舟。而萧祁平定的那场赵相宫变，楚瑜则一直在暗中给他线索，并且不动声色地换掉了赵相的心腹。如若没有楚瑜，恐怕也没那么容易拔除赵相一党。

　　楚瑜知道萧祁在朝中孤立无援，无法与赵相抗衡，遂趁着放宽科举之时，将自己多年栽培的寒门子弟推给了他。

楚瑜所做的一桩桩、一件件都是为了让萧祁更好地坐稳这个位置，他精心筹划，却不让萧祁知道，也不让任何人知道。

他让萧祁恨他、怨他、与之决裂，因为这些都会被赵相的眼线看在眼里。赵相心思缜密、老谋深算，如不此般是无法获得他的信任。

至于赵秋秋，也不过是对外捆绑楚瑜的棋子，若他赵相倒台，楚瑜也难以全身而退。

"赵相让公子喝下毒酒，那毒酒若不能按时服用解药，便会日日夜夜受寒冰钻心刺骨之痛，痛入五脏六腑。为公子添炭火时，他说他不冷，因为再添多少件貂裘，添多少炭火，他依旧感受不到任何的温度。额间冒着冷汗，什么事也不做，只是痴痴地望着院子里那两株桃树。"

"公子时常会做噩梦，他说他梦见自己双手沾满了鲜血，山河间尸横遍野，他看到北疆子民的冤魂，看到他的父皇母后质问他为何不为北疆报仇，为何不夺回北疆江山。"

"公子原本……许是不想活着的，身上背负着千万无辜百姓的血债，他说他害怕，害怕得不想入睡，红肿着双眼，眼下一圈乌青。"

"三月初三的那天，公子已经虚脱相了，手脚冰冷，怎么捂也捂不暖，不小心碰倒了火炉，起了满脚水泡也浑然不觉。公子从木箱里拿出画卷让我去烧了，可临头了却又舍不得，抱着画卷说你一人在皇宫殿宇中很孤独，哪怕自己油尽灯枯也想再多陪你一会儿。"

"公子命我在他死后将这些画卷一并烧毁埋在院子的桃树下，也不必告知陛下他的死讯。但出于私心，我不愿，公子为陛下做了这么多，我不仅要让陛下知晓，更要让陛下余生怀着对公子的愧疚活着，此生此世，永远记住，受此煎熬，不得安宁。"

"陛下，公子他从未背弃过你。他说你气他怨他，在那封信送到陛下手中，而陛下不曾回信时，便已万念俱灰。"

……

信？

什么信？

萧祁感觉自己似乎忽视错过了什么，身子发颤，一个没站稳，旁边的宫人急忙要扶，却被一把推开。他跌跌撞撞地去翻桌案上的奏折信笺，什么也没有，都没有。

一颗心仿若被狠狠地攥住，他猛然想起什么，几乎是飞奔着到一个杂物箱前翻找着，他终于找到了那封被遗忘的信。

萧祁的手在发抖，他撕开信封，里面放着一方红巾。

红巾的一角是楚瑜娟秀的字迹——"洛洛，信我。"

萧祁顿时崩溃了，跪坐在地，脸埋进红巾中，失声痛哭，那脆弱的背影仿若一个丢了自己心爱之物的孩童。

尾声

天元十六年，北梁一代帝王萧皇萧祁薨逝于长明殿。

萧皇一生功绩累累、轻摇赋税、文武兼治，中州天下繁荣昌盛，各地歌颂赞词不绝于耳。而萧皇终其一生未曾立后，不曾设后宫，亦未有子嗣，遗诏中将其皇位传给了宗亲贤能之人。

长明殿内，榻上的先帝发丝如雪，他阖着双眼，手中紧握着一枝桃花枝，脸上布满皱纹，眼角却漾着笑意。

一炷香前，萧皇弥留之际，曾断断续续地呢喃着这么一段话——"回……北、北疆，饺子……想吃……饺……花、桃、桃花……"

身子虚弱得连一句完整的话都说不清。

絮絮叨叨了片刻，许是乏了，他欲凝神望着殿内的横梁，气息终是渐渐地弱了下去。眼皮沉重，他闭上了眼。

眼前像是走马灯一般的浮现起那些他这几十年都不敢深入去回忆的人。

在寒夜的破庙里为自己拢上一件狐裘大氅、在将军府收自己为徒、在军营手把手教自己搭弓射箭、在冬至煮上一碗饺子、在寒冬腊月里约定来年要回北疆赏花的人。

……

最后，在记忆的最深处，那抹玄青色的身影若隐若现。

"楚瑜……"

纵然萧祁浑身无力，却依旧紧紧攥着一枝新折的春日桃花，朝那人展开了笑颜。

他们之间那些兜兜转转的前尘往事终归化作尘土，消散于茫茫中州。或许有那么一天，还会有人能记起当年北疆万里草原之上，少年君子策马奔腾之景。

那是萧祁这一生想回去又回不去的日子。

大梦一场，倥偬半生。

萧祁想起他们还在北疆的时候，某年雪夜，静室的小火炉温着一壶酒，楚瑜举着酒杯踩在雪地上，回过身瞧着自己，眉眼已显醉色却难掩欢喜。

风雪骤然一吹，落满了他的肩。

那时的楚瑜说了什么，他没听清，不曾想在临终的一刻，似乎听到了。

他听到楚瑜说——

半生戎马征沙场，

归来有幸同君行，

温酒共饮何妨醉，

寒风夜送桃花香。

"萧祁，北疆的桃花开了。"

·终·

为臣忠君爱国，九死无悔，为官守正不阿，清明无私。

◆ 燕衡阳 ── 庄天净 ◆

恣意妄为皇叔

×

正人君子直臣

谋定

作者 ▨ 孔阳

影视编剧，纪录片编导，
悬疑类小说作者。

一

正安六年，九月初八。万寿节大朝日。

户部尚书于方在上朝的路上，被一柄长枪刺死于轿中。

银色长枪枪柄之上，"一统北疆"四个金字闪亮。

等奉天府尹刘至带着衙役们赶到时，这把长枪的主人正站在轿旁。

北靖王燕衡阳，先帝幼弟，当今少帝的皇叔，是先帝山陵崩前为少帝指的三位辅政大臣之首。也是他亲手扶定当时只有十岁的少帝，一步步走上金銮殿的至高处。

可是……

"王爷位高权重，却也不能任意夺人性命。于大人乃户部尚书，朝廷的正二品大员。"刘至悲愤莫名。

于方清名达天下，刘至与他虽无深交，却有敬仰之意，又同为京官，此时，生出几分兔死狐悲之意。

燕衡阳却只是冷冷地看他一眼，不发一言，转身欲走，却被刘至扯住了袍袖。

"王爷，闹市杀人可是重罪，您不加解释，便要走吗？"

他话音才落，就只觉得眼见寒光一闪，接着手腕一阵剧痛，忙缩回手来，腕上已经是鲜血淋漓。

立在燕衡阳身后的一个皂衣侍卫，缓缓将长剑收回鞘中。

"大人！"

衙役们惊呼一声，有人上前帮着刘至止血，有人怒目瞪向那名侍卫。

"王爷，难道是要如诛杀于大人一般，将下官也杀了？"刘至忍痛，艰难说道。

燕衡阳却皱起了眉头："素千，你冒失了。"他缓声道。

那侍卫不言语，只微微躬身。

"这血都溅上了我的衣袖，你该砍他的臂膀才对。"

他撩起衣袖，看着上头那微不可察的一点血珠。

刘至听了这话，险些气得吐血。

"此人不是本王所杀，若他活着，本王还要治他一个偷盗御赐之物的大罪。"燕衡阳望向刘至，转身扬长而去。

这次再无人敢拦他。

三

北靖王狂悖无状，当街刺杀清正之臣！

不过一个时辰，这个消息便已然震动京城，奏报上达天听。

今日才满十六岁的少帝，刚刚在大朝受了文武百官的朝贺，就接到这个消息，心中惊诧莫名。

奏报只含糊两句，他唤来近侍林福，命他宣召奉天府尹。

林福出门小半个时辰，便一个人回来了。

"陛下，奉天府尹刘至负伤，太后娘娘已下懿旨，将北靖王暂押于天牢，待案情查清之后再行处置。"

少帝腾地从座上而起，手掌握出青筋。

林福将身体伏得更低。

半晌，便听头上咬着牙问道："娘娘命谁去彻查此案？"

"刑部侍郎庄天净。"

少帝默然，站立半晌。突然，像是舒了口气般，整个人放松下来。他缓缓归座，面露笑容。

"差个人去传信，让庄侍郎来万春园，朕的万寿节大戏，怎能缺了他呢？"

少帝舒展地靠在椅上，蹬掉鞋子，还悠闲地跷起腿。

三

庄天净立在于方的轿前。

现场如才发现时一模一样，只是地下的血，已渐干涸。

围观之人纷纷向前，差役们拦都拦不住。

"大人，您已经看这尸首多次了，还有何不明之处吗？"刑部总捕头周正武问道。

"周捕头曾是定景二十年的武举状元？"庄天净问道。

"属下家中皆是江湖中人。"周正武谦逊一笑。

"依你看来，北靖王武功如何？"庄天净又问。

周正武一愣。

"王爷师从江湖两大门派宗师，自幼习武，内外兼修，能于万军之中取将首级，非是属下能比。"

庄天净点头，道："与我所料不差。"

"大人？"

"王爷如今被关在天牢？"

"是！"

"走，去将他放出来。"

"大人？！"周正武大惊。

"于大人并非北靖王所杀，他是自戕而亡。"庄天净说着，快步而去。

四

天牢之中，燕衡阳斜靠在一张软榻上，正在悠闲地品茶。

庄天净走至牢门前，又退回了一步，确认自己并未看错，这的确是天牢，而不是王府的某间小厅。甚至牢门都没有上锁。

庄天净是注重规矩之人，此时脸色极不好看。

"看王爷此时情形，似是将我刑部天牢当成自家别馆了？"

"原来是你？"燕衡阳笑了。

"来得正好，陪本王坐坐。"他说着，给庄天净倒了盏茶。

庄天净看着琉璃盏中澄明浅碧的茶汤，闻着空气中清冽茶香，眉头却没松开过。

"怎么不尝尝？从南州新贡来的点雀舌，在京城万珍阁一两黄金一两茶。你爹是承恩侯府的公子，可也喝不起这点雀舌！"

"只要心存清正，但行好事，不必黄金万两，粗茶淡饭，我亦心安。"

燕衡阳突然起身，下一瞬间，就已经凑近到庄天净咫尺之间。

庄天净不曾防备他突然靠近，人向后一缩，险些绊倒，被燕衡阳一把拉住。

"粗茶淡饭？你还真不像庄容老儿。"燕衡阳紧盯着庄天净，仿佛想从他眼里读出什么。

庄天净却也毫不相让，瞪了回去，却只从他眼中看出一丝戏谑。

"王爷，请自重，您如今还算是戴罪之身。"

"戴罪？哦，对，你是刑部侍郎。那你说说，我有什么罪？"燕衡阳退回到软榻上躺好。

五

"于方死时您在轿前。"庄天净道。

"路过那里也算有罪？"燕衡阳无所谓地一笑。

"死者死于先帝御赐给王爷的长枪之下。"

"本王府中发生窃盗，恰好丢了御赐长枪。"

"王爷还曾伤了阻碍您逃逸的奉天府尹刘大人。"

"他对本王大不敬，本王的侍卫没有砍掉他一只手，已是莫大宽容。"

庄天净心中越发有火，只是此时却发不出。

"庄大人，你如今对本王怎么如此冷漠？想当年，你在御苑中困在树上下不来，还向本王求救过，那时你还哭鼻子了呢。这才几年，你就变得这般不可爱了？"

燕衡阳把手支在下巴上，目光十分轻佻。

庄天净眼中闪过一丝羞窘。

"下官正在办案，请王爷放尊重些。"

"你确定你是来办案？你难道不是来放本王出去的吗？"

半个时辰之后，庄天净将燕衡阳送出了天牢。

"王爷，此案未破之前，请您不要出京，本官随时请教。"庄天净朝他拱拱手。

燕衡阳看着他，笑道："我有些好奇，你那位高居慈宁宫的姑姑，若是知道你如此轻易便将本王放了，你这刑部侍郎的位置，会不会就保不住了？”

“王爷慎言，下官科举入仕，调任刑部侍郎乃是因下官在州府任上屡破奇案，才被天家破格擢升，未因家中之势。”

天真，实在天真！

正安元年恩科状元，六年从州府大员擢升为刑部侍郎。

庄天净才二十四岁，朝中与他品秩相同的大员，几乎都是他叔伯祖父一辈。

朝野上下尽知，庄太保之孙惊才绝艳。

惊才绝艳是真，但……他父亲是当朝太后的胞弟是真，他自幼与少帝相伴读书也是真。

“好，我便在府中，静候庄大人。”

王府马车已至，燕衡阳登车之前，甩给了他一个小荷包。

庄天净打开一看，里面是些许茶叶，形如雀舌。

这大约就是一两黄金了。

他转头看向自己带来的属下。

“去于大人府上！”

六

于方清廉，不似一般朝廷大员。

他的府宅在南城东巷，一处狭窄破旧的二进院子。衙役们将于府下人禁于府中，以备勘问。

“大人今日上朝前并无异状。”

“倒是前日休沐独自在书房枯坐至深夜。”

“夫人在京郊老家为老夫人侍疾，这里唯有一名侍妾服侍。”

“昨日老爷安排那侍妾回乡送使用之物，今日一早也离京了。”

"我家大人与北靖王素无来往，不过月前为一件失银案去过王府，自那之后，大人时常吁叹，曾说：'一生清正为能吏，只怕清名至此，要尽毁了。'"

从老仆那里得到的皆是零碎信息。

庄天净又到于方书房，小小一间房屋，屋内书籍垒叠，桌上地下尽是书籍字画。

他在屋内细细翻查，突然在桌下一暗格中，发现了数封信件。

取出其中一封一看，说的就是十万饷银失踪之事，上面提到会将靖州知州孙怀成秘密押赴京中，算时日大约就在这几日便能到达。

这样关键的时候，于方为何要选择一条死路？

其他的几封信，并没有写什么机密的内容，但是被藏在了机密的位置。这又是什么缘故？

庄天净思索之时，书房周围突然浓烟滚滚，从窗户可以看见外头闪着火光。

"走水了！"

"大人还在书房之中！"

庄天净顾不得别的，抓起那几封信就要往外冲。

然而才到门前，房梁轰然一声，带着火的木料瓦片就落下。

他踉跄后退两步，一个身影破窗而入，一把抓住他，转身又冲了出去。

"信！"庄天净惊叫一声！

他手上一松，信纸不慎落入火中。

"还要什么信，你不要命了？！"燕衡阳斥道。

"那信上可能有重要线索。"

庄天净转身，看着大半被火光吞噬的书房，还想再冲回去。

燕衡阳干脆将人打晕拖出门去。

七

庄天净醒来时，时近黄昏。

王府水阁有清风穿过，隐隐还有丝竹之声。身旁的小几上，一盏热茶冒着香气，几样精致茶点，品相上佳。

"醒了？"燕衡阳进来。

"于府情况如何？"庄天净忙问。

"有几面墙还算结实。"

庄天净面色一沉，那就是只剩断壁残垣了。

"救火及时，并未波及周边百姓，你可放心了。"

"你可知，靖州知州孙怀成将要来京。"庄天净又问。

"知道。"

"你是如何得知？"

"靖州乃本王封地，五万定北军就在州中扎营，分毫动向，本王皆知。"燕衡阳笑得温和。

"失银案发，朝中议论纷纷，传言王爷与定北军勾结，贪占银饷，当时户部来询，王爷却言靖州遥远，你不知这些细务。"

"我骗他们的。"燕衡阳托腮看他，笑道。

"王爷！"

"定北军军权收归兵部，天下兵马由你祖父庄太尉调动，军中银饷丢失，与我一个闲王有何干系啊？"

"那王爷为何不上折自辩？反而任流言猜测，折损王爷声名？"庄天净对他这态度颇感无奈。

"本王偏不上折如何？他们只敢议论，谁能耐本王何？"燕衡阳肆意而笑。

"可若王爷身负冤枉……"

"那你待如何？"

燕衡阳打断他的话，目光炯炯，直视入心。

"下官掌天下刑律，绝不任一贼逃逸，也不能见无辜受冤。"庄天净斩钉截铁道。

燕衡阳端茶的手，稍稍一顿。

"你中状元时，打马游街，我曾亲自为你牵马，那时你与我说的话，竟还记得。"

当年，少年登科，意气风发。

簪花跨马之时，曾对位高权重的摄政王有诺，为臣忠君爱国，九死无悔，为官守正不阿，清明无私。

朝政事移，不改其志。他庄天净依然是当年那个胸怀公正的意气少年。

"本王差人暗中护送孙怀成，保他平安来京，受你查问。"燕衡阳笑道。

"王爷能如此，足见心底无私。"

"于大人侍妾今日突然返乡，事有蹊跷，我明日要往京郊于家庄探访于老夫人，庄大人可愿同行啊？"

"下官遵命。"庄天净拱拱手。

燕衡阳取了一块佛手酥，倾身近前。

庄天净本倚在榻边，退无可退，心中一阵羞恼。

却见燕衡阳将点心往他唇畔一点，笑道："你是怎么变成这个一板一眼的模样？那时，你与明昭追在本王身后，喊着'九苏苏，要抱抱'多可爱啊？"

庄天净一把将佛手酥夺在手中。

"你走开。"

他恼羞成怒，将那佛手酥当成这不尊重的家伙，狠狠地咬。

水阁里传出北靖王爽朗笑声。

八

第二日早朝。

朝臣纷纷出班，参北靖王的奏章在龙案上摆了厚厚一摞。

少帝斜坐龙椅，一本本抓着看，还不时发笑。

庄太后在帘后，眉宇已见厉色。

"皇上！"庄太尉忍无可忍，"朝廷二品大员、一部尚书当街被杀，行凶者是当朝王叔，这是大事。皇上怎能这般儿戏？"

"当街被杀？这是谣言，与刑部所查不实，怎么昨日还没辟谣吗？"少帝笑问。

"这……"

朝堂又是一阵哗然。

"既然大家不知，刑部庄侍郎何在？请他给大家解释解释。"少帝往下张望。

"回陛下，庄侍郎为调查于大人案今日告假，往京郊于家庄去了。"刑部尚书莫不言出班。

"胡闹！这样的要案，他不来朝上亲禀，还告假外出？"庄太尉斥道。

他是当朝太尉，又是庄天净的祖父，这样的话，平时骂来倒也寻常。

但座上的少帝眼中闪过一丝锐芒。

庄容老儿竟将朕的朝堂，当成他家的小厅。

他竟又笑出声来。

庄太后忍不住，道："皇上，奏折中有何趣事，让皇上如此欢欣？"

"娘娘，朕是看这折子里的九王叔，朕都不认得了，因此，才觉得好笑。"

他这样一说，朝臣的议论之声戛然而止，大伙悄抬眼看了一眼少帝，又都垂下头来。

天家话中有话，他们不可轻忽。

"往日里若遇个大灾大祸，三催四请，也上不来个能说明白的折子。"少帝又道，"瞧瞧，这几本折子，除了上折落款不同，里头内容竟一字不差，这几位大人还真是心有灵犀。"

他越看越开心，此时已经笑出声来。

庄太尉却气得面容扭曲。

"皇上如今已满十六，对朝政竟还如此儿戏，这样让臣等如何放心皇上亲政？"他急道。

"太尉！"庄太后在帘后呼道。

庄容一愣，躬身道："臣逾越了。"

"太尉所言不错，朕还小呢。朝政由太尉做主，朕不担心。"少帝笑道。

庄容脸色都白了，撩袍要跪。

少帝却又道："娘娘，这案子既然是委了少清去办，您还有什么不放心？朕本该随武师父习剑，何时才能下朝？"

庄太后将手中锦帕拧成一团。

"罢了，下朝吧。"她似已无力。

九

因于尚书之死，朝中纷乱。

有人忧心北靖王妄为，更多人却担忧少帝纨绔难当大任。

还有人冷眼旁观今日庄太尉与太后，心中暗叹子弱母壮，主少臣疑。

然而这些，燕衡阳与庄天净二人暂时不知。

他们的马车到了于家庄，眼前的于家老宅与寻常农家并无二致。

于夫人双目泛红，却仍出来迎接。

燕衡阳未陈明身份，此时显然不大合适。

"家母大病方愈，妾还未敢将此事告知，请大人们体谅。"她穿着朴素衣裳，手指也不似一般夫人那样纤细。

"夫人放心，在下只问几个问题，便不去打扰老夫人了。"

"多谢。"

"于大人昨日遣一侍妾回家，有何事吩咐？"

"是来为婆母送每月月例用物，并无异常，只是比往常提早些了。"

"在下想见一见这位侍妾，夫人可允许？"

于夫人点点头，叫来了那名侍妾。

那侍妾战战兢兢，只说前日大人预备好一切，叫她天明出发。

不过，再前一日有人秘访于府，与于方在书房中谈至二更，那之后，于方心中有事，还叫她叮嘱夫人要精心侍奉老夫人。

像是交代遗言。

这时，有小丫头来报，老夫人听闻大人同僚来访，请见奉茶。于夫人大惊。

燕庄二人只好进内厅问好。

于老夫人一身农家粗衣，虽带病容，却热情爽朗，为他们摆上点心清茶，殷勤招待。

回程的马车上，庄天净沉默不语，似有什么抑郁之事。

"王爷的御赐长枪是什么时候丢失的？"他问。

"三日之前，那把御赐长枪供在皇室宗庙，本王派人去给皇兄上香之时，才发现这把枪丢失了。"

"王爷为何不当即报案。"

"本王命人去宫中送信，慈宁宫娘娘说丢失御赐之物可是重罪，让本王好好查访，不要声张，万一被言官知道，只怕又要参本王一本。"

"王爷还怕言官参奏？"

"我是不怕，但我怕你那个祖父趁机要本王的命。"

"王爷在暗示什么？"

"看来你开窍了？"燕衡阳笑了。

"我在于大人的书房发现了几封书信，除了靖州知州入京的密报之外，都是些寻常信件，分别来自西元、西江、靖安城，还有一封未来得及拆看，上面印着一个奇怪的标志。"庄天净回忆着说。

"你可还记得那标志是什么模样？"燕衡阳自马车上的书箱中拿出笔墨纸砚。

庄天净很快画出了一个圆形标志，上面还有三个竖杠，竖杠的顶上点着三个黑点儿。

"福生寺。"

"这寺庙不就在皇家宗庙附近？"庄天净惊讶。

燕衡阳忙命马车，转往福生寺。

十

慈宁宫偏殿，庄太后与庄容对座下棋。

一名内侍过来，回道："庄侍郎未回，旁人不知他去往何处，只知在调查户部尚书之案。"

庄太后挥手，内侍退下。

"这小子，如此愚钝，将此案顺势推往那疯子头上，一了百了不好吗！"庄容怒道。

"父亲，阿净本性正直，有疑必究，并不奇怪。"庄太后摇摇头。

“都怪你，叫我不要将心中之志对儿孙尽言，此时用他时，却借不到力。”庄容看着女儿也不大顺眼。

“父亲，你最近实在冒进了。”庄太后冷言。

“冒进！你当年是如何说的？你要垂帘听政，是我帮你扫清障碍，如今我大志难伸，你却让我接着等待？

“我空有太尉之职，京畿大将、四方守军却只知有北靖王，不知太尉。朝中之权，被你一手握住，如今，那小兔崽子还敢在朝上当场让我难堪，你还怪我冒进？！”庄容猛然将棋盘掀落。

“父亲，他是当朝皇上，我的儿子，还容不得你为臣者如此无礼。”庄太后怒极起身。

“你的儿子？哈哈哈，你的儿子！”

庄容若有所指，狂笑而去。

“娘娘！”

一老嬷嬷从帘后转出，扶出全身颤抖的庄太后。

“嬷嬷，父亲野心已成，急不可耐……我是不是……错了？”

“娘娘……”老嬷嬷目露怜惜。

“事已至此，无路可退。”

庄太后目光渐渐变得冷漠起来。

此刻，福生寺中，方丈闭关。

闻得有人自于方府上而来，他只叫小沙弥送来一个珍珑盒。

燕衡阳将锁头握在手中，只是一瞬，小锁便化为粉末。

里面是一个字条，于方的字。

“以北之银，养西南之兵。”

庄天净不知想到什么，手一抖，纸条落地。

十一

深夜，北靖王府。

那是花园尽处，一间不起眼的小屋。

少帝坐在一堆密折之中，面带倦色。

"九叔，我都等不及了，他们这百转千回的，到底什么时候才能做个决断？"少帝掷下其中一本，伸了个懒腰。

"明日孙怀成进京，还差最后一环。"

燕衡阳擦拭着自己的佩剑，寒光湛湛，映出他疏淡的眉眼。

"今日那老贼进宫，带着怒气而去。"少帝兴致勃勃。

"娘娘可知，你将眼力布到她眼前了？"

"她知道三个。"

"你总有第四人？"燕衡阳笑笑，"明昭，你长大了。"

"九叔，父皇去时我在身旁，他说怕大燕正统旁落，我记住了。"少帝抬眼看他，目光清澈，"可是……"

"你有何事不解？"

"九叔，母后为何这样对我？"少年不解。

燕衡阳将剑收回壁上，他抬手轻抚少年顶发。

"娘娘自幼疼你，只是……"

"只是不及生父养恩。"少年低下头，吸吸鼻子，再抬起头来，又是那个坚强的少年。

"这次设局，将少清卷在其中，他个性耿直，只怕那老贼容不得他？"少帝又道。

"他与他爹竟像庄家的两个异类，承恩侯府还生出了不爱权势的子孙。"燕衡阳一哂。

"九叔，此事一出，让少清如何自处呢？"少帝又问。

"今日福生寺一行，他已有了预感，只是不知他会做何选择？"

"少清此人，我信他！"少帝说道。

燕衡阳笑笑，没说话。

无论帝心如何，庄天净都是他要保住之人。

十二

深夜，户部衙门的后门，有个人影悄悄溜进去了。

庄天净悄悄来到尚书值房。他觉得于方如此谨慎，应当会将一些秘密藏在危险又安全之处。

他将几张纸塞入怀中。

那天夜里，庄天净几乎不能入眠。

一份份被于方精心藏起的证据摆在面前，他觉得这更像是一种指引，渐渐地把他指向真相，这大约是于方留给他的遗言。

于方自戕于上朝途中，凶器为北靖王所有，朝野势必震动。

庄家与北靖王不和已久，他身居刑部，又是庄氏嫡孙，太后指他侦破此案顺理成章。

他屡破大案始获升迁，尚书莫不言治下，刑部皆能吏，怎会看不出于方死因有疑？

按例，先察其家，然而一场火，毁了于府所有。

但那些信，却让庄天净更加怀疑，除了孙怀成入京之外，其他信件都来自梧州府，正是大燕西南之地。

福生寺中的字条，是于方已知的线索，养西南之兵。

燕太祖开国，庄家于西南起兵襄助，大事成时，庄家祖上战亡者众，只余虚衔。

庄容心中不平，对权势多有贪恋，近年尤甚。

庄天净以为，他只是不平，绝没想到……

他咬牙将一份份证物收起，藏入贴身袋中。

此时，房门被推开，父亲庄怀章进来。

"阿净，怎么还未睡下？"

"父亲……"

"可是公务上遇了难处？"庄怀章向来温和。

"是。"

"你素来聪慧，莫急。早些睡吧。"

他说着，从袖中掏出个小小荷包，里头放着几颗梅子粉糖。

"父亲！"

庄天净突然出言叫住走至门边的庄怀章。

"你可知……"

"何事？"庄怀章疑惑。

"不，没事了。"他又摇摇头。

看着父亲那张温文尔雅的脸，庄天净在想，自己要如何说出，庄家正面临九族诛灭的悲惨命运。

"你是累了，好好歇歇。"

"父亲，你年初时不是想去观中清修？何时动身？"庄天净展开一个笑容。

"你向来不喜我修仙问道，如今怎么变了？"庄怀章笑笑。

"查案时去了一趟福生寺，只觉得寺中清净，父亲体弱，到那里安心休养，也好。"

"好，待你休沐之日，便送我一趟吧。"

十三

九月十二日，朝中局势突变。

令出于后宫，言明北靖王燕衡阳滥杀贪腐，夺其王爵，押入宗人府大牢。刑部侍郎庄天净在朝堂正言相抗，被太尉庄容斥之视国家法度为无物，逐出朝堂。

少帝为此事，与太后争执，愤然离慈宁宫，两宫之争浮出水面。

朝野动荡，人心浮动。

次日，靖州知州孙怀成披枷带锁，坐在囚车之中，被押入京城，在刑部大堂之前停下。

刑部尚书莫不言、侍郎庄天净迎于门前。

"孙大人一路辛苦，本官刑部侍郎庄天净，奉命勘察此案，案情紧急容不得大人休息。"

"庄……你是庄太尉之孙？"孙怀成突然睁开眼睛，激动问道，"太尉救我，太尉，下官是为你效忠……啊！"

他一语未完，一直利箭破空而来，直扎入他的心口。

紧接着战鼓擂响，杀声震天。

庄太尉反了！

反得猝不及防。

周正武带领衙役，护众人退出刑部衙门，紧闭大门，暂时抵挡反军。

"少清，事情怎会如此？"莫不言望着庄天净。

庄天净终于将怀中所藏证据取了出来。

"本打算今日收到孙怀成的口供便上报天听，只是没想到，祖父他……"庄天净的手有些颤抖。

"坏了！陛下今日何在？"莫不言突然问道。

"陛下罢朝，日日在西郊御园游猎。"庄天净只觉得一身冷汗。

"庄容西南大军，只能从西郊而入。"

庄天净一咬牙，道："周捕头，请你护送我出去。"

"少清，你糊涂了，即便你前往，独木难支，如何救得万岁？"莫不言一把抓住他。

庄天净定定地看着他。

"以命相搏！"

莫不言愣住，他突然从一旁衙役手上抽出一把朴刀。

"天牢之外有处秘道，可至西市，走！"

庄天净愣愣看他，生平第一次握起了刀。

十四

"反了？他真的反了？！"

庄太后面色苍白。

"娘娘，禁军随陛下幸驾西郊，皇城已被围困。不过，西南大军口称是来守护娘娘安全，请娘娘……"

庄太后手上的佛珠越转越快，终于两手一撑，将佛珠丝线扯断。

"不必说了，传我懿旨，命禁军退下，让西南大军入宫驻防。"

"娘娘？！"

"去！"

此刻，西南大军已经围定西郊猎宫。

庄容一身戎装，与少帝对峙。

"你若签下此退位诏书，我可让你以上皇之尊，居于西郊猎宫，保你富贵安宁。"他面带冷笑。

"说来，你还是朕的外祖父，如今却要逼朕禅位，不知是朕的哪位弟弟，有此荣光，登此大位啊？"少帝笑问。

"我庄家难道无人吗？"

"哦？是少清？还是怀章舅舅？你为人父，便要陷子孙于谋逆之大罪？于心何忍？"少帝摇头。

"明昭小儿，老夫忍你良久。昔年起兵，我庄家少壮捐躯，满门忠烈，却只得一个虚衔，这江山为何我庄家坐不得！若说谋逆，倒是你燕氏窃我庄家子弟捐躯之功。"庄容怒道。

"祖父！"

庄天净不知从何处冲入，手上的长刀，也带着血迹。

他身上脏污，不似平时板正，手脸带伤，却仍护在少帝之前。

"你从何处来的？我不是叫一支兵将你困于刑部？"庄容皱眉。

"祖父，您竟做出这等谋逆之事，您可曾想过父亲，可曾想过我？还有姑母，她在深宫之中，何其无辜？"庄天净忍不住颤抖。

"你父无用，只知问道避世。你姑母为我庄氏子女，当为大业而生，为大业而死！你快闪开，不然，莫怪我不顾祖孙之情。我可不是只有你这个孙子！"庄容目露凶光。

庄天净咬牙，死死地站定。

"少清，听他的，你下去吧。"少帝初时震惊，心情涌动，半晌才说。

"君子有所为，有所不为，祖父谋逆，我无颜见君，愿以身殉国。黄泉之下，请陛下恕我抗旨不遵之罪。"庄天净握紧了手上长刀。

"哼！无知小儿。你们敬酒不吃，莫怪老夫心狠手辣。放箭！"庄容提剑一挥。

却只听得一声锐器破空之声，一柄银色长枪由远及近飞来。

马背上的庄容突然凌空飞起，顺着长枪之力，直撞上树干，被钉于树干之中。

下一瞬间，喊杀声四起。

一人银甲银盔，红袍如火打马而来，正是被关于宗人府大牢的燕衡阳。

庄容视线一片模糊。

"怎会……怎会……明明已赐毒酒……"

十五

正安六年九月十三，太尉庄容谋逆，率西南军攻破京城。北靖王燕衡阳阵前取贼首性命，破敌于西郊猎宫。

庄太后收叛军入宫禁，与少帝大军苦战一日，死伤逾万，终不敌，脱簪戴罪。

史书寥寥数笔，说不尽内里的恩怨情仇。

"是你！是你的计划？"庄天净看着燕衡阳，终于想通了关窍。

"于大人侍妾偷偷瞧见，前夜拜访于方之人，手上拿着长条之物，以金红锦布覆盖，那是王爷的御赐长枪！

"你知道于方查得我祖父谋逆之证，知他无力与太后一族相抗，逼他以命为引？

"孙怀成为我祖父敛财，嫁祸于你，你却护他入京，让我祖父无处灭口……你步步紧逼，就是为了逼着他反？！"

燕衡阳为他手上的最后一个伤口上了药，抬眼看他，笑颜如常。

"证据我尽交于你手，你怎么不交给你祖父？若交给了他，他说不准，还就不反了呢？"他笑问。

庄天净噎住。

"他不会不反，陛下已满十六，亲政之期到了。"

"那便是了。两军阵上，我杀的不是你的祖父，是反贼。若你因此怪我，我无话可说。"燕衡阳笑笑。

庄天净颓然摇头，一滴泪滑落。

"逆臣之后，哪有脸责怪王爷。我只想问王爷一事。"他突然抬头。

"王爷有千般计策，为何偏偏要于大人这样清正之臣牺牲性命？"

燕衡阳愣了下。

"只要我所谋之事成了，不过一条人命，有何可惜？"

疯子！

庄天净绝望地摇头。

燕衡阳是个疯子！

用无辜之人的性命，成全他的谋定，人命在他眼中，当如草芥。

"于方死得其所，他必流芳万年。"

庄天净猛地起身。

"道不同不相为谋，罪臣告辞。"

"慢着！"燕衡阳又唤一声，丢了个锦囊给他，"怕你饿着，路上吃。"

庄府已被抄没，如今，庄怀章被安置在佛堂。

他一身居士打扮，正在窗下抄经。

庄天净进门，他脸上才现悲喜，握着儿子的手，欲说还休。

小沙弥送沸水进来，庄怀章抹了把脸上的泪痕，为儿子泡茶。

"这是……点雀舌？"庄天净突然问。

"是你落在家中的荷包，我见里头是茶，竟是点雀舌吗？何人赠你？"

庄天净并未答话，打开今日燕衡阳给的小荷包，是几样茶点。

他记得这茶香，也记得这点心，那日京郊于家老宅，于老夫人的房中……

忽然，他猛地起身，冲出门去。

"阿净！阿净！"庄怀章呼之不及。

京中下了一场大雨。

于府残壁被雨冲刷，漆黑墙面之中，竟现出纯银之光。

有人见刑部侍郎庄天净自于府小巷冒雨而出，形似痴呆。

十六

慈宁宫中，奴仆散尽。

庄太后跪坐于蒲团上，只余老嬷嬷在背后悄然拭泪。

少帝进来时，被屋中低劣的香味熏得皱眉。

"皇上来了？"

"娘娘，安好？朕听闻娘娘要见朕，特来请安。"少帝行止有礼。

"哀家只想恭喜皇上，荡平障碍，亲掌朝纲。"庄太后苦笑。

"娘娘，朕只想问一句，为何如此？"少帝望着她。

庄太后看着他的眉眼，只觉得过往一切，竟渐渐清晰。

"皇上可知，先帝子嗣众多，你非长非才为何得立太子？"太后笑问。

"先帝立嫡，以正大统。"

"嫡？你非本宫所生，何来嫡出！"

少帝先是一震，却又平静。

"是了，你知道了。那疯子，不……燕衡阳不是疯子，他是精怪，他无所不知，他已经猜到了是吗？"庄太后似乎已然陷入悲切。

"九叔不曾说，是朕悟到了。"

"你小时与少清同窗读书，当时人人言说，你二人形似兄弟，宫人都道外甥肖舅也是常理。此刻，你还未想通吗？"庄太后突然疯癫般笑了起来。

"我位居中宫，尊荣无限，都说中宫盛宠，国祚之福。只有我知道，他……他不过是透过我的脸在看另外一个人……"

少帝眼光寒光一闪，一个念头突然划过。

人说外甥肖舅，父皇听闻欢喜大笑。

他自小被允随舅父庄怀章读书，庄怀章对他关怀爱护，恍若己出。

那时同样小小的庄天净执拗地说："这不是太子，就是弟弟。"

父皇与舅父……

不！

不能再想！

少帝突然一甩袍袖。

"娘娘有恙，闭宫静养，无事不可扰。"他转身而去。

"皇儿……皇儿……"身后庄太后突然哭了，"你是从何时起，只称我娘娘，不再称我母后？"

少帝脚步微顿，却大步而出。

"娘娘，您又是从何时起，再不唤我皇儿？"

十七

京城的雨足足下了三日。

一切刀光剑影，都被雨水冲刷干净。

水阁之中，燕衡阳正以沸水煮茶，满室飘香。

一只带着伤痕的手伸来，从盘中拈起一颗佛手酥……

◆终◆

他知道他终究是要长大的，当那些唇枪舌剑向帝王飞射时，他要有能力与帝王一同对外抗争到底。

◆ 卫骁 — 李拂青 ◆

朕与将军

少年成名天才将军

×

阴狠无情冷酷帝王

朕与

将军

作者 ▦ 黄英

喜欢写故事，爱做梦，尤爱黄莺草。

❖ 第一章：千载君臣鱼有水 ❖

卫骁班师回朝那日，卸下重甲锋刀，收敛脾性杀气，矩步引领，束带矜庄，着螺紫锦衣入殿。

朝会的时辰已过去了，昌北之战虽取得胜利，可这中间出了岔子，致使好好一场朝会成了弹劾大司马卫骁的专会。

李拂青坐在金銮殿上见他一手微拎袍角，步履稳健生风而来，立于殿前躬身行礼，眼神沧桑，静若一潭死水，内敛沉默，左颊多出一道划伤，不似过去嚣张跋扈。李拂青睨着他久未作声。

最后，卫骁忍不住先开口："臣不想打仗了。"

李拂青的手指触在茶杯盏上，有种松懈下来的沉静："吾记得你做大司马时，只有二十四岁。"

卫骁说："是，陛下给了臣无上荣耀。"

李拂青指尖温热，被宫女端上来的那杯暖茶温化了脾气，他看着案几上大臣们上表的一道道奏书，字字句句都在控诉卫骁掌军作战的轻狂气盛、残暴失仁，昌北一战为给夷奴制造假象，竟开城任北夷军杀辱城中百姓，强掳女子幼童。桩桩件件，冷情无德，尽管是战胜归来，可卫骁所行所为，实在不配其位。

李拂青拿起一张奏书，嗖的一声扔到站在殿下的卫骁脸上。那奏书的边角发硬，刮擦在卫骁左颊结了新痂的刀伤上，卫骁面不改色，但刺痛令他目光带出一丝湿润。

李拂青见他不吭声，愠怒开口："你有什么想说的！"

卫骁拳头紧攥，垂眸看着地上那张奏书上明晃晃的字：屠城杀民，辱女祸童，无一幸免。

忽然，啪嗒。

啪嗒。

几滴血由卫骁的鼻子涌出，滴在那张竹纸上，红的血落在白的纸上，不一会儿凝成黑色，卫骁随即擦拭鼻血，战栗发抖，呼吸沉重，手指开始微微颤抖，他紧绷着理智忍耐："此事，臣百口莫辩。"

李拂青见他擦拭鼻血，冷言道："朕清楚你不会求胜心切，拿一城百姓的命豪赌，但此事影响到了你，吾会设法使你脱身。"

说完，李拂青顺手将案几上的朱红小盒扔给他，看着他将盒子里的乌黑丸药吞下。

卫骁吞掉丸药后不久，心中的那种战栗感不见了，他思虑后，非常平静地开口："军中有细作，要拉臣下马。"

李拂青问："知道是谁的人吗？"

卫骁摇头："不知，但朝中谁盼臣死，谁就是那人。"

卫骁的鼻腔里还有血气，在服用丸药后周身舒适，呼吸均匀，他松着眉眼凝望帝王："今日胡相请臣入府，他告诉臣，臣的姐姐不是病逝。"

李拂青虽已不惑之年，但身姿仍周正端严，他的眼角已生出细纹，眼如鹰隼，紧盯着卫骁："你想说什么？"

卫骁说："陛下瞒了臣什么？"

李拂青并未回答他的疑问，而是说到过往："你垂髫之年，佞相姚巢虎视眈眈，太皇太后手握兵权，干政弄权增加赋税，百姓苦不堪言，皇权四分五裂。岌岌可危时，是你父亲在河谷之战中取得胜利，率四十万大军由边塞秘密回京斩杀姚巢攻入皇宫的羽翼兵马。太后想让其弟胡弥称相，于是与你父亲联合稳固朝堂，朕虽得兵权，太后却将禁军交给了胡弥，这些年，除大将军、龚太尉和你，吾身边值得托付的人太少。"

李拂青狭长的眼闭上，又轻轻张开："你八岁，吾亲自接你入宫，教养你骑射兵法，让你成为吾的近臣，吾做这一切，不是让你有朝一日对吾产生猜忌的。"

卫骁捂嘴不住咳嗽，李拂青亲自端着那杯暖茶走下殿来到他面前，容色淡定示意他喝。

卫骁后退两步，跪在地上接过淡茶，饮入喉中，开口："半月前，胡相之子蟾宥偷偷从边塞带回北夷悍王之女白云珠。今夷奴虽被打出崇国边界，退出昌图拉河谷，但夷心不死，胡弥与悍王长子白云察知勾结甚多，如今连王女都敢带入京城，若不铲除，终有一日会重现佞相姚巢兵乱之事。"

卫骁此刻因药效的缘故，浑身松懈，跪在地上闭目呼吸，螺紫锦衣衣袂落在地面，李拂青伸手抚他颅顶，手指穿过柔滑顺密的黑发。卫骁束发高冠，跪在地上的高度像李拂青初见他时的身高。

奶黄小儿，性娇而狂，双目如炬，贵不可言。见他第一面就敢瞪大眼睛数他冕旒上的垂珠有多少颗，多少串。

他姐姐卫悯入宫前送了他一只山雀，不名贵也不凶猛，只是羽毛漂亮。他常与这只山雀相伴，连入宫都要带着它。有一回山雀和宫中的鹦鹉打起来了，那鹦鹉是李拂青送给卫悯解闷的，卫骁见山雀受伤，立刻抓起鹦鹉就要溺在池塘里，被卫悯急急阻拦，正巧李拂青踏入宫中，见到一大一小两人坐在池塘边发火气。

最终秃了毛的鹦鹉哀叫着逃出了卫骁的魔掌，他的山雀则被他揣进口袋里乖乖地窝着。

卫悯告罪，李拂青见到他口袋里揣着的山雀动来动去，就问七岁的卫骁："大丈夫当驯养鹰隼为目，区区山雀何以明志？"

卫骁伸手捂住口袋里不断探头出来的山雀，说："我不是大丈夫，我是小孩，小孩当然喜欢毛茸茸的东西。"

卫悯惶恐，卫骁却瞪着澄澈的大眼睛抬头望着李拂青："皇帝陛下，你喜欢山雀吗？"

李拂青摇头。

卫骁见了又说："陛下既然不喜欢，为什么要将山雀带入皇宫？为它造金笼，困它一生？"

李拂青愣怔一刻，脸上的温情僵住后又恢复如常，抚他颅顶，意味深长地道："昔日山雀已成灵鸟，再居山林只会被有心之人觊觎，危及整座青山，于是它便要去更高更远之地。"

幼时卫骁眉眼间尽是敛不住的狂气，李拂青看出他不满姐姐入宫，小手掌却还记得捂住口袋里那只时不时就动弹几下的山雀，甚有童趣，便生起兴致："朕赐你一个小名，就叫追雀，你不喜鹰隼，那朕希望你长大后依旧能留存住今日的赤诚真心，忠君爱民，像你父亲那样，做我崇国的大将军。"

夕阳西下，掖庭外的柳树被风吹得沙沙作响，卫骁与卫悯都听懂了李拂青的话意，前者不屑，后者沉思。

多年后，卫骁跪在李拂青面前的那一瞬，仿佛又回到了当初他们在掖庭的时光。

十九年光阴翩跹而去，年轻帝王久浸在朝堂的权谋斗争中，手段变得愈发阴狠无情，对外斩杀不留余地，而少年则由率直轻狂转为内敛沉默，承亡父遗志，十八岁封校尉入军杀敌，浴血杀戮成就彪炳战功。今跪在地上，卫骁重新感受到李拂青温热的手掌抚在他头顶，他叹了口气："臣有一事想知道真相。"

李拂青说："你问。"

卫骁双手掩面，嗓音压抑："臣的姐姐究竟是怎么死的？"

李拂青手指一僵，随即抽回。

手指从他脸颊滑落时刮破了那道刀伤，有微小血珠冒出，卫骁悲愤感慨："陛下！"

李拂青拂袖转身，背对他承认："是吾杀了卫悯。"

顷刻间，这些年在边塞被吹硬晒干的铁石心肠都叫李拂青这轻悠悠的一句话粉碎了，卫骁眼神灰暗地瞪着他。

就如胡弥所言，皇帝杀了他姐姐。

卫骁蓦地想起胡弥此前所说的话："卫将军少年得志，一战封神，可功高震主，帝王无情，你怎知你年少与他的情谊不会因权力而改变？"

李拂青凉薄地看他一眼，面无表情地拟旨："卫骁掌兵不善，战中失误，剥夺大司马名爵，押入大理寺听候发落。"

卫骁手攥衣袂，痛苦不甘，充满恨意地说道："我姐姐死时只有十六岁，便是她做错了事，可陛下就不能饶恕一回吗？"

"姚巢逼宫，你父亲杀了他，朕欲提拔大将军为太尉，可将军战死沙场，朕便将这份恩情记在你与卫悯身上。若非不能转圜的大错，朕不会要她的命。太后欲立你姐姐腹中子为新君，垂帘听政，追雀，你姐姐是朕枕边之人啊，可她站到胡后身边盼朕死！你若恨朕便恨朕罢，可你也要明白，将觊觎之心放到朕身上的人，朕绝不会给他一丝生机！"

李拂青说这些话时，低头缓缓写字，忽然抬头问卫骁："你知道朕为何留下你吗？除了对你父亲的承诺，还因你忠君刻骨，这是我多年来精心驯养耐性教导的结果。你是我磨炼出来的崇国最锋利的一柄刀，你绝不会背叛我。"

隔着案几深深凝望他，李拂青语含深意："回答朕，今日的卫骁，还是当初掖庭的追雀吗？"

卫骁目光复杂，热泪滴在地上，咬牙："忠君报国之心，不曾变。"

第二章：虎符授贞士

大司马卫骁被押入大理寺的消息很快传遍朝野上下，胡弥一党不满皇帝的处置，在朝堂上公然施压："卫骁拥兵自重，专横跋扈，求胜心切不择手段，使昌北百姓伤亡惨重！功不及过啊陛下！"

李拂青坐在高位上，面容沉静，语迟而稳："依胡相看卫骁当死？"

胡弥拱手垂头："陛下处死卫骁，是为受辱致死的昌北百姓们讨回公道。"

太尉龚金野严词反对："昌北之事存疑，未调查清楚前，丞相怎可定卫将军死罪？陛下，臣请旨彻查昌北妇孺谜案！"

话罢，胡弥一党纷纷出列跪叩："请陛下处死罪臣卫骁！"

李拂青面无表情地看着面前跪地的一众臣子，有头发花白的，也有正值壮年的，个个大义凛然，一副死谏的架势。

他冕旒上的垂珠轻晃了晃，神情威严地俯瞰百官："二十岁升任骠骑将军，歼灭、招降夷奴尽十五万人，直取昌图拉山；二十二岁率军深入昌北，于昌北之战消灭北夷鹃贤王势力；二十四岁施计以十万大军剿灭二十五万夷奴兵马，取北夷悍王首级，自入战场，从无败绩。卫骁死后，将由哪位爱卿来续写崇国将军的神话？胡蟾宥行吗？"

胡蟾宥站在大臣堆里许久，正打瞌睡，听见李拂青唤他，立刻清醒地站出来，跪在地上，贼眉鼠眼地装憨："陛下恕罪，臣审案掌刑还算应手自如，可戎马征程臣束手无策。"

李拂青冷笑："朕看你是口是心非。"

此事僵持，胡弥再三开口都被李拂青挡回，胡蟾宥又被皇帝针对，他最终拉长了脸沉默到下朝。

杨戟将军被留下，李拂青单独召见他："杨将军随卫骁出战昌北，可知那批妇孺为何在战时忽现城中？"

杨戟蹙眉回忆："当日臣和卫将军商定以鹤翼阵诱敌入城，再行围剿，派了中郎将齐扈带兵前去疏散城内百姓。齐扈归来时，城中已无百姓，可不知为何当城门大开，我军备阵迎战时，四面八方竟忽涌出无数手无寸铁的妇孺。为保护百姓，兵阵被冲乱，齐扈战死，若不是卫将军及时调整进攻策略，恐怕连昌北城门都会沦陷。

"臣怀疑军中有人里应外合勾结北夷，想削去卫将军兵权，减弱陛下势力。"

李拂青手握一串翠绿珠子，不断搓磨，脸色越来越冷："太后病逝倒让她弟弟捡了便宜，可他贪婪愚蠢，做不成姚巢也敢来沾朕的大将军，的确留不得了。"

杨戟问："那卫将军？"

李拂青吩咐："先将他留押大理寺，朕会给太尉特令协大理寺卿办案，你去趟昌北，查出北夷悍王之女白云珠的音容相貌，尤其是北夷寒刀毒的解法。"

杨戟愣怔，随即说道："陛下曾命臣多次入夷调查寒刀毒的解法，可臣多次得到的答复都是一样的，此毒无解。"

李拂青的脸僵了一刻，眼带恨意："继续查！"

风声呜咽，狱中黑暗。

入大理寺后，胡蟾宥作为少卿曾提审过卫骁几回，用词犀利，每句话都挖了坑等他跳。因李拂青未让大理寺动刑，胡蟾宥就又想在他饮食里做文章。可很快龚太尉就入了大理寺，以办案的名义着人看住了他的日常饮食，胡蟾宥无法施手，回府与北夷王子说起此事时十分懊恼，倒是胡弥知道后训斥他莽撞，叫他不准再生出杀卫骁的心思。

太后病逝前，胡弥就位高权重并统领京城禁军，李拂青早就起了废相之心，但碍于太后在上，于是从中权衡，迟迟未有行动，如今姐姐已逝，帝王之心难测，他又常拉拢朝臣，与李拂青政见相左，一场生死之斗在所难免。

卫骁作为李拂青的刀，要么像他父亲斩姚巢一样斩他，要么被他拉拢过来，最坏是被他算计殒命。帝王有五个皇子，最大的不过七岁，等卫骁失兵权，贬远疆，他就可命禁军逼入皇宫，迫使李拂青退位，再以北夷势力扶蓉婕好的幼子登基，届时将由他来掌崇国国政主权。

谋生谋死，不谋则死。

多天以来，大理寺调查昌北妇孺谜案毫无进展，当日城门作战的士兵死伤无数，侥幸活下来的皆不知那些流民百姓是如何出现的。案件调查陷入困境，李拂青斥了大理寺办案不力，并要求十天之内查明真相。

卫骁被关入大理寺的这段时日总梦见少时之事。他做侍中时卫悯曾问他："若陛下与太后一朝分裂，你站在谁的身后？"

"当然是陛下，天下是天子的天下。"他这样告诉卫悯。

卫悯沉默良久，否认道："天下是权重者的天下。"

卫骁问："你是陛下的妃子，为何倾向太后？"

卫悯隔着绫罗轻摸微隆起的肚子："陛下会有很多孩子，比我的更尊贵，更适合那高位，可为何居天子位的不能是我的孩儿？弟弟，你要清醒，卫氏随父亲的死已渐渐走向败落，无权在这宫中便如蝼蚁。"

卫骁在狱中沉思，原来是从那日起，他们姐弟就已走向不同的道路。

那年腊月初七，宫妃卫氏因绞肠痧暴毙，连孩子都未能保住，皇帝悲痛缅怀，以昭仪礼下葬，谥号淑润。

卫骁还记得父亲战死沙场时，李拂青也曾悲痛哀悼父亲，他命军队为父亲送葬，军队直从京城排到城外南郊将军陵。又下旨令十一岁的他承袭父亲平昌侯的爵位，将他带入宫中教养，那几年，他在禁内活成了李拂青年轻时期的影子。

李拂青送别了他父亲，送别了卫悯，或许有天也会送别他。

在沙场上，他已见过太多生死，有时麻木得已经感受不到自己的心了。

脑海里浮现出李拂青静默又悲伤的眼神，卫骁有些迷惘，若是为自己，他会吗？帝王会吗？

宫人都惧李拂青，说他狠毒无情，阴沉多疑。卫骁回想曾经青涩的自己在禁内的岁月，那时都很难见到李拂青的笑意，他总是紧绷、冷淡、令人捉摸不透，看不到真心意。李拂青对他更多是严格的教导和为驯服他而生出的手段。

他还记得十四岁时，卫悯送他的山雀老死了，他很难过，李拂青带他去往京城以北，一千里外的驻军军营历练，那回他被打得很惨，浑身是血，躺在沙地里大哭，结果李拂青走过去，看都不看一眼，对他失望且冷淡地说道："是吾当初看错了你，你成不了崇国的将军。"

少年卫骁手指抓着沙土，躺在地上哭得更惨了，不服道："臣浑身是伤，陛下还斥责臣，陛下怎么总对臣有这么多的不满？陛下就看不到臣的好吗？"

李拂青嫌弃地看他一眼，结果看到卫骁小脸上一抹抹黑灰，又脏又可怜，身上的甲衣都在刚才与人近身肉搏时被踹歪了，此刻他下颌也破了皮，眉骨在流血，眼泪像珠子一样往下淌。李拂青有一时认为也许自己对他太过严格了，但也仅是一瞬，就又冷淡回来："你连军中将士都打不过，未来何以当将军？你的军队可会服从你这样娇弱的将军？"

李拂青嫌少年卫骁一身的沙土脏，本想迈步走开，但忽想到了他父亲那风尘仆仆领军杀敌的场面，又叹口气，俯身将他拉起来，板着面孔告诉他："好好想想吾的话，要想铁骨铮铮，必遭千锤百炼。"

那时的卫骁眼神中还有童真，似懂非懂地嚼烂李拂青的话。后来，直至他入军，他越来越沉静，越来越像李拂青期待的样子，杀气腾腾，勇猛无敌，把侵犯边疆的夷奴打得落荒而逃，溃不成军。

李拂青将他一步步推向高台权位，磨他意志，令他成了只忠于帝王的一柄锋刀。告诉他男儿到死心如铁，看试手，补天裂。

卫骁不恨李拂青的冷，亦不怨他对自己的狠，在很多时刻里，他都觉得自己是一块木头，从小就是，是李拂青拿起了刀，将他雕刻成最理想的形象，不光李拂青满意，他也觉得很满意。

朝堂不宁，胡弥一党常压制帝权，他亲眼看着李拂青如何反压制回去，又是如何与这群顽固不化的佞臣斗争，他知道他终究是要长大的，要有力量站在李拂青身边，这也是李拂青雕刻他的缘故，当那些唇枪舌剑向帝王飞射时，他要有能力与帝王一同向外抗争到底。

所以后来他告诉李拂青，自己会为他立下一次次战功，那时，若这皇权依旧分裂，只要有他在，他的权就始终与帝王相合。

报君黄金台上意，提携玉龙为君死。

李拂青的抱负是迟早要这朝堂清清白白，干干净净，再无外戚弄权、后宫干政，国家安泰，子民丰衣足食。

北夷年年来犯崇国疆土，卫骁年年远镇边陲，五次昌北战役，五次胜绩，位居大司马，力压朝堂之乱。

李拂青私下喊他追雀，女官们有时会听见，他长大后觉得难为情，还向李拂青表达过不乐意。但李拂青喊惯了，一次上朝张嘴就叫了句追雀，以胡弥为首的老臣嘲讽他，他下朝后还未出大殿就一脚踹上老臣的屁股，御史被他踹了个趔趄，撞在柱子上掉了一颗牙。连李拂青身旁的大监都去拉架了，朝堂乱作一团，八百年见不到一回御史单方面挨打的场景，龚金野当时一边阻拦恼羞成怒的御史还手，一边幸灾乐祸地劝架："将军息怒啊！这可是御史大夫！"

御史大夫朝服都被龚金野撕破了，气得吹胡子瞪眼："龚太尉！你松开我！"

最后，是李拂青怒极拍桌，喊住越挥拳越激动的卫骁，斥他殿前无礼，嚣张荒唐。

卫骁因殴打御史被惩四百军杖，一共打了八天，到最后他又疼又气，觉得皇帝怎么这样啊？他可从没这么罚过自己！

从前在禁内做错了事，李拂青训斥后总会给颗甜枣子，如今都第四天了，他怎么还不跟我说话啊？就算是要我道歉，那他也得给个台阶吧？他真是不高兴我揍御史吗？可我也是为了他啊？我做错了吗？我错了吗我！

青年卫骁脑袋里的问号一个接着一个，最终萎靡了，蔫巴的眼睛都快不眨巴了，跟个丢壳子的海螺似的趴在床上一动不动，小侍女枣豆儿端上来的红烧肉也没心思吃，给小姑娘急得不行。

"将军，你这大黑眼圈儿也太吓人了，咱城东有个会除妖的老头儿，赶明儿我给请来吧，我估计你是杀戮太重招鬼了，现下连红烧肉都不动心思，估计是个北夷鬼，哇我的将军你快醒醒！"

直至夜里，李拂青终于披星探侯府，卫骁趴在床上心里贼激动，但表面心灰意冷："臣知道这世间所有情谊都有时限，臣懂。"

李拂青坐在床榻边上，板着脸训他："你懂什么？一句嘲讽就让大将军怒踹御史大夫，如此沉不住气，吾这些年算是白教你了。"

卫骁用下巴抵住枕头，反驳："陛下没有白教，臣很忠诚不是吗？"

李拂青侧头看见他背脊上的一道道杖痕透着血珠肿得老高，心疼的话才要脱口而出，又收敛住，换了平常语气："都说行刑时轻一点儿，这些人真是木讷不灵活。"

卫骁扭头看他："陛下真说了？"

李拂青："吾是天子，言出如山。"

盯着室内火光摇曳的烛台，青年将军的眼窝深而嘴唇薄，鼻梁较高，赤膊垂发趴在床上，形象强壮，语调沉稳："臣也不是很疼，不过就是趴久了胃不舒服，吃不下去红烧肉，还被侍女当成了中邪而已。"

他说"而已"时特意咬字很重，忽然孩子气，李拂青忍不住好笑："大将军怎么心性如此不定？只有稚子的心性才是一时一个样的。"

"也许臣是上天派下来陪伴陛下的，才会跟常人不同，结果陛下还打了臣四百军杖，臣要被打得重新上天了。"

李拂青哈哈大笑："那你是何方神明的座下弟子？"

卫骁想了一圈，发现自己根本不认识几个神明。多年杀戮，满身血债，也注定与清净高洁的神明无缘，但他双手托腮，抬头时看见窗外夜空中皎洁神圣的月亮，他笑指："就是那儿了，臣是太阴星君座下弟子，上辈子偷了玉兔，于是被罚下来的。"

李拂青将冰凉药膏用木勺挖出来抹在卫骁受伤的背脊上，语带深意："若有一日，你掌了天下兵马大权，会背叛吾吗？"

卫骁认真思考："除非是陛下要臣背叛的。"

昌北妇孺谜案拖至上元节前夕，终由龚太尉裁决，判了卫骁掌军失职，褫大司马之号，受八百杖刑，削职留用。胡弥一党不满结果，却因胡蟾宥夹在其中"办案不力"，只好不计较了。

上元夜，宫廷宴，王公贵族聚于筵席赏看曼舞笙歌，太常寺卿薛兆意趁机献上西域的乌孙美人。

异域美人外邦歌舞，热情似火美艳绝伦。据说这美人生父是崇民，死于战乱，她黑而长的编发如绳垂于腰间，一舞作罢，美人掩面遮纱，风流媚眼睇君王，手腕纤细戴双镯，行步叮当，灵巧娇憨，不似崇女含蓄典雅。

卫骁卧座末席，今夜筵席一开皇帝就没搭理过他，仿佛他真是惹了帝王厌烦，连带着朝臣都议论起他是否要被贬斥远地了。

李拂青醉眼迷蒙地看着溜到自己眼前的一抹细蓝，推开菱昭仪与蓉婕妤的酒盏，兴致盎然盯着乌孙美人："美人何故覆面纱？"

那美人大胆地走到李拂青身边，妖娆地贴坐在他腿边，娇语缠绵："奴唤萝怡女，自幼乃怯生之人，仰天威而来。"

李拂青带着几分酒气伸手挑起她的下巴，欲揭开面纱，却被她低笑躲开，他最终望萝怡女浅笑："不如美人伴吾同去赏赏今夜的月色吧。"菱昭仪脸色一僵，随即又拾起酒盏，自斟自酌，与幼女妠瀛公主低语谈笑，而蓉婕妤则会意，明白了那乌孙女人与自家有牵连，也不再缠李拂青。

卫骁看着高位上的皇帝，不知他是假做戏，还是真性情。

他还想再饮酒时，却觉得鼻子一热，低下头，几滴温红的血就滴入酒杯里，血一丝丝与酒液融合，像蛛丝，更像刀的细刃。

他每月都要服药镇旧伤痛，他所有的药丸都是由李拂青暗中给予。包括他这道刺入心口的寒刀毒旧伤，也只有李拂青知道。

夜宴正欢闹，卫骁止不住咳嗽，咳得周围人都看着他，连乐师的吟唱都没他动静大，若不是台上的舞姬翩跹动人，只怕卫骁吐血这事儿就会被他们瞧见了。他忙用衣袖遮住脸，仓促离席。同时，李拂青不知是与乌孙美人贴耳说了什么，两人撤出筵席，留众人饮酒自乐。

今夜是药瘾发作的日子，若不为来取药丸，他也不会在挨了五十杖刑后强撑入宫，连枣豆儿都说他自两年前从昌北负伤归京后，就时常脸色煞白，跟饿了三百年似的，如今挨了打，看着更让她担心了。

枣豆儿可怕他出事儿了，他是她的依靠，要是没了侯府，她再难找到能顿顿吃红烧肉的差事。

卫骁靠在假山里气喘吁吁，抬头望见清冷的月光，浑身颤抖，觉得四肢百骸剧痛无比，咬牙死撑时，鼻腔冒出更多鲜血，擦得满衣袖都是猩红。他看到不远处有池塘，欲前去洗掉衣袖上这些血红，可眼前忽现一人身影。

李拂青食指压唇，要他莫言，随后飞快走入假山，将一粒黑色丸药塞入他口中。

卫骁额头冒着细汗，嘴里含糊不清："那女人是不是白云珠？之前胡蟾宥带了北夷王女入府。"

李拂青冷脸看着他："咽了。"

卫骁咽下药丸，还想提醒他，李拂青就将一只冰凉沉重的小物件放入他手中，嘱咐道："慎用。"

宫灯照不进假山深处，光影朦胧间，卫骁嗅到李拂青衣衫上所沾染的香粉与酒气，来不及看清他放入自己手中沉甸甸的东西是何物，对方便要背身离去。

卫骁追问："我听席间有人说陛下要贬斥我，为什么？臣没有做错事。"

李拂青没有回头，淡淡开口："追雀，吾杀掉你姐姐，你恨吾吗？"

卫骁神情沉郁，说："恨。"

李拂青又问："若要你杀掉吾，或看着吾死，你当怎么做？"

卫骁思索再三，痛定思痛："若权力斗争的最终结果是生与死，那臣会挡在陛下前面，届时见到姐姐再向她忏悔。因为对黎民苍生来说，陛下是好皇帝。"

话音刚落，李拂青便走得毫不迟疑："相机便宜行事，无论吾将你贬斥去了多远的地方，你都要尽快秘密回京。"

过了许久，卫骁才彻底从药瘾中清醒过来，擦净脸上的血迹后走出假山。月色照在他掌心，他垂眸去看那枚冰凉沉重的青铜物件，是虎符。

第三章：两草犹一心

贬斥卫骁的圣旨很快下来了。

"罪臣卫骁，掌军失职，念以往军功，贬至昌北守疆，无召不得归京。"

在圣旨下来前，胡弥曾来侯府找他，意为探望，实则拉拢挑拨，本身胡弥岁数就大，头发花白了还不老实，后来把卫骁烦得命枣豆儿前去应付。

两个时辰里，枣豆儿先后给胡弥上了四壶茶水，一碗红烧肉，一碟酱肘子，还有两只烧鸡。

正常人，是不会这么干的。

但枣豆儿作为一个八岁时在昌北灾年里差点饿死，后遇到将军才活下来的小姑娘，她觉得自己应该认真完成了卫骁的指示。

胡弥被几碟肉熏得嘴角抽搐，反复询问："你们侯爷呢？"

枣豆儿目不转睛地盯着桌子上的烧鸡："侯爷也许在书房……也许在睡觉……也许……"

当着胡弥的面，枣豆儿的口水就流出来了，胡弥还以为是自己老眼昏花了，结果擦擦眼睛再看，发现是真的！

后来胡弥也没见到卫骁，圣旨下来不可拖延，卫骁打算临行前再入宫见一见皇帝，可大监于禁内宫殿外拦住了他："卫将军，走吧，陛下无暇相见。"

大监善意地提醒："将军此行要保重身体，其实陛下一直很牵挂您的安危。"

卫骁站在日头下，阳光刺目，听见宫殿内不时传出皇帝与萝怡女的嬉笑声，他被晒得烦躁，又不愿再听殿内的欢音，很快便离宫了。

萝怡女得幸帝王，盛宠位尊，李拂青常因她辍朝懈政，以胡弥为首的朝臣上奏抗议，他却说出"春宵苦短难自持"这样的昏庸之言，把太尉龚金野和大将军杨怀恩都气得吹胡子瞪眼，几乎要撞柱死谏。

可脸上带着俩黑眼圈的李拂青则不以为意："自古文死谏，武死战，太尉和大将军的血性用错了地方。朕头疼，退朝吧。"

大将军想拦他，结果被儿子杨戟拽住朝服，气得他下朝就给了杨戟一脚。

崇国武将在朝堂施展拳脚，似乎成了习惯。

又过去几日，李拂青竟一病不起了。

太医令诊断是风邪之症，此症来得凶急，应是饮食作息方面出了岔子。李拂青煞白着脸头晕目眩，卧床不起，后妃争相前来侍奉汤水，都被大监桃吉拦阻："陛下旨意，只召萝良人一人留宫，其余嫔妃不可叨扰。"

后妃之中，唯菱昭仪位高，见大监一脸严肃，她心生疑惑："陛下身体一向康健，怎会忽然外感风邪？"

桃吉说："前夜落雨，禁内篆愁君频出，萝良人认为可爱，捉了几只，陛下陪同，或因夜雨湿冷而着凉。"

大监话音刚落，殿内就传处萝怡女的歌声，菱昭仪面色不佳，领着宫妃们急急而去，胡蓉站在原地沉思不语，似乎是猜到缘故。

随后桃吉又说："蓉婕妤何故不退？"

她随即浅笑："已是皇子午睡时刻，该要回宫了。"

晌午一过，精神萎靡的李拂青单独传召了杨戟，问他寒刀毒可有解法了。

杨戟垂头："禀陛下，无有解法。"

李拂青眼中升起的希望落空，沉默良久。

杨戟忽想起什么："陛下，北夷悍王没有王女，只有王幼子叫白云铢。"

李拂青抬眸，眼睛微眯："跟住胡蟾宥，查出北夷与胡弥往来的铁证。"

"臣抓到了齐扈，他用了具面目全非的尸体假死脱身，准备逃往北夷，过卡子时被臣的人扣住了。据齐扈交代，他弟弟曾任宫中禁卫，因偷盗下狱，廷尉泰毕以他弟弟的性命威胁他藏匿囚禁妇孺，待兵战时伺机放出扰乱崇军作战。"

李拂青的手指无意识地轻轻敲桌台："齐扈下诏狱，千刀万剐。"

又补充道："秘密查出廷尉泰毕是听谁差遣藏匿妇孺。"

交代完一切后，他问道："卫骁情况如何？"

杨戟回过神来："将军已至昌北边关。"

李拂青叹了一口气："传信要他保重身体，勿忘朕的托付。"

杨戟离开时，还看见李拂青眼中克制的湿润和痛憾。他不知那痛憾是为谁，也许是为社稷，也许，是为卫骁。

夜半，萝怡女奉上朱红丹丸，含情凝睇："陛下。"

李拂青任她喂入口中，意味深长地看了她一眼："吾吃了你不少宁神健体的丸药，还要继续吃下去吗？"

萝怡女怔在原地，心神不宁道："陛下？"

他手指抚过萝怡女的秀发，容色倦怠："吾不想吃了。"

萝怡女痴痴地看他，眼瞳迅速裹了一层水光，随后她将脸埋在李拂青的胸膛，不再言说什么。

她心里那根徘徊不定的弦终被李拂青拨响了。

过了几日，皇帝的身体愈发虚弱，硬撑着上朝。这时边关传来急报，北夷悍王之子白云察知率部队夜袭昌北军营，将军卫骁为破阵杀入敌军阵法，大军厮杀至第二日天明，击退夷奴，但卫将军也遭遇了夷军

125

的埋伏，被卷入暗道失踪，现生死不明。

李拂青一口鲜血喷出，手掌按在桌台上稳住身体，脸色冷白，正要开口就直直向一侧栽倒，重重地摔在地上。

而另一端，昌北边疆，卫骁被卸去铠甲，高高吊在北夷军营的木桩之上，他身下是一片尖锐长枪，若绳子断裂开，人坠落后必死无疑。

白云察知坐在一张虎皮大椅上，撑弓箭指他，说着蹩脚的中原话："崇国将军，你若领兵归降，本王日后会赐你全尸。"

卫骁乌发披散，双眸黑亮，脸颊上有饱经风霜形成的皴裂，毫不在意白云察知的侮辱。

此举激怒了白云察知，他举箭对准被吊在高处的卫骁，凶狠射来，利箭刺断绑住他的一根绳，卫骁的身子在木桩上剧烈摇晃。

他蹙眉，还在记挂李拂青给自己的虎符，心想着必须快点脱身。

但白云察知不愿让他轻易解脱，这人是杀了他父亲、灭了半个北夷国的崇国将军，他命人将卫骁带下木桩，绑住树上，狠狠地抽打泄愤，并烧了一块热铁，准备施虐。

崇国内，皇帝忽然羸弱，百官猜忌，连胡弥都觉得事情进展得太过顺利，心中不安。

胡蟾宥问白云铢："萝怡女不会背叛吧？"

白云铢手握一把淬了北夷剧毒的寒刀在相府后院挥舞，有个小侍女端着一盘丝线正经过庭院，躲闪不及，胳膊被他手中寒刀刮伤。白云铢见状毫不犹豫，一刀挥过去，小侍女手中的丝线盘子便掉在地上，断喉殒命。

白云铢满不在乎地用小侍女的衣裳擦拭干净刀刃上的血迹："她是我的奴隶，没我月月提供的解药，她必死。"

胡蟾宥冷汗直流，看着小侍女死在自己眼前，着急地道："你怎能在我府中杀人？伤了也就伤了，可你要了她的命！若让我爹知道了，他又要训斥我！"

白云铢满是不屑："我手中这柄寒刀淬了北夷剧毒，毒性发作会使人痛入骨髓，唯有服用特制的药丸才可镇痛，但日久毒浸心脉便会一命呜呼。我杀了她，要比她生不如死地活着好太多了。丞相都敢与我相交，策划谋反，区区侍女的小命，他会在乎？"

胡蟾宥被他逼得没话说，而白云铢忽想起一桩往事："两年前，我伤过一位崇国将军，就是用的手中这把刀，他曾杀了我父王。不过寒刀毒无解，就算他硬撑到如今，也活不过明年初春了。"

白云铢双目含恨，最终笑出声来，握紧寒刀，于庭院之中挥舞。胡蟾宥吓得不敢靠近这柄毒刀，全然没听清白云铢说了什么。

皇帝自吐血昏迷后，胡弥代掌朝政，暗中调配禁军围住禁内，菱昭仪见状不对，提前递信出宫，联络父兄。

李拂青醒来时，见到萝怡女眼眶发红，倚靠在床下疲倦不安。他伸手摸了摸她的脸："哭什么？"

萝怡女见他醒来，警惕地看了眼窗外，即时掏出一枚深红丸药递给李拂青："陛下。"

李拂青见她神情紧张地端来杯水，便示意她坐到他身边来："吾知你非乌孙人。"

萝怡女瞪大了眼睛，手不断颤抖，那杯水也逐渐撒湿床榻。

"你要吾死。"李拂青目光灼灼地看着她，全然没有苍白孱弱的病气，倒像是韬光养晦后蓄势待发的黑蟒。

萝怡女握紧茶杯，从床榻上起身，一脸惊悚地望着李拂青，他却淡然地说道："禁中北池塘边有密道通京城外郊，萝怡，走吧。"

萝怡女泪珠盈睫，登时摇头，哭喊了声陛下。

她作为主子最出色的奴隶，领教过来自男人的无数觊觎、压迫、轻贱，只有李拂青，耽于她的美色，哪怕这代价是殒命。可他此时却要她走。

这一刻，萝怡女认为李拂青给了她爱。

她跪在床榻边不住摇头，眼泪顺着眼眶流出："陛下，您快吃了这丸药。"

李拂青见她掩面而泣，面无表情地咽下丸药："痴儿。"

禁军围宫的第二日，禁内便彻底与外断了联系。李拂青被囚禁宫中，吐血严重，梦魇缠身，不过半日就气息微弱昏迷不醒。龚金野与杨怀恩求见帝王，被胡相以皇帝重病宜静养为由阻挡，大将军想拿出女儿多日前从禁内传出的书信与胡弥当朝对峙，又担心此举会危及杨菱性命，含恨作罢。

如今京城禁军被胡弥调动围入皇宫，他掌权后，李拂青的病症就每况愈下，除非能以帝王虎符调遣城外的军队前来救援，不然就胡弥此举，他势要效仿佞相姚巢逼宫的。

此时的崇国内忧外患，皇帝病弱不醒，白云察知率北夷大军进攻崇国边境，就像是有人故意通知他在此时发起战争一样。

战势凶猛，夷奴进攻昌北边城，军中又痛失猛将卫骁，军心涣散，夷奴彪悍，几场激战下来军队损伤惨重，胡弥以权相逼，迫杨怀恩携子杨戟出征昌北，以守为攻，不可贸然与北夷军发生冲突，龚金野因此在朝堂怒斥胡弥疯了，却反被胡弥以殿前失仪为由罚了几日禁足。

朝堂其余大臣皆不敢为龚太尉求情，除胡弥一党依然猖狂，大家心中都各自不安着，感受到朝堂上凝结的肃杀之气。天明晴好，未见祸端，却仿佛是皇帝就要驾崩，国也要破了。

后宫妃嫔早被禁足宫中，唯蓉婕妤还能自行出入，京城禁军又只听胡弥差遣，龚金野自知不妙，准备前往京城以北一千里外的驻军军营调遣军队归京入宫解皇帝困境，他虽没有皇帝虎符，可总也得试一试。

结果临行前被夫人拦住，带至后院密室暗查府外情形，只见禁军包围了太尉府，龚金野顿时气血上涌："胡弥果然反了！"

如今自己被围困府中，也许下一刻就会丧命，偌大的京城，竟被个胡弥操控了，龚金野气愤捶墙。

胡弥携党羽逼宫那日，百官皆被禁军看守在府，白云铢带领混入京城的部分北夷军直逼禁内，斩杀无数宫人，惨叫声声，血污掖庭。

时局动荡，风雨如晦。

胡弥带领禁军谋反，此时帝宫内已逼入数十军士，严威肃穆，一双双眼睛直盯着李拂青的行动。

他已等候多时，笑容耐人寻味："胡相掌朝后威严了不少啊。"

胡弥眯眼："陛下龙体抱恙，臣才会替陛下掌政，若陛下不幸病故，为崇国的江山社稷，臣亦会肝脑涂地,尽力尽心扶蓉婕妤的幼子继位。"

李拂青坐在床榻上，冷笑睨着他身旁举着一把毒刀的年轻武将："朕看你是真不想活了，才敢带着北夷人逼宫。"

白云铢刀指李拂青："两年前昌北大战，你的将军杀了我的父王，今朝我来取你性命，以慰我父王在天英灵。"

胡弥生怕白云铢这时刺死皇帝，忙拦住他，将退位诏书摆在李拂青面前，并亲自研墨："自太后病逝，陛下就动了废相之心，老臣清楚，陛下已不再需要胡弥稳固朝堂。皇权，是陛下的皇权，朝堂，是陛下的朝堂，可臣不甘陛下就如此废了臣，谋也死，不谋也死，那臣为何要原地等死？"

他花白的头发显得苍老，眼底的贪婪令人厌恶，李拂青冷冷地盯视着他："你必死无疑。"

胡弥将笔沾墨递给李拂青："陛下还不知道，卫骁被北夷军生擒了。"

李拂青捏紧笔，胡弥抚平诏书上的褶皱，尤其是退位那两字，他反复揉搓："夷奴恨卫将军入骨，轻易不会让他解脱。若陛下肯交出虎符，臣愿与北夷交涉，割去昌北一地换回大将军的尸骨。"

禁内万籁俱寂，窗外风声如泣，李拂青想到战场上银盔铁甲勇猛杀敌、所向披靡的年轻将军，笔尖浓墨滴落在诏书之上。

上元夜，他借萝怡女为遮掩，将自己那半虎符交给了卫骁，又令杨戟传信勿忘托付，如若卫骁知晓，就该会意的。胡弥的野心，卫骁看在眼里多年，可数日过去也确实失去了消息，未按计划凭虎符领城外驻军秘密归京。

此刻殿内宁静得能听见烛火扑腾的声音，外殿由宫人死伤造成的血腥气直随风吹散入内殿，京城已许久不见这样的残忍杀戮。

❖ 第四章：铁马金戈始为君 ❖

宫内僵持了一阵子，李拂青狠心将那张诏书撕碎了，胡弥争抢李拂青手中的诏书，白云铢见状凶猛举刀刺过来，胡弥的身子擦着那毒刀滚过，倒吸口凉气，吓得几乎昏厥："王子且慢！"

李拂青起身敏锐地躲开白云铢的刀，顺势一拉帐幔，将白云铢的兵器纠缠起来，两人近身肉搏，胡弥忙指挥禁军控制住李拂青，却被李拂青一脚踹倒在地，胸腹剧痛。

胡弥一直当帝王重病孱弱，忽发觉他生机勃勃，敏锐地察觉到什么，立即不顾胸腹疼痛，爬到床榻边竭力抽出被帐幔缠住的毒刀，随后将这柄毒刀猛扔向白云铢，要他杀掉皇帝。

危急时刻，白云铢手持寒刀砍向李拂青，却被窗外突然射入的一支利箭刺伤手臂，刀子一偏砍在木椅上，胡弥忙命宫内禁军外出防御。

远处传来打斗之音，铁蹄将近，有军队闯入了禁中，与围住皇宫的禁军兵器相碰。

帝宫外有将军嘶声大喊，愤慨激昂："佞臣胡弥祸乱禁内，囚挟百官！本将持帝王虎符召令城北驻军前来救驾，还不速速伏诛！"

这声音很快吸引了白云铢的注意，胡弥踉跄着起身探向窗外，擦了擦眼睛，见竟是银盔铁甲的卫骁跨马举刀率军入宫，颇有几分当年卫父斩姚巢的架势。可他不是早在北夷军夜袭昌北军营时就被俘了吗，怎会活着冲出敌营？

宫灯染血，烛火凄迷，卫骁眼眸迸发出狠戾，斩杀叛军后跳下马，眼睛紧紧盯着胡弥，咬牙切齿，手握霜刀，大步而来。

当日李拂青给他虎符，他回去思索几日都未顿悟，接着又被李拂青贬斥至昌北，他很想向李拂青问清楚，可不知李拂青是不是在做戏，竟不见他。后来他入了昌北境内，杨戟又替李拂青传言，要他细细斟酌帝王的话，勿忘托付，那时的他捏着虎符，才逐渐会意。

会意后，眼眶湿润。李拂青杀他姐姐，瞒着他许多年，在他的追问下，不仅承认了，还直言不悔，卫骁怎能不恨。

他甚至都想过将那虎符扔了，一辈子留在昌北。可在他的恨中又糅杂着别样的不舍、不甘。

曾经的卫骁和李拂青是怎样的？

卫骁七八岁的时候，李拂青与几位军机大臣商讨治敌对策、兵阵国防，命他旁听，可他闲不住，揪龚太尉朝服上的穗子玩儿，结果拽坏了人家的衣裳，李拂青随后把他抱来摁在自己腿上，继续一本正经地与大臣商量对策，根本不在意天真无邪的卫骁手指已摩挲惦记上了他的乌发与鬓角。

浮生若梦，他于卫骁而言如兄如父，亦师亦友，虽为君臣，却是一心，唯卫悯之死动摇了卫骁的底线。

卫氏后来成了枯黄落叶脆纸灯，满园清寂默无声。父亲为李拂青的江山殉身沙场，姐姐因李拂青的皇权死于深宫，这个帝王虽给予他厚重的荣华恩宠，可他距帝王越是近，离父姊就越是远。

他是否要为复仇而扔虎符？徘徊时，卫骁仿佛能看到卫悯站在他面前，质问他为什么不做自己的弟弟了。

随后是父亲身穿战甲的样子，那张从始至终严肃冷静的脸，眉头紧皱，长久凝视着他。

卫骁捏着青铜虎符，看着看着就泪痕满面，朦胧了视线。

扪心自问，李拂青是个好皇帝吗？他执政期间百姓们过上好日子了吗？是否流离失所？有没有被外夷欺辱？

卫骁越是追忆，越是泪如雨下，他希望卫悯能听见他的歉意，也希望卫悯和父亲能理解他，这枚青铜虎符救了帝王后会使朝堂恢复平静，国家免于动荡，百姓安居乐业，盛世太平降至。

他最终擦净眼泪，部署归京计划。

此事极险，无故离军营，按法要处死刑。于是卫骁设计被夷军俘虏，准备设法脱身秘密回京。当时白云察知为震慑他，将他吊在高高的木桩上，又因他置生死于度外的态度而被激怒，一度泄愤虐打致卫骁吐血。

白云察知的目光沉着严肃，拿长钳夹起火盆中烧红的铁块，用力烫在卫骁胸膛上，痛快解恨："将军，你只比我王弟长两岁，北夷人敬重苍鹰般凶猛睿智的勇士，若非当年你杀了我父王，今时今日，我会将你视作亲弟。

"我王弟及北夷部分军士已入京城，将与你们崇国丞相联合攻入禁内，若你肯降，随我冲破昌北大关，他日我会把你安葬在京城。你们中原不是有一句古话，叫故土难离吗？

卫骁忍痛睨着他，身体因烫伤而无法控制地打着哆嗦，唇无血色，恶狠狠地开口："我身死，魂犹在。崇国猛将如云，尔等安敢犯疆土？"

白云察知将手中烙铁狠狠摁在他胸膛上，卫骁无比痛苦，眼眶溢出泪水，生生咬碎了一颗臼齿。

那颗后牙吐落到沙地上时，卫骁也昏厥过去了。

夜间醒来，他已被押入军帐，绳索将他紧紧缠绑在窗前，卫骁周身疼痛，倦乏微睁眼，环顾四周，看到被风吹动的布帘外有一簇月影，皎洁神圣。

他用力扭扯捆绑住他手腕的粗糙绳索，皮肉都磨破出血迹，冲着那月光许下一个愿：

"过往神明，太阴星君，李拂青给了我虎符，是我行动晚了。我以此后寿数做个交换，若你有灵，定要让我来得及赶回京平乱，我愿短折在今年凛冬。"

绳子一直拧不断，卫骁用牙去咬，狠狠地磨，白日掉落的臼齿位发疼出血，他也顾不得。

绳索彻底断裂的那刻，天光云影微透军帐，冷露如霜裹湿草场，卫骁活动着麻木的四肢，由帐内向外探看，军帐外有数十北夷士兵将这军帐团团包围，有夷兵正要进帐查看情况，卫骁躲在布帘后趁机拧了他的脖子，拿了他的马槊，直接冲出军帐打算突围。

阳光温暖照在他身上，他又重新活过来，与夷兵打斗，在突破包围的瞬间后背被人狠狠砍了一刀，卫骁无暇顾及，飞身跃起上马，急速向北夷军营外奔去！

此时天刚亮，北夷军营守卫松散，算是好时机。风沙吹伤他的脸颊，不知过了多久，直到他耳边逐渐回归清净，身后也不再尘土飞扬，他知道，已经甩掉那些喊嚷追杀他的夷军了。

昌北距京城有千里之遥，卫骁手握虎符不敢耽误，挥鞭急行跑死了十匹马，身上又带着伤，一路饮沙喝风，终在十日内与城外驻军会合，以帝王右虎符调遣军队入京。禁内沦陷多日，毫无消息。于是他领兵攻入皇宫时就想清楚了，若皇帝死了，那这些谋反的一个也别想跑，统统要死于他的刀下。

胡弥见卫骁杀气腾腾冲他而来，欲逃躲，一柄利剑飞快由木窗外刺入，拦住他的去路。胡弥抬头时与卫骁四目相对，他看清了卫骁眼中如狮虎般的残酷意志，感叹大势去矣，忙回头命白云铢速杀皇帝，想随乱军冲出禁内。

可他话还未出，卫骁就跃起破窗而入，猛挥刀斩下了他的头颅！

他眼中都是血，来不及看李拂青一眼，立刻陷入与白云铢的缠斗之中。白云铢认出此将就是曾中毒刀的年轻将军，他举刀便砍，毒刀磕在卫骁铁甲之上，划出火星，卫骁目如虎狼，握刀猛攻，身上又一处被那毒刀砍伤，而这一回他已不在意这些。最终援军团团围困住白云铢，将他生擒。

李拂青立刻大步走过去，将卫骁身上的战甲卸掉，挤干净他伤口处的毒血，卫骁脸色泛白，脖颈和胸膛背脊皆有多处热铁烫伤的疤痕，浑身都是兵器敲打折磨后出现的血印，因未处理，已化脓血。

他倚着长刀坐在地上，背脊被砍出的刀伤也在渗血，卫骁苍白着脸强撑着看向多日不见的李拂青："臣入宫前解救了龚太尉出府，派遣五万军士随他追踪罪臣胡弥的潜逃余党。"

李拂青看着他浑身是伤，压抑心中的悲情，命桃吉速传太医令。

卫骁想安慰他一下，可寒刀毒又添了一道，令他痛入骨髓，他意识迷糊时感觉到有人喂了药丸给他，他知道那人是李拂青，随即昏睡了过去。

如果可以，他不想再醒过来了，服药丸产生的瘾头对他而言是种不坦荡的折磨，当初他和李拂青说不想打仗了也不是真心话，真心话是他再也不想吃这东西了。

禁内一夜，血漫宫廷。

白云铢被生擒，参与谋反者均处极刑，至亲流放三千里。归京述职的杨戟查出御史大夫曾命廷尉泰毕诱齐扈于昌北大战中私放妇孺搅乱崇军作战，罪证如山，御史大夫被处绞刑，祸殃全族，太常寺卿被贬，胡弥与北夷奴隶萝怡女被枭首示众。桃吉奉帝命将北池塘边只可入不可出的密道里的女尸躯干烧毁填井。

宫妃蓉婕妤囚于永巷。

几日后，胡氏自戕，帝命尸灰填井，于宗正府除名。胡氏幼子半月后因痘疫夭折。

崇国内乱渐平，边疆发来千里急报：白云察知知幼弟被崇军处死后，悲怆难当，举兵攻打昌北边关，此次北夷与崇军的战争大有同死之兆。

战事凶猛，大将军杨怀恩负伤，请求支援，帝李拂青派少将军杨戟与大司马卫骁领军三十万精锐前往昌北与杨怀恩会合，誓同北夷死战。

杨戟见到李拂青亲自送别卫骁，低语喃喃不知说了些什么，卫骁轻笑，回道："陛下无须牵挂，臣的命已许给了太阴星君，凛冬不至，臣就还是陛下的臣。"

第五章：人生长恨水长东

秋末冬初，崇国众将领打响昌北绝战，大司马卫骁追击夷奴退出昌北，斩杀白云察知，北夷部分军队远遁临海，北夷王权就此分裂。此战崇军大胜，昌北再无北夷王庭。

捷报入京，帝命军队归京受封，李拂青赐卫骁自由出入禁中，夜宿宫廷。菱昭仪与五岁的女儿妩瀛曾多次见帝与大司马独处问话，大惑不解，大监桃吉言，帝与将军多年情谊，难以割舍。

直到一次她见到鸾殿内卫将军满脸是血，李拂青满眼痛憾，取丸药喂之。她惊慌之下欲唤医官，帝阻。

卫骁深知自己已活不了太久，他将枣豆儿和侯府都托付给了李拂青，李拂青良久无言，避开他的眼神，背对着他压抑痛惜："你急什么？你会长命百岁的，吾会寻尽天下名医为你解毒。"

卫骁看到李拂青脊背在颤抖，下意识想伸手抚抚他，可又觉身份不妥，那只手僵在空中许久，最终只得寂寥地落下。

李拂青的脆弱不常见，卫骁这些年也只见过一次，是因他的母亲。

胡后是李拂青的养母，他生身母亲是掖庭女官，生下他几年后就因巫蛊术被帝王赐死，李拂青这才转由半生无子的胡后抚育。先帝明知他母亲是被冤死的，却执意不再追究。李拂青执政后多次调查生母巫蛊之案，却发现先帝当年将此事完全抹除，人证物证均已不在，从此他母亲的死就成了他的心结。

有一年在永巷，李拂青见到了一个很年轻的女官，站在院中晒桂花，姿态静怡，身影相貌极似他生母，桃吉还以为李拂青会宠幸她，随行宫婢无不艳羡。当时只有少年卫骁看到了李拂青眼中深藏的悲悯和怀念。最终那女官被赏赐万金，送离禁内，此生不可再入宫廷，亦不可嫁作官妇。

卫骁懂得李拂青的失落，凭心，他想安慰他。于是当李拂青阴郁入殿，赶走众人后，他直直迈上台阶，李拂青板着脸问他何事，少年鼓足勇气，冒着大不敬之嫌一语不发冲过去就搂住了皇帝的肩膀。

谁也没想到会是这样的安慰，李拂青骂他让他赶紧滚，他也一动不动。

那时的少年果敢热忱，未被蜚语流言轻损，所以多年之后，他入了朝堂，入了沙场，开始明白人言可畏，再不敢轻易亲近李拂青，他怕胡弥那老匹夫因此起事中伤李拂青。

如今，少年成了将军，帝王还是帝王。内乱已平，奸佞已除，他却不能伸手安慰他，不是不敢，李拂青也不会因此再骂他，可终究是不能的了。

他要早早地离去，李拂青则要长久地留下。无论是怎样的安慰，都无法平息生离死别带来的悲痛欲绝。

如此便是人间事，阴晴圆缺，聚散有时。

崇国凛冬，皑皑白雪裹住了宫廷大殿。

卫骁病逝宫中，极哀难平，李拂青悲痛不已，一夜间鬓边生出白发，他命崇国子民皆要供奉太阴星君，为卫骁祈愿归天，违帝令者下狱处刑。

李拂青于将军陵前久站，身形憔悴，手抚墓碑，终将一盒乌黑丸药撒入山间。

他情凄意切地望着石碑，咽下一句句想对卫骁说的心里话，只在落泪时低唤一声声："追雀。"

直到李拂青准备离开将军陵时，他才真的意识到卫骁是永不能再回来了，崩溃转头奔回去，于陵前悲痛气噎，隐忍地号啕，抚摸面前湿冷的土壤和坚硬的石碑，任泪水浸湿脸颊。

第二年夏末秋初，已为人妇的枣豆儿生下一子，帝赐名思追，承袭平昌侯爵位，养于宫中，尊贵无比，位如皇子。

十年后，卫思追无忧无虑地奔跑在掖庭妃宫，身后追着一众宫婢内监，他手上有一只小鹦鹉，翠绿羽毛，尾巴漂亮，是刚从奻瀛姐姐那抢来的。

小孩一直跑到池塘边上，急坏了身后追随的宫人。李拂青处理完政务踏入妃宫，见到宫中一树树垂柳随风沙沙，叶子嫩绿如新。夕阳西下，他眼角的纹已深，鬓边也生出许多丝白发，看到思追笑呵呵站在池塘边摆弄手中鹦鹉，一瞬恍惚，许久未动。

人生长恨水长东。

在很多年前，卫骁也像思追一样，小小的，会笑、顽皮、率直，年轻的帝王将八岁的将军遗子接入宫廷，朝夕相伴整七年，教他为臣之道，命他忠君爱国，驯他克制本性，炼他铁血丹心。

在卫骁做不到时李拂青惩罚他，在卫骁完成任务时李拂青奖励他，他像驯养猛兽，也像培养自己的影子一样要求他。他看着他缓缓长大，由天真到内敛，从朝堂至昌北。天生知己难求，能凭一半虎符就读懂自己心意的，此生再难觅。

金秋时节，崇国鼎盛，外乱平息，朝堂安稳，十岁的卫思追见到李拂青后，开心放飞手中鹦鹉，直直向他奔去，毫无忧思，扑进他怀中快乐地喊他："陛下！"

后史书记载：崇国将军卫骁折于京城，英年早逝。帝拂青震悼无限，悲痛不已，饮食不思，辍朝半月，于将军陵前痴坐多日，回京后性情大变，常常梦至昌北风声。

帝忆将军少年，曾为近臣侍中相伴左右。拂青亲授骑射，教养德行。将军十八岁征战北夷，六战六胜，从无败绩，勇猛无敌，击退夷奴，官拜大司马。卫骁逝后，生前忠仆之子承袭平昌侯爵位，养于宫中，赐婚妫瀛公主。

将军病逝的第十年，一朝秋，帝拂青于掖庭妃宫见翠柳如故，有感而发，写下缅怀大将军的悼亡诗。

《寄思月上》
　　　——李拂青
掖庭如故柳随风，
鹦鹉金笼妃子宫。
不见旧人问山雀，
惟梦夜夜昌北声。
太阴神像无声色，
江水淙淙无止息。
十年死别鬓斑白，
唯愿精诚月上逢。

终

狼辣深沉储君

无赖敌国皇子

可以寄苍青

李山明 : 季苍青

刹那间,他想起屋顶上,两人以天为席,与月对酌。

可以寄苍青

作者　二团书生

你好，我是二团书生。
代表作品《灵魂缓刑》。微博 @ 二团书生

一

"太子殿下，您叫属下盯的云锦国人质九殿……不，公子到了。"

"好。"李山明搁下笔，眼睛却没离开折子，"定是一脸不忿吧？"

"没有，季公子在……"无也迟缓道，"睡觉。现下快被奴才推行至金銮殿附近了。"

二

"放肆！那质子不曾遥行朝仪就想入殿，难道他还要我国八抬大轿请上来不成？"

"一个刚被夺了爵位的末流皇子，真是不把我大乌歌放在眼里！"

"臣附议。那云锦小国不足为惧，此次战败让质子来议和已是恩赐，可质子此等做派，狼子野心昭然若揭！"

"……"

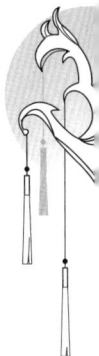

朝堂之上，乌歌皇帝乌阳帝抬起手，众人顿时噤声。刚才还咄咄逼人的一众臣子一齐躬身待命。当年乌阳帝从十八子中成功夺嫡，靠的就是残暴与多疑。这双手竖挥招人，横挥杀人，只消一挥，一字不吐，心腹重臣也能被要了全族性命。北国云锦国力虽不若乌歌，倒也仅屈于乌歌之下——若皇帝真暴怒将质子诛杀，那天下局势恐怕又要大变。

只见那手指又摆了一下，不过是朝着太子方向。

无也在李山明的示意下上前一步，躬身道："启禀皇上，季公子称他腿上残疾，无法行走。依属下所知，他一路上都未曾站立。"

乌阳帝面无表情，并不答话，也不做任何表示。

李山明站在最前面，不动声色地看他一眼。

无也轻咳一声，只好斟酌着继续道："两年前两国秋祭，他能与年少成名的太子殿下打成平手，并非凡夫俗子。如今他不受宠，已是弃子，此番胡闹说不定是……"他顿了一下，在一片寂静中硬着头皮道，"苦肉计。"

此意明显，众臣子纷纷记下：太子睚眦必报，与质子不对付。

皇帝又招了招手，一旁神情紧张的太监立刻凑上前去。

"叫他爬上来。"

众人屏息。

这金銮殿外的百步阶陛峭巍峨，若是手足并用爬到顶，那可真是如丧家之犬了，况且那质子还称自己患有腿疾，更是难熬。虽说这失宠皇子受辱也不必解读为两国交恶的信号，但这些弓腰老臣可就要久等一起受苦了。在这两国针锋相对的时候，大家都提着脑袋上朝，多一秒都是折磨。

"儿臣以为不妥。叫他爬，恐怕要等到日落西山，勿叫这家伙耽搁了父皇的时辰。"李山明上前一步道，面上露出几分玩味，"不如让儿臣搭把手。站得高，摔得也更狠些，就当是赏儿臣耍毽子、戏空

竹了。”

“你啊……”皇帝冷笑一声，却是受用，“倒是会磨人。”

众臣子向太子投去感激的目光。回过神来，才纷纷擦汗：云锦质子九殿下已然沦为个玩物了。

万幸，万幸——适才无人替他求情。

季苍青自云锦一路颠簸，又胸闷又恶心，终于到了乌歌金銮殿外，入殿前被要求行朝礼。他心说跪是跪不了了，要是躺在殿外……那实在是不成体统。索性继续端坐在象牙木轮椅上，脖子一仰，客气地回绝了。

季苍青的私侍玄风从故国与他一路前行，顿时慌了：“殿下……”

他觉得客气，可随行的奴才和侍卫全都惊慌失色，那估摸着可能也不太客气，于是他连被廷杖的准备都做好了。等了半天，冻得他哆哆嗦嗦，正想着打两板子还能暖和暖和的时候，终于看见了个人。

只见锦衣华服的乌歌储君、太子李山明自殿上而下，行至他面前，行了个礼。

邪了门了。不知这位金枝玉叶的太子纡尊降贵跑一趟来干什么，本还想打起精神与他寒暄，抑或讥讽几句，结果下一秒那袖袍就朝自己挥来——

那太子将他连人带椅扛了起来。

季苍青感到一阵窒息。

一直坐轮椅的季苍青视野骤然拉高，比身材挺拔的李山明还高出一截。不过他迅速安了安神，嘴里苦笑，没什么负担地求饶：“殿下……殿下我恐高……”

李山明不应，一瞬间轮椅剧烈摇晃，差点把季苍青摔下去。

季苍青再不敢出声，只依着他在众人的目光下被扛上了百步石阶。

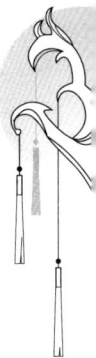

一步一晃、摇摇欲坠中，他的目光越过了栏杆，看见阳光铺上那威严肃穆、金碧辉煌的丹陛。季苍青意识到自己真的来到乌歌了。

只不过身份、出场方式好像都不太体面。

"风景如何？"李山明在下面问。

"甚好。"季苍青在上面答。

李山明侧目，嗤笑一声，待到迈入了金銮殿，直接将他掼在地上。

那轮椅轮子顷刻与椅身解体，支离破碎。季苍青也跌落下去，顺势歪在一边。

不过他好像不满意这个效果似的，竟然顺势又打了半个滚。

三

"参见陛下……"季苍青忍着呕吐欲，伏在地上气若游丝，用只有身侧那人能听见的声音说，"孤是不是头一个以乌歌金銮殿作床的？倒是比你们这皇帝自在……"

李山明："……"

传话的太监终于穿堂过来询问，李山明急忙赶在这厮再度口出狂言前向皇帝行礼："父皇，儿臣的空竹耍够了，季公子看着也未服气……儿臣宫里，倒是还缺个沙包。"

乌阳帝一笑："晚辈切磋，朕怎好插手。"

即将被拖走的季苍青还欲开口："我怎的不服……殿下，我佩服叹服心悦诚服，你看我，五体投地，服服帖帖……"

声音渐大渐明晰。

李山明一脚踩在季苍青的手上，终于疼得他再也说不出话来。

季苍青再醒来时，已在寝殿之中。屋中穷尽雕饰，精巧华侈，他

则被安置到软榻之上。倒也免了无轮椅的尴尬，他心想。

在他醒来的第一时间，床侧的官兵就闻声而动，顷刻，李山明掀帘而入。

季苍青没起来，盯着他说："多谢太子殿下救命之恩。"

李山明似笑非笑，答："父皇还没打算杀你。不过按你那个作法，也快了。"

"还要仰仗您的鼻息。殿下要杀我解怨，也是可以的。"季苍青淡淡地回答。

"你就这么想死？"李山明面无表情，"可你放心，本宫杀你，也是该将你细细捆了，钉在绞刑架上，送到战场将你千刀万剐、万箭穿心，祭我军军旗。此刻蓦然赐死在太子寝殿，实在不划算。"

季苍青称赞："您可真是陛下的儿子。"

"你自己不惜命，我也没办法。就像你现下身怀绝技，却躺在这里和我虚与委蛇。"

"殿下说笑了。金銮殿都要我亲自爬，哪里来的身怀绝技？在下于故国一向不受宠，您是知道的。"

"一向？"李山明不屑，"你父皇剥你爵位前，你已准备入主东宫了吧。犯了什么错，才被踢过来？"

四

犯错？季苍青有些恍惚。

他的存在好像就是最大的错。

二皇子、三皇子与六皇子夺嫡已久，父皇有意制衡，便放任他们去斗。谁知位列老九的季苍青渐渐长大，天资聪颖，初上朝就给父皇提议，用整治贪腐、监察去冗的法子解决了国库空虚。受到父皇赏识，

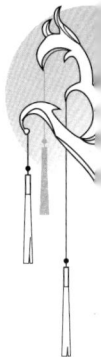

同时也断人财路，树敌者众——

一时间，昨日还亲昵玩闹的哥哥们，竟只有三皇子还继续与他来往。

几番测验人心，季苍青越是不争不抢，父皇就看他越顺眼。几个月后，父皇欲将他立为储君的消息被身边内侍知道后，那一个月的风雨……不堪回想。

两位世子下了宴会扭打在一起，皇上呵斥，捋了头绪后得出结论是九皇子教唆；

与众皇子相约御花园，他向来到得早，结果众人结伴抵达时，他的身边凭空蹿出个衣衫不整的宫女；

贵妃无缘无故平地摔在他身上，他怕又被参不敬用轻功避开，谁知贵妃一个侧身，顺势滚入水中，被救起时，已失了四个月的胎儿。

再后来，三哥对已不能自理的自己说："父皇要你去乌歌为质……"

听见后半句时，他的大脑一片空白。

与众人错愕地看向自己身后、世子一同指向自己、看见贵妃在水下用力捶打自己腹部时一样。

五

"自然是犯了该被踢的错。"季苍青回答李山明的问题，"多说无益，有没有绝技，一试便知。"

"好啊。"李山明颔首，也并不与他客气，伸手就隔着胫衣向他小腿掐去——

一时，身后的无也、床头把守的官兵和季苍青的私侍玄风都凝神屏息。

可在众人的注视下，无论手下如何发力，季苍青都是一脸无谓，眉毛都不动一根。

李山明暗暗皱眉。

眼前之人面色苍白，气息奄奄，每吐出一句话都好似能减他十年寿命似的。手中掐起的肉浮肿虚软，一点都摸不出曾是个习武之人，更莫说是两年前那个风度翩翩、靠一身轻功飞檐走壁的少年。

难道，真是认错了？

他不愿就此草草下定结论。

"本宫晃你那一下，听说你摇摇欲坠到半个身子都掉出来了，却连把手都不沾。以你的心性，没有点手段，如何让你就范？"

"殿下，我都说了我恐高，那是……"躺着的季苍青无奈地笑，"吓的嘛。"

李山明不应，从怀里抽了把弯刀，直接架在他脖子上："万剐不成，数剐总是可以的。"

刀尖在季苍青颈侧轻轻刮了一下，像是给他瘙痒一样。

李山明一边继续动作，一边斜了一眼身侧待命的玄风。玄风连眼睛都不眨一下。季苍青虽是主子，但乌歌为刀俎，二人为鱼肉，大鱼肉与小鱼肉倒是也没什么分别。

季苍青不慌不忙地侧头，枕着李山明的腕骨，似是与利刃缠绵依偎。

可那刀尖陡然逼近，刀锋凌厉，绝不让他就此含混过去。

"嗳，这是干什么？"季苍青的语气像个老好人，似是劝架，好像危在旦夕的人全然不是自己。

"殿下……"他还欲开口，冷不防颈间一痛，血落在刀刃上。

再不敢动了。

千钧一发之际，突然间季苍青身体耸动，李山明怕他要自戕刹那间退了一点，观察着他的动向。

"唔……"

季苍青喉咙深处发出呜咽，竟是张嘴欲呕。

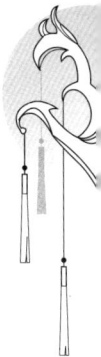

"哟——"

李山明："……"

玄风："……"

无也："……污秽之物莫沾上殿下！"

李山明猛地把整只手抽了回来。

最后，咄咄逼人的太子殿下只能无奈吩咐道："无也，叫太医来。"

六

季苍青通过大口喘气来缓解症状，痛心疾首道："我恐怕得了绝症。"

李山明皱眉："什么？"

"水土不服。"季苍青答。

七

去太医院的路上，无也心里憋着一股无名火。

朝堂之上，质子拒绝朝礼犯了众怒，无也按太子殿下教的，要保季苍青性命，却没有求情，而是先发制人控诉他装瘸，提出并认可了皇帝潜在的怀疑。

两国秋祭时太子与九殿下比试切磋了一场是众所周知的，虽大体证明二人不和，但直接替他说话实在会引起众人，尤其是乌阳帝的怀疑。而且明面上是在把质子推向假意残疾的火坑，实则暗中将叛逆挑衅的政事敏感化解成了个人的苦肉计，一下子扭转了罪名的性质。

至于太子本人把季公子扛上来，更是一石三鸟。给质子人情且不提——毫不掩饰但适当的表现欲，能让皇上体会到太子的单纯与忠心；

连人带椅扛起重物登梯，展示男儿血性，也是作秀般借儿子长老子脸上的光。

大殿上被摔，但摔得最狠的地方却是轮椅的轮子，想必聪明人已经能体会到这其中奥秘了。这季公子口出狂言，一副破罐子破摔的样子，分明就不是个聪明人。

思索间，对主子的欣慰和对季公子不识好歹的焦虑同时漫上心头。

◇八◇

无也半路遇见了有也。

有也是无也的胞弟，同为太子僚属，只不过兄弟二人性格迥异，虽做事都无微不至，但无也老成谨慎，善于心计，有也却天真烂漫，爱玩弄拳脚。

他向有也身后看去，发现已经有几位太医随行。

无也打了声招呼，把有也领到太医听不见的地方，厉声质问："谁是主子？不得令就敢请太医？"

"质子装瘸闹得沸沸扬扬，殿下肯定要试探一下嘛。"有也委屈地道，"再说你这不也来了吗？"

"太医院人多眼杂，坐实不敬也是罪过，殿下是想给他一个机会。"无也打他的头，"这次来也不是为看腿的。"

有也捂着头干笑几声，这才后知后觉地说道："不过……这几位太医不都是自己人吗？还要防谁？"

"你有这工夫，"无也转移话题，"还不如给太子殿下想想如何私下测试。"

有也立刻就被带跑："是哦！要如何测试……"

"我想到了！"有也一脸认真，"我半夜去挠他脚心！"

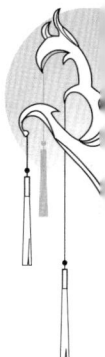

无也扶额。

九

"什么人容易水土不服？"

"回太子殿下，"无也道，"太医说是脾胃虚。"

"脾胃？"

"是。咱们的眼线说，季公子自故国出发一路上都是这样，每次饭后几乎都会呕吐。"

"估计是吃不惯吧。"李山明随口说，"今后所有饭菜你给他亲自送到。"

东宫偏殿，侍女鱼贯而入，把屋内的花草和香炉都撤了，上了一笼面食，一盏奶茶。

看来这是叫御膳房特意做的，季苍青心想。不过他闻了闻，象征性地咬了一小口，就放下了。

太医交代着，开了几副调理方子，最后给他说了些需要注意的地方。

"多饮水，饮食也要清淡些。除此之外若实在难受，倒是还有两处穴位可以缓解症状。在拇指第一掌之内侧是土水穴，腿膝盖骨外侧下方凹陷往下约四指宽处是足三里。几经按压，大有裨益。"

"乌歌人擅医，云锦人没听过也正常……"太医贴心地给他指出位置，却诧异，"这两处怎的都有淤青？"

十

季苍青低头看去。

掌内侧是大殿上踩的，足三里是刚试探时掐的。

"没事。"季苍青躺着轻笑，"看来你们殿下给我治过了。"

十一

玄风送走了太医，问榻上的季苍青："他们不会不给你新轮椅吧？"

季苍青一下明白了他的顾虑，若是故意不给轮椅，他的活儿就会成倍增加。不过季苍青已经习惯了这种被奴才嫌弃的日子，也没说话，只是眼巴巴地望着他。

玄风被看得不自在，才说："你有什么事，知会我一声，我办就是。"

"那现在你拿纸笔来吧，"季苍青说，"我给你主子报个平安。"

十二

"殿下，季公子向云锦寄了封书信，"无也说，"正压在我这儿，您要不要看看？"

"特意拿来给我看干什么。"李山明没抬眼，"怎么，他写了篇檄文讨我？"

"没，就是怀念故国、关怀云锦皇帝龙体云云，下面第一时间就层层检查过了，没什么问题。只是……我觉得他辞采华茂，典故颇多，您可能会喜欢。"

"你还挺惜才。"李山明笑出声，搁下了折子，"他可有表字？"

"还未到年龄。"

"那正是读书的年纪。"

无也听闻一惊，心说读书的年纪，恐怕季公子这就要晋升为太子伴读了。他感叹命运无常，替那些目中无人的下人捏了把汗。

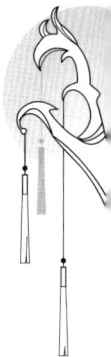

"他睡了吗？"

无也心说睡了也得喊起来，这可是莫大的荣幸。

于是他答："应该没有。"

后来，他就自己对"读书"一词有歧义一事，向季公子道了一万个歉。

十三

东宫偏殿，季苍青一脸狐疑地看着李山明。

良久他才自嘲道："九皇子不检点的美名已传到乌歌了吗？"

那夜，季苍青被折腾了半宿——

太子殿下叫他讲了一夜的……话本。

乌歌重文轻武，书籍流通管制严格，而云锦重武轻文，书籍管理松散，大多只限于偶尔打击一些虚假的武功秘籍。常有文人雅士冒着流放之险偷渡云锦，只为一睹珍本真容。李山明索性挑明了，要听禁书。

季苍青不解，只当是李山明半夜折磨自己当消遣，便有意反击，尽挑一些《桃花艳史》《闹花丛》《妖狐媚史》等风流话本来刺激这从四书五经中泡大的斯文人，想叫他知难而退。谁知李山明一路听下去，直到自己再也讲不出，这人脸也不红心也不跳。

讲第一本时，无也不得令就默默退下了。

讲到第八本时，玄风也撑不住，从门外移开几米，半路被有也招呼去休息了。

……

季苍青打着哈欠，心想虽然自己愿意陪他玩，但这是什么疲劳战术，连连投降："殿下，您不用上早朝吗？"

李山明道："这故事从你嘴里讲出来格外有野趣。"

季苍青讪笑："我是个野人。"

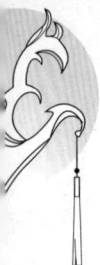

李山明问："你说，这些话本曲折离奇，是如何构思的？"

"自然是取材生活阅历，命运本就如此，"季苍青垂眸，"诸多遗憾，诸多惊奇。"

月光浸凉了烛火，李山明看着他躲开的眼睛，目光有如深潭。

本暗暗戒备的季苍青被这眼光看得有些头昏。

口中干渴，他低头望去，杯中热气腾腾。脾虚之人食也无味，本以为是姜茶的热辣，余味咂摸起来却愈发像药酒。

"你这儿，就没有压箱底的故事吗？"

季苍青眼前发花。

这低语本是问句，荡到耳畔却有如下旨。

……

最后一本，他讲了自己的故事。

十四

季苍青的信是写给三皇子文卿王的。

大行反腐备受排挤之后，只有三哥还愿意和他站在一起。几个重臣以九皇子季苍青为卖俏行奸之人请愿，企图劝谏皇帝将他发配到边关驻守，也是三皇子力排众议将他保了下来。季苍青有功夫在身，本愿意为国效力，却也知道只要他出了宫门就活不成。

后东夷来犯，三皇子亲自出征，以两万精兵战对方五万，利用地形优势和信息差大获全胜。

由于双方实力过于悬殊，自然也成了一段佳话。三皇子带领的军队被百姓称为"哑军"，是说军纪严明，除去口号一字不吐，人头攒动却鸦雀无声，颇为壮观。

第二年，云锦与大国乌歌接壤的南境屡次有摩擦，乌歌大将军讨

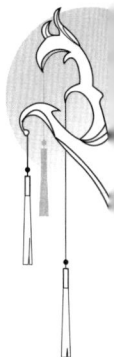

伐接壤的堂城，"哑军"与边境军队出征迎战，但不到两天的时间，堂城就沦陷了。

说是沦陷，但堂城百姓见乌歌军队不烧杀不掠夺，反而传授农耕等技术，生活别无二致，也就继续安居乐业了。

自此乌歌攻下一城，堂城背靠的城郭与京都毗邻，云锦登时归降，送质子求和。

虽然三皇子再次极力作保，但他这个千夫所指的弃子自然是首选。

他向三哥作揖，出门踏上乌歌之路。

三哥在他身后轻声说："九弟，待我登基之日，我来接你。"

那些人省了每天算计自己的疲劳，况且涉及两国政事，一路上他倒是安然无恙。不过到了乌歌情况并不会好很多，就如无也在殿上所说，自己的武功在两年前就当着两国大臣的面暴露无遗了。

季苍青本不愿争权，所以一直韬光养晦隐藏实力，但两国秋祭之时，乌歌太子向所有云锦皇室发出挑战，本意是比武切磋，谁知以武为荣的云锦参战者竟无一人能敌，教太子武学的太傅本来还为无事可教而惭愧，此时也扬眉吐气了起来。

未及冠的李山明在乌歌找不到对手，传闻云锦人人习武，秋祭前一直兴奋不已，谁知结局竟是如此。

也是年轻气盛，李山明当众挑衅："既然云锦无人，不如秋祭之后本宫来替云锦祭地祇，如何？"

祭祀向来由天子亲自把持，他这话一出，是直接骑到云锦天子的头上了。可乌歌皇帝偏偏不开口，作壁上观。

两国朝臣，一片寂静。

季苍青看了一眼自己的老师，道："且慢。"

瞬息之间，一道银光乍起，季苍青出鞘。手腕轻转，李山明亦退

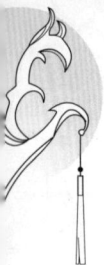

开一步回击，顿时金石声连成一片。

几个回合，李山明一个近身，在他耳侧夸赞："九殿下深藏不露，天下独步。"

早听说云锦皇室有高手，竟然是你。

季苍青对于自己被逼出手一事颇有意见："神不歆非类，民不祀非族。"

不是你的鬼神你也敢祭，无聊。

十五

"一剑双花，一语双关。"李山明又替季苍青斟了药酒，"当初盛气凌人的翩翩公子，如今竟是怎么了？"

不胜酒力的季苍青腰后靠着软枕，红晕漫上脸。他自顾自地笑了："倒是不必虚与委蛇。殿下把我灌醉，不就是为了打探我残疾的虚实？"

李山明说："我知道你不是。告诉我，是谁害你？"

季苍青不为所动，温和地道："殿下这是又想诈我的宿敌了？"

窗外朦胧，渐渐破晓。

李山明道"两年前，我能从你眼睛看出朝气、逍遥，还有一点孤傲。"

季苍青问："那现在呢？"

李山明道："什么都没有。"

季苍青恍惚地看着他，好像听见他说你我是同类。

"你受委屈了。"

季苍青："……"

"我醉了，"他感觉眼中沁出薄泪，忙把眼睛闭上了，"想睡了。"

李山明最终也没问出来什么，但还是扶季苍青躺下，掖了被子，转身离开。行至门口时，听见身后人说：

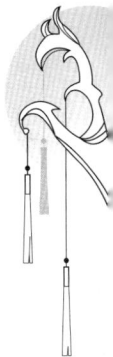

"伤了腰椎，治不好了……"他声音减弱，"你只消记得从前的季苍青，就行了。"

十六

不知是早有定夺还是无也故意找补，最终季苍青还是成为太子伴读。玄风将他扶上有也新做的玄铁轮椅，推行至太子太师处。

这三元及第、被赐国姓的帝师赫赫有名，不用有也介绍，季苍青心中已然尽是敬畏。

太师问二人，农民起义自古是难题，要如何解决。

"改制，反腐，拔工学。"

季苍青听到李山明的答案，心里一惊。

这是两年前他与李山明说的。

两人比试后的当天晚宴，季苍青戴上白金面具，曾伪装成三皇子与李山明交涉。

被当众拆穿武功，心里自然不爽，于是和最亲的三哥抱怨了几句，但说着说着，最后也变成了惺惺相惜。季苍青本以为乌歌尽是些穷酸书生，没想到竟也有如太子这般的豪爽男儿，虽然跛扈了一点，但这决绝狠辣的魄力一看就是帝王之相。若不是不欲与权贵牵扯，他是愿意与其比武论政的。

三皇子一听，给他出了个主意，叫他换上自己的衣服，戴上面具。两人身形是兄弟中最为相似的，再谎称嗓音有疾，以其身份接近应该不是什么问题。

季苍青听着他这话虽都是在为自己考虑，但其实也明白三哥是想利用自己讨好太子，也算是为之后的夺嫡做准备。不过季苍青觉得这些名分实在无谓，况且还能帮忙，便欣然答应。

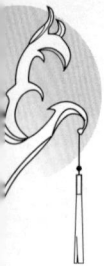

他轻功一跃，躺到太子寝宫屋顶。果不其然，李山明听到动静，便也上来，与他并肩说话。他们讲山川地域、水果花期，还说国事政治、驭人权术。

季苍青说，我以为乌歌尽是机关算计的小人。

李山明说，我以为云锦尽是揎拳裸臂的村夫。

两人相视，哈哈一笑。

月色如水。季苍青说云锦百姓赋税重，国库却又空虚，冗官冗费尽堆积在权贵手中，动弹不得。他认为首要任务还是另辟蹊径，开启一条新的致富产业，用机关术等巧劲让农耕事半功倍。李山明问他实施起来是否会有诸多困难，季苍青答尚未想到，技术还是交给专业人士。

李山明摇摇头："我说的是人心。"

一开始季苍青不解，后来才彻底懂了这人心所指。

……

思绪拉回现实，太师问季苍青："季公子有什么想法？"

季苍青笑："李太师何苦，我与太子殿下所持观点相同，已然下场凄惨。反贪腐已叫我树了众敌，哪又有人会听命改制呢？"

"你不是说反贪不可正面对抗？"李山明问他，"为何自己仍走了这条路？"

他说的是晚宴后的屋顶会谈。

季苍青处变不惊，耐心道："殿下记错了，我何时说过。"

季苍青岿然不动，然而门外的玄风却开始警觉。他暗忖道，莫非自己走开的那夜他们谈了政事？那三皇子的身份……

看着季苍青坚定的脸，李山明追问："那你说的工学呢？事半功倍？"

后者滴水不漏地答道："是您说的工学。"

李山明轻笑："好。"

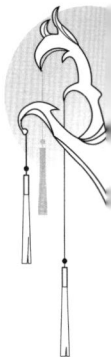

"下发了一些改良过的耒耜等农具，他们觉得捡了大便宜。"

"那是自然，那产量呢？"

"他们觉得捡了大便宜，"季苍青垂眸，"拿去烧柴了。"

两人沉默。不过无人指责愚民，而是一同想到：开民智。

太师道："对策已到，民智却未开，只得功亏一篑。若开民智，便有千万子民与你共同治国，这是未雨绸缪的道理。对于帝王来说，剑不是挂在腰间，而是悬在头顶。真到有问题该解决的那一天，已经什么都晚了。"

季苍青心说太子倒是大方，此等良言也可以旁听。后又想，除了有些猜忌，自己对他实在没什么威胁，便也放平心态了。

李山明道："所以这得罪人的事儿你三哥叫你干了。"

季苍青淡淡的："搜罗的钱财救了一城人命。"

十七

送走李太师，李山明并未离去。

"你此前喝醉了，最后一本话本还没讲完。"

上回讲到季苍青与李山明在秋祭打架，接下来，其实就是他冒充三皇子的屋顶夜谈了。

夜谈不能讲，季苍青又实在不想提受伤的经历，信口道："接下来就是太子殿下要我讲未完的话本了——这实在是未完待续啊。"

李山明挑眉，随后向季苍青扔了一只桃子，后者伸手接住。

"你家乡附近产出，快马加鞭运来的。阳面有红晕，皮韧易剥，有'水骨肉'的美誉。"

这依旧是那夜他嫌弃乌歌扁桃干涩时，自己讲的。

"多谢殿下。"季苍青按兵不动。

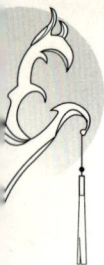

"不必客气。"李山明说，"其实你三哥和我经常有书信往来，此次你前来我也是该照顾你的。"

"那真是珠联璧合。"季苍青称赞。

"只不过书信中无论如何讨论，总觉得都不如第一次称心。"

他没想到三哥还背着他给太子写信。这人把当初的对话背得滚瓜烂熟，三哥的信中一点纰漏估计都会被发现，应该是瞒不过了。

正当季苍青纠结万分之时，门外传来动静。李山明一喝，把人喝住了。

进来的是玄风。

李山明道："急着给三皇子通风报信吗？"

玄风语塞，他恶狠狠地盯着李山明片刻，突然一个发难，转了个方向，手拿银筷向季苍青刺去，掠起的风拂面而来——

季苍青本就没想明白几封书信不过涉及皇子交友，论欺瞒也是自己一人的罪名，事态为何如此紧张。这一个突袭让他措手不及，幸好李山明一个跨步将他从轮椅中拽起，拎到自己脚下。他伏在太子脚边，感觉这一幕有些熟悉。

玄风这时已准备好赴死。他先是偷听，发现事情败露之后想照例给三皇子送信，就如这几日定时向他报告二人不和一样。谁知被太子李山明发现，只能自己临时解决，杀太子肯定是不能的，于是他转向了季苍青。发现失败后，他很快应变，再次制造动静并冲向太子——

在他看来，二人本就不和，自己作为私侍刺杀乌歌太子，质子肯定也逃不了责任，谁知没能引来官兵，只有无也和有也赶到。有也招呼了一巴掌，玄风瞬时被按在了地上。

云锦国主仆二人这才发现，看起来不如兄长聪明的有也，竟武功超绝。

"一直想告诉你，别练剑了。"李山明递过一把弯刀，"待你剑

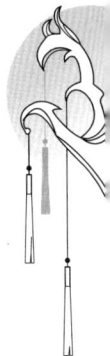

拔出来，人已经凉透了。”

鹤骨刀柄镶金，银色刀面镀着金色图腾。

季苍青看着玄风，大概明白杀他可能是三哥的意思。

他没接。季苍青不是怜惜这人，只觉得一是这么大的事要严谨，二是如果玄风第二下没有冲向自己，此时可能也被按在地上了。

虽然承认了屋顶夜谈，但他已到了这般田地，谁又能保证人不会变呢。

“我还是喜欢直接找凶手本人算账。”季苍青说。

“话本里有他的戏份。”李山明尊重他的意愿，没有强求，“择日我带你出宫，去茶楼听戏。”

季苍青没有理会他的先入为主：“那你得给我做一把好轮椅，现下这个穿金带银的太招摇了。”

李山明应了：“好。”

十八

无也见这两位主子都没事，心下松了一口气。

太子殿下自小孤独，身份高贵又懂文采的世子少了些豪气，能与之一战的高手又不精学术。无也明白无友的痛苦，因此一直记挂着能做殿下知己的季公子。私侍行刺，主子们能安然无恙，也是无也都周全好了的。不过无也还是低估了季公子在太子殿下心里的位置，玄风被押下大牢后，殿下居然直接把有也分给了季公子。

有也过去后，偏殿一切用具都开始大换血。案台高的换成矮的，矮的换成高的，下方全部掏空方便轮椅出入。大多用具皆伸手可及，窗户这种够不到的也配了杆子。就连洗澡的木桶也费尽心机，大桶中套一个略小的桶，皆开一个小门。大桶门高，小桶门低，出浴时能在

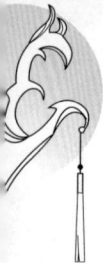

桶水转换之间自己就坐上轮椅，比他人伺候要体面不少。

"这些都是你想的？"

无也诧异，虽然私下有也与季公子相对是做给玄风看的，如今不用再装了，但从这小子当初贸然请太医的事来看，他分明想不到这层。

"都是太子殿下想的！"有也兴奋地道，"殿下叫我做个木轮椅，做好送去过目，结果殿下自己坐上转了好几圈，还凭空指出好多细节，我都拿本子记下了。"

无也瞠目结舌："那，那有什么需要我帮忙的？"

"哦，有的。"有也撸袖子，"搭把手，和我一起把门槛拆了。"

无也："……"

最后李山明还是把鹤骨刀给了季苍青，没有追问他受伤的原因，只说近他身的人太多，剑不可背刺，刀可以，叫他多练习反手。平日伴读除了和太师听授，还得跟着他与太傅练武，私下也不能闲着，叫有也监督季苍青练习上肢力量。

这也就罢了，李山明动不动还要抽查他，如现下，当着面给季苍青斟了杯茶，季苍青含着一口水没等下咽，这癫人突然卡住他的喉咙。嘴里的热茶顺着下颚流下来，两股支流淌在手上和手与脖颈的缝隙里。

季苍青："唔——"

李山明："上回我不是叫你回去练水性吗。"

季苍青："唔唔——"

李山明："突发情况直接呛水，你这早死一百八十回了。"

季苍青："唔唔唔——"

李山明："这要传出去，你忒好杀，扔水里自己紧赶慢赶着就去投胎了。"

李山明放开手里面色涨红的人。

"咳……咳咳……"季苍青断断续续道，"畜……畜生……"

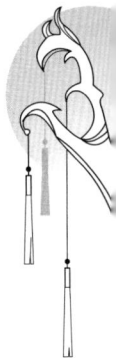

"畜生都会游水。"李山明一笑，"你回去好好练习。"

十九

季苍青嘴上骂他，心中却明白他失了轻功，过去能水上疾行，现在也只落得水下苟活。

他平了喘息："再来。"

二十

这样的训练一直延续到了开春。那天深夜李山明批完折子，悄然而至季苍青床前，刚掀开珠帘，后者的刀瞬间冷不防地架在他脖颈上。

寒光微闪，李山明欣慰又复杂地笑了。

季苍青一下认出了他的气声，放下鹤骨，吐出一大口气："殿下……"

"你合格了。"李山明说，"择日我带你见一位故人。"

"择日"终于到了。茶馆戏台正你方唱罢我登场，二人乔装打扮，来到楼上雅间入座。有也没请季公子到正座，而是将他推到屏风后隐了起来。

"太子殿下，别来无恙。"

是三哥的声音。

有也紧张地看过来，季苍青颔首，示意自己会噤声。

"你的声音倒是变了。"

"殿下说笑，初次见面我已告知嗓音有疾，现下已痊愈了。"三皇子文卿王赔笑，"殿下将白金面具一同寄来召我，可是有什么急事？"

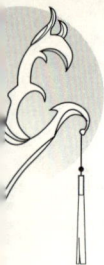

"听闻你和九殿下关系一向不错，怎么也没写封信叫我照拂一下。"

"您这是说的什么话，当初您肯借兵给我，已叫我感激不尽了，怎好再麻烦您。"

"谢礼已然收到，便不用说这些客气话。"

这话传到季苍青耳朵里，好似炸开了一朵烟花。

三哥一共只领过两次兵，这说的肯定是以少胜多的那次了。可按照李山明的说法，当时他已经认出戴面具的季苍青不是三皇子，怎么会借兵给三皇子——就算是本人去借，萍水相逢也不会有这么大的面子。

但若要想到三皇子第二次领兵，那一切就迎刃而解了。

不攻自破的堂城，从头至尾根本就是拱手相送的筹码罢了。

而季苍青就是在堂城一战中受伤落下残疾的。

所有人都想让他上战场，三哥以不安全为由说什么都不让他去。但堂城守了两天就意欲投降，季苍青说什么都要去看一看，说不定可以绝地反击。可到了堂城，他看到将士们饮酒作乐，毫无士气。

还说什么军纪严明……

怪不得，怪不得。

不用掩饰乌歌乡音，"哑军"自然也不"哑"了。

当时他不懂，与三哥在沙场起了争执。他一路上其实也做好了被刺杀的准备，但没想到刺客竟隐匿在军中。季苍青挡在三哥面前挥剑，二人一同迎战。

即将斩尽刺客之时，他后腰中了冷箭，登时就跪了下去。

"您有话可以直说。"文卿王快马加鞭赶过来，说实话身体已吃不太消，没了寒暄的耐心。

"那也好。"李山明应允，"之所以说你们关系好，就是想问你，

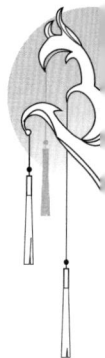

是你叫小九来杀我的？"

玄风现下还在地牢受刑，无也仿了他的笔迹定时给云锦国的那位送信回去。文卿王此刻也明白了今日是鸿门宴，恐怕玄风已经有动作了。其实一开始他就叫玄风奔着杀太子去的。这太子借兵，条件是一座城池和写着自己诉求的亲笔信与亲印，也是为了制衡。如果得手真是解决了心腹大患，万一没得手也能顺手除掉一个竞争对手。

文卿王知道李山明与季苍青不和，加之玄风密信说太子诸多刁难、当众羞辱——他还是倾向于身份没有被识破，所以只要他撇开与季苍青的关系，就能应付过去。

这倒是不用装的。

"皇家哪里有手足，不过都是利用罢了。"文卿王娓娓道来，"您以为他是怎么被千夫所指的？是我设计人祸，叫他不得不走反权贵这条路。他给我踢掉了一个丞相，非我阵营的重臣又少了一个，父皇也不再担心功高震主。忠孝两全，岂不美哉？"

季苍青开始急喘，捂住了嘴巴。

李山明一副事不关己的样子，道："空口无凭。"

"凭证也是有的。您也通医术，那人脾胃两虚，正是玄风下的慢毒，您要是还不信，其实最好认的，是他腰上的箭伤。箭头从不同方向射入，伤口形状也不同。那箭是他与我背对背杀敌时，我从他背后直直射入的。他常常穿戴我送他的一套缨绅，那绅上的花纹是个量身定做的靶子——射中那处，没死也算他走运。

"我们强强联手，可千万不要因为他生了嫌隙。"

李山明淡淡地道："你说得有理，我回去检查一下。此行波折，路途辛苦，回去好生歇息，日后再互相关照。"

文卿王暗自松气，行了礼带着侍卫飞也似的跑了。

屏风后，季苍青自己推着轮椅出来，见到李山明却转了过去。然

后背对着他身形用力向前，自己重重跪在地上。

有也惊呼去扶，被他制止。

他跪坐着，心狂跳着，哆嗦着一件一件解开自己的衣袍。李山明没有扶他，只是也单膝跪下叫他靠着，待那受伤的腰都露出来，就去触碰那个伤口。

季苍青等了半天，也没等到他说话。

心下了然。

玄风发难时，他曾想过会有这么一天，但桩桩件件的细节摆在面前时，还是让他无法承受，嗓子如被灌了铁水般难以呼吸。

李山明替他披上衣服，嘴里念着无关紧要的家常："白袍衬你，平日穿的大红大紫倒是落俗了。"

"那依太子殿下所言，"季苍青顺着接话，"在下该着什么样的衣裳？"

"依本王看，天玄地黄。黑袍绣以金线，方才接得住你这张脸的贵气。"

玄黄的配色，在云锦只有一种，那就是龙袍。

刹那间，他想起屋顶上，两人以天为席，与月对酌。

李山明问他为什么不夺嫡。

季苍青牢记三皇子的身份，用捏造的粗犷嗓音说："我是要夺嫡的啊。"

然后他想了想，直接给三哥做了个顺水人情："你我投缘，如有机会，还望殿下相助啊。等平了东夷，你我平分天下，如何？"

李山明朗声大笑，立刻痛快道："好啊，到时候你给我进贡蜜桃！"

大逆不道的对话里尽是不知天高地厚的少年气——他从未想过真会有这样一天。

后来季苍青想起，他入乌歌，李山明带他见的第一个贵人，就是

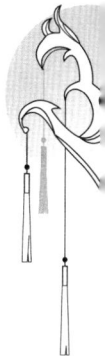

帝师。

原来，这一切都有迹可循。

"九郎，"李山明盯着他的脸，"告诉我，你要什么？"

"我要刀。"季苍青直视他的眼睛，"杀了玄风，祭旗。"

"好，祭什么旗？"

"杀了我三哥。"季苍青一字一句冷静道，"你帮我。"

"这就对了。"李山明从散落的外袍中摸出鹤骨，递到他手里。

"这王位没有腿，你也坐得稳。"

东宫偏殿。

李山明转身推门离开，迈了个虚空的门槛，拥进一屋鹅毛大雪。

屋外的无也替他拢了门，回首撑伞跟上，关切地问道："属下关门时听季公子气急，可要传太医？"

李山明垂眸，摆摆手道："水土不服罢了。"

他走向漫天风雪，行至金銮殿才堪堪停下，扫了扫袍角遗落的雪。

"时辰差不多了。你回去吧，记得叫有也亲自将公子扶上榻——

"然后，不着急收尸。"

无也疑惑："为何？"

李山明拿出帕子想要擦指尖："这是太子伴读的最后一章。"

他散开手指，手里的暖手炉已被他捏碎了。

二十一

在李山明的操纵下，三皇子文卿王在堂城的事败露。被剥爵后的三皇子即刻谋逆，诛杀兄长与云锦皇帝。等乌歌十万大军讨伐时，他看着零星的旧面孔，坐在龙椅上，面对着昔日给自己带来无尽宠幸的"哑

军"，自尽了。

他曾对季苍青许诺，会带着千军万马来接他。没想到如今角色对调，真是惹人唏嘘。

季苍青被浩浩荡荡的队伍接回宫前，拜谢了乌歌的太师与太傅。

其实李山明手中有证据，本来能直接带季苍青与三皇子见面，但还是生生将他扣下，逼他学了快两个月的驭人之术与防身之术。

也许是不放心放他走吧。

也许是知道，他一旦得知了真相，从前的季苍青就彻底不会再回来了。

季苍青想起无也和他说，那木轮椅的乔木是太子殿下亲自挑的，叫椋木，也叫君迁。

"九殿下您就是云锦的君。"

君迁，君迁。

他曾问他想要什么。他曾说他们是同类。

他知道他最想要的，是回家。

"恭喜殿下，这回季公子回云锦继位，定会承您的情。"无也与太子殿下并行，说，"太子殿下真是深谋远虑，能利用一个不受宠的质子临时下这么一盘棋。

"殿下英明，这下边疆战事也有了保障了。

"当年云锦派这么一个弃子来，爵位被剥了，既失宠又残废，肯定想不到在太子殿下的管教下，竟然成了新君。云锦恐怕肠子都要悔青了——您说皇上当年为什么同意让这样一个皇子来当人质？若是旁人，殿下倒也不必这么费心了。"

太子回头看他一眼："是我要的。"

无也心惊："您是指……"

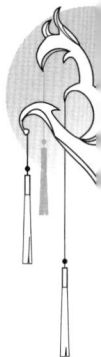

"我说季苍青，"李山明说，"是当年我问父皇要的。"

"殿、殿下……"

无也思绪翻涌，重新在脑中捋了好多遍。

从一开始的明敌暗保、伴读，再发展到刺杀案、夺嫡……

独步天下，谁与为友？只消屋顶上的一夜，就让殿下记挂了两年。

季苍青在故国被折磨得半瘫，太子叫他当人质虽又让他精神上受尽凌辱，但至少保住了命，远离了那些钩心斗角的事儿。

先叫他死，再教他活。

为什么？

在自己设计的局中，面临收网的最终时刻，最想保的人反而在棋盘上遇害。

他是有愧的吧。

玄风死的那天，殿下曾深夜把无也叫去，问了他一个奇怪的问题。

"……无也，你说，我把这尸首挂到城门上，说是质子行刺未果，就地诛杀，如何？"

他记得他答："行刺已成事实，小国不足为惧——杀了质子也无妨，遑论还不还的名分呢。"

"算了。"

是了，殿下从小自持，物欲也低，从没刻意表现出想要什么、不想要什么。

可接着他说："可我不想还回去。"

隔着薄纱的太子不再说话了，似是又睡去，他躬身退下。

翌日，殿下只说是梦呓，叫他不要再提。

他清醒地知道——

他们是同类。

"那……"无也磕磕绊绊地问李山明，"他可知？"

李山明笑了一下，转过头继续向前走去："谁知道呢。"

无也愣愣地站在风雪里，突然想到季苍青初到时醒来说的第一句话。

"多谢太子殿下救命之恩。"

……

"殿下，殿下！"无也追上去，大声喊道，"您不送送吗？属下收到传信，季公子已到金銮殿附近了……"

李山明顿了脚步："金銮殿离宫门甚远。"顷刻，他才一边走一边说，"坦途大道，一往无前。

"叫他莫要再绕路了。"

终

半月后，云锦国。

季苍青坐在李山明送的轮椅上，由侍从推行至大殿之外的高台。众臣在自己脚下俯首叩拜，声势浩大：

"吾皇万岁——万岁——万万岁——"

振聋发聩，经久不息。

他一晃神，好像来到了李山明扛他登百步石阶的那个中午。烈阳之下尽是飘雪，除了有意晃的和最后摔的那下，一直安稳妥当。稳过来路颠簸的轮椅，稳过以往坐过的所有步辇，甚至稳过以往亲自步履的平地。

他在李山明头顶，看遍了朝堂砖瓦、咫尺檐角，越过一个又一个人的头顶，来到了这象征家国最高权力的大殿的顶端。好似这些年的

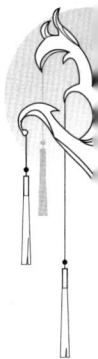

自己，被生欲、利益、仇恨甚至善意裹挟着，一步一步向权力的漩涡走去，深陷其中，不可自拔。

只不过，这次再无人将他重重地放下了。

季苍青呼出一口冷气。

"殿下，一年了，我还是恐高啊。"

乌阳二十一年，皇帝驾崩，庙号乌阳帝。太子李山明继位，改年号为青祯。

青祯元年，云锦新帝冰释两国前嫌，向乌歌朝贡，贡品有蜜桃、宝玉、沉木……还有一张画像。

画中人顾盼生辉——

黄龙玄袍，风仪玉立。

既是承恩登基的天子，也是从前的季苍青。

那夜金銮殿外，季苍青通过无也收到"莫要等他"的消息后并不听劝，又站了半个时辰。他不知道李山明究竟如何看待他。难道自己就只是个权力交易的便宜筹码，完成后，连最后一面也不愿意见了吗？

不过他也明白，那人心高气傲，连关心也只会默默地，的确不是会扭捏送别的人，这样的冷处理倒也符合他的性子，更别提"何日相见"这种话了。

那就由他来说吧。

片刻过后，季苍青托无也给李山明送去书信一封：

数年劳远别，一笑喜相逢。又上青山去，青山千万重。

再相见怕不是已是万重山，望你珍重。

此信一出，便不管你如何看待我，就如我不曾期待你回信。

他又站了一会儿，发现果然如此。季苍青回头远远地望了一眼，走出宫门，上了马车。

下车时，他才发现车厢内角落斜插着一封信。他展开，是熟悉的字体：

魂招何处不来归，白首旧路山自明。多少祠礿与尝烝，年年可以寄苍青。

你想去哪儿？

即便苍然白发，只要你踏上归途，青山自为你明亮。

始于秋祭，还有春祭、夏祭、冬祭。只要你想——

何来万重山。

季苍青抿着嘴仔仔细细端详了半天，他笑了出来：

"你这不是也会回信吗，殿下。"

◆ 终 ◆

我望着他如穿堂风般轻飘飘擦过的身影，抓不住、留不得。

◆ 蒋权 一 程玄英 ◆

只手遮天相国 × 落拓疏狂军师

拜君前

作者　▨　蓝笋

文风多变的写手。
微博 @ 蓝笋从不拖稿

楔子

程玄英死于朔风凛冽之冬，下面的人发现他时，他已冻得浑身僵冷，鬓发眉睫皆被霜雪覆盖，他坐在院中，面朝东南京都的方向。

他这人素来是不讨喜的，看不起庸碌之辈，又屡屡出言弹劾当朝权臣，是以死讯一经通传，不知多少人在暗中拍手称快。

然而他们面上是不会显露分毫的，金殿之中死寂如水，跪在下面的文武百官都敛目低垂，一副戚戚然的虚伪模样。

我坐在皇帝身侧，五指慢慢地抚摸着掌下仙鹤的纹路，未曾作声——即便全天下和程玄英的关系能称得上"亲厚"二字的人，只有我蒋权。

我不作声便是不予追责，众臣皆大欢喜。

唯一不欢喜的，可能只有我辅佐的，坐在皇位上的幼帝朱浩存了。

果不其然，下朝的路上，我被朱浩存挡住了去路，他才不过十三岁，手提一柄镶满宝石的御剑，那还是我第一次在他眼中看到不假遮掩的恨意。

我拢袖顿足，扫了一圈他身后的近侍："陛下尚在病中，你们这些奴才便眼瞧着他跑出来？"

"相国，"幼帝咬牙切齿地仰脸，"怎么，相国如今连朕身边的人都不放过了吗？"话毕冷笑数声，"也是，连尚书令薨了都不能令相国动容分毫，何况这些宫人？"

每逢骤雨将至，我的老毛病便要发作，而今愈发不耐和他纠缠。

"朝臣自戕在我朝为重罪，能以官制下葬已是天家恩德了，微臣岂敢多言？"

"你——"

"陛下还有旁的吩咐吗？臣该告退了。"

我撑开一柄泼墨洒金油纸伞，折身上了轿辇。

幼帝的声音不依不饶地追上来，连带着礼数也全不顾了："蒋权，程玄英死了！朕素来知道你薄情寡义，却不想你能狠绝至此，你还是人吗！"

忽的一声雷鸣，劈亮了暗红色的宫墙和青石砖铺就的长街。宫人们壮着胆子拉住仪态尽失的幼帝，却堵不住他的骂声。

我终于掀开垂帘一角，淡淡地说："程玄英为谁而死，陛下心中如明镜一般，而今反来怪我？长宫人多口杂，望陛下慎言。"

这句话叠在刚刚传来的死讯之上，终于压垮了幼帝的脊梁，他跪在青石板上，任雨水冲刷，淋透鬓发，灌入皇袍，宫人陪着他跪了满地。

我失笑，皇家的人如此虚伪，连垂髫小儿都深谙此道。

长宫这一折戏传到文武百官耳中，恐怕又得给我的罪账记上一笔。

跟在轿边的内侍小心翼翼地低语："大人，皇上年幼，您莫要生气伤身。"

我失笑。

相国蒋权跋扈专断的恶名早就众人皆知，我岂会在乎？比起这个，膝盖上作痛的旧伤更让我困扰。

我一面揉着膝盖一面想：程玄英，你以为这一死能让我顿悟？那你可真是打错了主意。你死得好，你死了我更可以无所顾忌地把持朝政、结党伐异，姓朱的算什么？全天下都没人能拦得住我。

一

在鄞朝还没发生祸乱的时候，其实我不这样。我祖上是长史，虽称不上高官之家，但也够我乘着荫庇混日子了。

姓程的那时候能耐得很，上至达官显贵下至妇孺老人，没有不知道他程玄英的。

百姓们对于他的奇闻轶事津津乐道，关于他的话本子常年霸占各大酒肆茶楼，那些当官的恨透了他，面上还不敢得罪，因为此人一张嘴毒得旷古烁今。

地痞恶霸？骂。

为官不仁？骂。

三心二意薄情郎？写一出词打着节奏骂。

程玄英名声在外，却不怎么露面，是以在众人的议论中，皆以为此人必然是挂着一脸苦相的酸儒生。起初我也这么觉得，虽然素未相识，却对他无端生出几分同情：啧啧，这是得有多惨的童年、多恶的双亲、多坎坷的仕途，才能让他满腹怨念啊？

我第一次见到程玄英，是在厮混的狐朋狗友秦本初那儿。

是怎么结的仇呢？秦本初因为和某位名伶有一段不清不白的糊涂

账，那女子也是刚烈，见秦本初朝三暮四，竟在其决裂后转天投了河，城中流言四起，果不其然，程玄英洋洋洒洒一通痛骂。

秦本初气不过，叫上交好的京圈纨绔，宴请程玄英。他下贴的名义是"赔罪"，但我们彼此心知肚明，这就是一预备羞辱他的鸿门宴。

你程玄英再毒的口，那也是文人一个，进了秦家家门，还能让你囫囵回去？

要知道，被宴请的纨绔子弟有一大半都被程玄英骂过，个个恨他恨得咬牙切齿。

正午时分，宾客毕至。小厮来传："程先生来了。"

果然见两婢子引着程玄英，自夹道而来。他头戴斗笠，一身青袍，飘飘然与众人见了礼，泰然自若地入席了。

我和秦本初对视一眼，各自心照不宣地坏笑。

主角儿到了，好戏就该开场了。

打头一句话是我问的，和和气气："久慕程先生高名，真是百闻不如一见，在下蒋权，不知能否先敬先生三杯水酒？"

他的声音如夏玉敲冰，不卑不亢："蒋公子恕罪，在下从不沾酒。此番自备了松露白茶，请容在下以茶代酒。"

嗬，等的就是这句话。

秦本初凑近了与我咬耳朵："权弟神机妙算。"

我故作遗憾轻叹一声，招了招手，立时有美人送来一套甜白釉茶具。

"在下也想到了先生不饮酒，不比我等俗物。既然这么着，那我蒋权蹭先生一杯茶，总不算过罢？"

程玄英点了点头，自来与我斟茶。

我嗅了嗅，忙含笑夸道："先生真是风雅，我家老爷子也收了各地不少茶，竟不及这十中之一。"说完广袖不着声色地一掠而过，将茶汤饮尽。

"蒋公子客气了。"

秦本初和我对了眼神，满面愧色地道："程先生，寒暄话不必多说，在下今日设宴，是特意为程先生赔罪的，自然也为那戏——自然也为我旧时的相好赔罪，家父见了您的檄文，差点打断我半条腿！咱也是吃了教训……"

他絮叨的话还没说完，我却忽然踉跄了一下，撞翻不少盘盘盏盏，在秦本初瞠目结舌的注视下，一擦口鼻，全是血！

众人无不骇然，神色个个逼真。

"蒋兄怎么了？"

"传郎中！快传郎中！"

"这……这莫不是中毒的迹象？可是宴席未动，权弟也不过是……"秦本初目光缓缓抬起，声音却随之沉冷下来，"喝了程先生的一杯茶。"

席间目光如冷箭一般自四面逼来。

秦本初豁然而起，且惊且怒，指着程玄英道："一人做事一人当，我已设宴赔罪了，足下却如此睚眦必报，心肠歹毒，连我身边亲友也不放过！程玄英，你好狠啊你！"

他笼着面纱，看不到神色变化，然而还是起身离席，将方才装茶的绣囊奉上："在下绝无害人之心，亦无追责之意，既然是为此物而起，那么大可请郎中来验一番。不过事从权益，还需先看过蒋公子中的是什么毒，在下也略通医术，愿意效劳。"

秦本初显然没想到程玄英的反应如此之迅敏从容，蒙了。

这不中用的东西！我暗自咬牙。

当然没什么毒，吐的血也是压在舌底的鸡血囊，姓程的一查，那不是满盘皆输了？

正在剑拔弩张之际，另一纨绔吕恭站了出来，厉声道："你都做出如此行径，谁还敢让你近蒋兄的身？！再说了，谁知这毒到底是藏在囊袋里，还是在你身上？"

他话音落地，秦本初就跟着一唱一和："不错，程先生，我得让手下人仔仔细细搜检明白，当着诸位的面，你既说你清白，不会不肯吧？"

在短暂的寂静中，众人眼神交换，已然有了得色。

然而，程玄英只轻吐出四个字："不必劳烦。"

随即，他伸手摘掉了斗笠。

几乎是在瞬间，我听到不止一人倒吸冷气。

二

那是张年轻而惊世出尘的脸，炯炯有神的双目半隐于长睫之下，眉入远山，面似寒月。

相衬之下，我们这群自以为光鲜照人的名门子弟，简直就像那被鹤藐视的群鸡。

而更惊世骇俗的还在后面。只见程玄英手下动作行云流水，大大方方地解下束冠，抽走腰佩，褪去外氅，转眼之间脱得只剩一件天青色的里衣。

我惊呆了，秦本初也惊呆了，满座衣香鬓影的姑娘们的眼睛都看直了。

他就那样静静地站在原地，通身上下如寒冰雕成，苍白而无分毫瑕痕，程玄英说："少尉仔仔细细看清楚了，程某人身上可有夹带毒物？若是没有，还请给我一个合理的解释。"

秦本初瞠目结舌之余，在席下捅我："权弟，你，你怎么看？"

我掩面："太狠了，没眼看，真没眼看。"

"我问你现下怎么办！"

是了，整个主意是我出的，眼下合该我收拾残局。

还能怎么办？只能我站出来赔不是，又说是玩笑开过了头，再三请他入席上座。

众人的脸色从笑成花变作苦瓜相——本以为此番滴水不漏的圈套，能连消带打羞辱程玄英，谁知我们反全成了他的托儿。

恐怕明日茶馆的话本子便成了"程家嫡子傲骨不屈，殚思竭虑感化纨绔"。

回府路上，我很憋屈，小厮也看出来我很憋屈。

姓程的以牙还牙，让我写了洋洋洒洒千字的"陈情悔过书"。

我恨啊，太恨了。

就说程玄英这个人吧，他但凡生得尖酸刻薄一点，但凡庸碌一点，我便能理直气壮地报复回去，可偏偏他神仙容貌修罗心，穿堂惊掠而来，让人束手无策。

"主子爷，接下来您预备？"

"给我查！把他家祖宗十八代都给我查明白！"我气急败坏，"爷们倒要看看，什么人家能教出这么个……哼，这么个人来！"

小厮效率奇高，翌日便给了我答案。

程家三代为官，祖上全无基业，所得俸禄悉数捐于寒门。到了他父亲这一辈，因直谏见罪于皇帝，全家发落边塞玉寒山，年幼的程玄英勉强逃过，但，在接下来的数年之内，他陆续得知的是家人的死讯。

是死于风寒，死于荒瘠之地，还是死于他人之手？却不得而知。

我听着小厮事无巨细地汇报，渐渐愈发愧怍。是的，我本以为自己压根不会有抱愧之心的，但听到最后，在怅然失神之间，我似乎明白了程玄英为何如此落拓疏狂。

没想到，再相见时，是我趁夜闯入他的旧宅。

鄞朝三十四年，老皇帝迷恋上了炼丹之术，京都日日都能涌进一大批乘着轿子带着小徒的道士，乌烟瘴气。

朝纲动荡，奸臣趁机狠狠捞了一笔油水，忠臣势单力薄，劝谏之后，流放的流放、下狱的下狱，偏偏在这节骨眼上，程玄英在民间写的檄文掀起一阵巨浪。

老皇帝震怒，喝令府衙抓人，押入京城。

我不知用了多少银两和人脉疏通关系，这才用一个死囚乔装抵了去。府衙曾是我爹的幕僚，悄悄递话出来——

"蒋少插手此事，险啊。即便有了替身，程玄英还是得隐姓埋名躲几年，否则三法司真来查，神仙也救不了！"

于是我趁夜一身夜行衣，跟做贼似的翻进他家后院。

我以为堂堂官家子弟这么做已经够离谱了，没承想更离谱的是程玄英。屋内一豆灯火，他泰然坐在那儿看书！看书！

哗啦巨响的破窗声显然惊动了他，翻身而起的同时，他上下打量着我。

"蒋公子？"他似失笑般摇首，"没等来衙门的人，倒等来了您，实属意料之外。"

我很抓狂："你也知自己被通缉？！"

"满城贴告，谁能不知？"

"那你还坐在这儿看破书！圣贤能保你的命？！"我气急一挥手，将满案书卷笔墨挥落，叮叮咣咣的响声中，一纸信笺飘飘然落地。

好巧不巧，是我写的陈情书。

他……一直……留着？

思绪纷乱之际，程玄英的声音清冷："覆巢之下无完卵，何况在下既然写得出文章，便预见了天命。蒋公子的好意在下心领了，然而局势已定——"

"定个头的天命！"火烧眉睫，我也顾不得礼数了，抓着他的手腕连拖带拽地飞逃，在赶马出城的途中骂道，"你这一脑袋装的是糨糊不成？而今乱世将至，身为治世之才，你就打算悄无声息毙命狱中？！你还没死，我先被你活活气死了！"

三

程玄英用那双墨白分明的眼睛凝视着我，半晌微微一笑。

笑得人心里发毛。

"蒋公子，若在下没有记错的话，三个月前你还苦心设局，意图羞辱程某。怎么如今反倒来救我呢？"

我说："你怎么知……算了，不重要。你也甭管什么恩怨情仇，先管好自个儿的小命。这是盘缠，这是地图，远远离开吧，权作勾了昔年的旧账。"

程玄英大抵是得罪的人数不胜数，打头一个见我这样"幡然悔悟"的，异样的情绪在眼中一掠而过。

他消失在夜色之际，留下四个字。

"后会有期。"

我望着他如穿堂风般轻飘飘擦过的身影，抓不住、留不得。

我决心不再耽沉于声色犬马，而是用自己的一双手翻搅这将要倾颓的乱世。

鄞朝三十六年，诸侯造反，战火终于被挑起，蔓延到大半疆土上。

那时我将家业变卖大半，征收流民悍匪，一路北上。

十三州简直比我想象中的还要孱弱不堪，那些肥头油脑的州牧又哪里是我手下这群亡命之徒的对手，于是我军竟势如破竹，连取三城。

我的军队逐渐壮大，甚至连京城附近盘踞的诸侯势力都知道我蒋权的恶名。

第一次失败是在云苍城。此地再往前走十里便是玉寒关，边疆入夜后厉风如刀，正午又灼热逼人，我听闻这座城也是被一队新军拿下来的，遂令旗下各部就地安营扎寨。

我很好奇，拿下这座城的将领是谁。

不过无论是谁，这城早晚得攻。

云苍城上的风光极好，我是必然要亲临城上看一看的。

入夜之后，督军来通传，说有个人请见。

我瞬间警觉："是城主还是将领？什么着装？多大年纪？"

楚督军犹犹豫豫，那副欲言又止的样子让我心烦意乱，正好挥手打发了，却只听得外面遥遥传来一道男声："蒋权，你再不见我，此战必败。"

如空谷足音，如雷霆贯耳。

我面色一变，来不及更衣便跣足迎出。

雾霭流云，群山苍茫，那袭素袍立在荒原之上，身后是泼墨般沉下的暮色。

他负手而立远远地望着我，故人重逢，竟然是在此时此刻。

我手下那群如狼似虎的兵见我二人谁也不说话，气氛诡异而微妙，一时间面面相觑。

"程玄英。"我喃喃，"是你。"

——你怎么才来？

他微笑："入夜天寒，将军也不容我进帐叙话吗？"

原来云苍城中的粮草远远没有我想象中的丰厚，上个州牧早就坐吃山空，所谓的坚不可摧其实也是在赌，赌我和那新城主谁先撑不下去。

程玄英将城中的布施图展与我看："派精锐在这里截下他们的粮草。"

"然后呢？"

"换成雷火。"

那一日赶巧刮起骤风，即便是正午也乌云蔽日，我眼睁睁地瞧着云苍城中忽然火光冲天，我军将士旗鼓大震，叫好连声。

唯有程玄英格格不入——火光明灭闪烁在瞳孔中，那张出尘绝艳的脸上仿佛被哀悯撬开裂痕。

"若非逼不得已，我又何尝愿意以杀止杀。"

这话若给天下任何一个人说，只怕我会被惊得瞠目结舌。

但他说，我信。

忽然之间城门大开，一队精军鸣金振鼓而出，云苍城易守难攻，而此人终于按捺不住了。

心头血灼热沸腾，我披坚执锐，催马率众冲到了阵前，两军对垒，为首的却是一张熟悉的脸。

秦本初。

四

投军以来，我已记不清自己的手上沾了多少血，安慰自己的话和程玄英差不离，"迫不得已、以杀止杀"，可真正故人重逢，却要拼个死活的时候，我握着长枪的手还是忍不住出了一层细汗。

秦本初同样意外，在许久之后才说："权弟，我不想与你拼个死活，也无意争什么天下，我只想在此地占个山头。"

"秦二哥。"我听到自己的声音滞涩而暗哑，但是，它还是逐字逐句地从我口中说出来了，"可我，是要争这天下的，这云苍城我势在必得。"

话毕，我压下银枪，一同被沉没的还有旧年的情分。

后来和秦本初的交战在我脑海中化成了支离破碎的片段。

厮杀、军鼓、马鸣、刀光。

还有血——满手温热湿润的血。

云苍城中的军队穿的是银白甲胄，而我率领的几路军队皆是墨色盔甲，在漫天黄沙席卷、战马嘶鸣的硝烟之中，黑与白冲撞在一起。

我用长枪将秦本初掀翻下马，他的左肩已经被血水浸透，血还不断地往外蔓延，有人大叫着"将军"把他救了下去，我没有追。

终究我不是一柄彻骨寒冷的刀，终究还有一丝温情拦下了蒋权。

偃旗息鼓之后，我恍恍惚惚地在众军的高呼簇拥下进了云苍城。城门上原来只是视野更开阔些，并没什么特别的。举目眺望，整个鄞朝的国土苍凉疮痍，全是被战火烧出来的瘢痕。

"恭贺主公！"

"主公神机妙算！"

在三军震天的欢呼中，我冷着一张脸下了城楼。

程玄英正在率人安抚城中百姓，被我连拖带拽甩进了窄巷，在他踉跄着未曾站稳时，我攥住他的衣领，厉色逼问："程玄英，你早就知道守城的人是他对不对？你分明早就知道！为了旧年间的一句羞辱，你竟能念念不忘至今！好啊，兄弟阋墙自相残杀，你看得可还满意？！"

他仍云淡风轻，低头整理着衣襟："提前告诉你，你便会放弃攻城？"说完盯住我，"蒋权，你不会的。"

"我问的人是你！"

"知道与否，都不会改变我的选择。"他此时才叹了口气，"蒋权，如果你去城中看看有多少饿殍，有多少在秦本初手下仗势横行的官兵，或许就会明白我为什么要他死。自然，你也可以认为我睚眦必报，按军法处置，在下悉听君命。"

我瞧着他的脸，和旧年在宴席上一般无二，带着淡淡的悲悯，分明人就在我面前，却始终像是隔着层层大雾那样遥不可及。

程玄英成了我的军师祭酒，甭管他情愿不情愿，他都应当清楚，这天下能包容他冷心冷情又刻薄的人可没几个，除了我蒋权。

自己请来的大佛，咬紧了牙也得敬着供着。

即便是在帐中因为政见不合，我气得拍案而起，和他吵得天翻地覆，激动时摔得满屋狼藉，出去后看到众将领狐疑的目光，却还不得不讪笑着解释："诸位不必挂怀，我和军师探讨兵法，收获匪浅。"

楚督军困惑："那您摔了笔墨纸砚是什么意思？"

"相见恨晚，一时激动，呵呵，情难以抑，情难以抑。"

当然，这些都是得了便宜还卖乖的话，程玄英的本事自然不仅仅只是这些嘴皮子功夫，他的谋略和军事远见，帮我在短短数年之内攻城略地，那时除了鄞朝的京都被宦官和皇亲占领之外，整个天下被一分为三，我便是其中一个。

其余两个则是昔日席间反应机敏的吕恭，以及当年侥幸逃脱生天的秦本初。

五

心很乱，头很疼。

怎么全天下都非跟我蒋权作对呢？

我夜不能寐，一闭眼总能想起年少时那些散漫而快活的日子。想起和秦本初乔装一番，带着家丁潜伏山里，等山匪搜刮完村子回来的途中，给他们来个黑吃黑；想起和吕恭为了争一弹古筝的小娘，两人从后院打到池塘子，弄了满身泥。

想要将这些过往烧毁在战火里，比我想象中的还要难。

程玄英许是看出来了，在某一日议事之后面无表情地提醒我："秦本初和吕恭已然集结军力达成同盟，你慢慢回忆旧情吧，我便眼瞧着你是怎么个死法。"

我：……

郁闷之余，我愤愤地回击："谁知道人家是冲着我还是旁的什么缘故呢？早年间某人结仇遍天下。"

"所以呢？"程玄英问，"天下人现在只知道我是你的幕僚。"

"姓程的！"我暴跳如雷，"我发觉你而今愈发放肆了，你可还记得我是你的主公！你再这么有恃无恐，犯上顶撞，信不信我——"

心思忽然一转，我逼近他两步，降低拖长的声音："你说得对，旁人皆以为你我亲厚，那么，你说呢，程军师？"

我以为他会震怒，会冷脸骂我无耻，会拂袖而去。

然而，他却只是杵在原地望着我，于是我愈加得意："奇了怪了，军师，你发什么呆啊？"

程玄英终于后知后觉地嗔怒："主公自重。"

谈笑归谈笑，仗还是得打。

秦本初和吕恭这两位无论是冲着谁来的，一前一后夹击，几次交战下来，我不得不连夜率军退回了大本营云苍城。

程玄英那时咳疾复发，无法随军，负责守城。

见我铩羽而归，他的面色亦随之凝重起来，却不曾多置喙一句。我们似乎有了心照不宣的默契，一个没问，一个没答。

我表面上无比轻松，可当晚还是和众将议事到深夜，瞒着程玄英——他就是一病秧子，可别出师未捷先气死了。

待我满面倦容地同身边的副将穿过长廊时，忽然顿步。

程玄英不知何时倚在堂前的，也不知候了多久。清风拂面，落花沾衣，在如银纱一般的朦胧月色下，他仿佛修竹一般立在满地斑驳的树影中，饶是夜色深浓，也掩不住双瞳墨玉般的光辉。

我就奇了怪了，大家都是征战多年，怎么咱早已风霜满面，这人却仍如闲云野鹤一般？

哪路神仙能给我解释下这是个什么道理？！

我身边的孙副将原先就是云苍城城主的亲信，很是八面玲珑，见此情状忙行礼："末将见过军师，入夜风寒，军师要保重贵体啊。"

我问："是啊，你怎么还不睡？"

"四面楚歌之夜，谁又睡得着呢。"程玄英淡淡地说，"蒋权，你来守城吧，我率众夜袭，有你在，想来不会令城池失陷分毫。"

他说着话，目光却悠悠转向孙副将，又回到我身上，仿佛已经洞悉一切。

可是此刻我竟然有些恨他的聪慧。

姓程的你装一回糊涂会死吗？你安心在城中等我凯旋不行吗？

最终我还是抚了抚程玄英的脊背："我素来最信军师，有你率军亲征，便是十成的胜算。"

他倒吸一口冷气："这些废话，使君还是留到打了胜仗后再说吧。"

随即甩袖走出两步，回首斜睨我一眼："真是酸得人牙倒。"

一队轻骑兵趁夜色出城，直奔秦吕联军的后方粮仓，整个军营被轻骑射出的火箭所覆，顷刻间火光冲天，后方却传来秦本初的断喝："给我杀！取程玄英首级者，赏银百两，论功策勋！"

秦本初驻扎的营地是玉寒山之前的一片峡谷，进容易退却难。然而等秦本初轻轻松松地将那一骑人马缉拿下来的时候，却发现其中既没有我，亦没有程玄英。

是的，他以为云苍城的那位孙姓太守被我封为副将，是在军中扎下了一个牢固的眼线，却不知我和程玄英将计就计唱了一出戏，目的根本不在于粮草，而在于毁掉他的精锐，连带着也让他一起覆灭在峡谷之中。

峡谷的两岸射下密密麻麻如骤风急雨般的火箭，顷刻间仿佛万千流星，撕裂大墨弥天的长空。

连绵远山，火势冲天，黑烟伴随着惨绝人寰的哀号耸入云霄。

他输了。

六

望着在火海中拼命想要逃离的军队，分明是踩着累累白骨走上来的我，一时间也恍惚了。这场单方的屠杀令我心悸，成百上千的人命就在凄厉尖叫声中乱窜，然后被火光吞噬，一茬一茬地倒下。

"程玄英。"

"在。"

"你说，如此倒行逆施、草菅人命，上天会降惩罚于我吗？"

"会。"这厮果然不会说半句好听的话，正在我恨恨地别过脸时，听见他轻声补充，"毒计是我程玄英出的，纵有天罚，我陪你抗便是了。"

秦本初也算是条英雄好汉，那些将士想以身为盾护着他冲出火海，被他拒绝了，隔着滚滚黑烟，我仿佛看到他遥遥投射来怨毒的目光，随即拔剑自刎。

终究落了个如此结局。

程玄英凝望着既定的战局，广袖被朔风卷起，展若蝶翼。

他忽然冲我伸出一掌："蒋权，你知道我的身世，亦明白我一心只想海晏河清。你敢不敢在此天地之间与我击掌立誓，待战局已定，你将辅佐新帝，为之尽忠？"

我大笑："为何不敢？"

山谷中回荡着击掌的声音。

击完掌后我没松手，顺势便握住他的手，也问道："那你呢，你敢不敢与我共同进退？"

我没有等到回答。

掉以轻心在任何时候都是兵家大忌，从前是秦本初，此时此刻是被胜利冲昏头脑的我。

一支冷箭从背后射出，原来那个蛰伏已久的黄雀不是我，而是吕恭。

七

我被楚督军拼死从乱局救出的时候，那倒钩毒箭已然深入膝盖骨中。郎中小心翼翼地剥下血肉粘连的战袍，掌灯备酒，才提了镊子来拔箭，随即便听见一声低低的惨叫。

惨叫的不是我，却是程玄英。我有些好笑："伤又不在你身上，你叫什么？"

他只向身旁人问道："子明，拔箭会很痛吗？"

陆子明立时跪下了："军师，这……这这，我……您还是别看了。"

我强压着疼痛应声附和："就是就是，瞧你那没见过世面的样子，出去候着。"

程玄英只转身而立，身如修竹。

陆子明道了声"得罪"便下刀了。说不疼实是假话，岂止是疼，血肉被一层层剥离剔除，简直可谓钻心剜骨，我再能抗也压不住几声呻吟，所幸陆子明医术精湛，前后不过两炷香的功夫，已然将伤口包扎好，一面细细嘱咐："此伤虽不致命，但在关节处，属下不敢一下子将余毒拔尽，恐日后留下腿疾，主公要好好将养着，按时服药，切莫动气。"

说完冲程玄英行了个礼，退出帐外。

我嘶声哀叹："总算上完了刑。"一面笑道，"你也是的，人家怎么说也是名声在外的神医，对你恭恭敬敬行礼，你头也不……"

他回首来。

我那后半句生生堵在喉中。

程玄英居然会哭？！

此刻，那张如冰砌玉雕的面上遍布泪痕，混着汗水汇聚到腮边，眼尾飞红，连带着乌黑睫羽都在微微颤抖。

难怪，他从始至终未曾转身，我只道是他文人不愿眼见血腥。

过于震愕，我甚至连自己的伤都快忘了："不是，你，你哭什么？你……你别哭啊。"他并不作答，连落泪也是悄无声息的，于是我挣扎着去拉他的衣袖，低声道，"程玄英，没那么痛，你素来知道我是不怕痛的。"

他自案上取来了托盘，搅动白粥，吹散热气，半晌才慢慢地舀起一勺送到我嘴边。

"吃吧。"

我的伤势自然是不能外传的，以免扰乱军心，唯有程玄英以"议论军事"之名在近前伺候。陆子明为了保我的腿不至于残疾，就没敢真的剔骨刮毒，于是伤势反复溃烂、愈合，最严重的时候，我大半日都昏沉沉的，在为数不多的清醒的时刻，只强打着精神同程玄英扯闲话。

我说："你还记得当初在京中，你自己写词谱曲，可真是骂惨了那些高官子弟，不过听你骂旁人，倒是挺有趣的。"

程玄英嘴角动了动，勉强算是有点笑意："难为你记得，我却早忘了那时的行径，大抵是不讨喜的。"

"你现下骂个昏君来听听？"

他叹了口气："你倒会难为人，我从军这些年，的的确确是忘了那嬉笑怒骂的本事了。"

我很失望："那你还会啥？"

他歪着头认真想了想："我给你背个《前朝升军论》？《鄞朝明律》我也会背。"

"得，敬谢不敏。"

在寂静之中，我听到了银箸轻轻敲击青玉酒樽的声音，清脆动听。他口中哼出了几个调子，虽有些微哑，却很和那空灵的伴音。

"樽前一壶酒，夜雨燕难回。正月里，我送使君城门外。江水苍苍山巍巍，我却无心在山水。使君呀，式微式微胡不归？"

我调笑："程玄英，人说这荒年饿不死手艺人，你不必打打杀杀，唱曲也能成个角儿啊。"

他并不恼，垂下眼道："左右你养病期间出不得营帐，主公想听，我唱便是了。"

那声音柔和，助长了一腔孤勇。于是我问："那你会不会唱别的小曲儿？"

程玄英倏然翻身而起，变脸变得比翻书还快。

我怕他真要走，索性一气儿说了："程玄英，你站住！此番就算阎罗要我死，我死前总要——"

他冷声打断："主公安生养好了病，再说后话。"

我真的要被活活气清醒了。

"总是这样好一阵歹一阵的，你凭什么豪横啊你？！"

"凭我不想陪着一个死人。"

我惊住。

"阿权，我这半生亲故凋零、颠沛流离，一直很想看看海晏河清的盛世，究竟是什么样子的。

"若能和你一同看，那是最好的。"

八

细细算来，其实从程玄英说出那句话到我驱军入京，竟连一年的时间都不到。

我同他彼此信任的时光，原不过几个月而已。

上苍眷顾，在季春时节我养好了伤，率领众军浩浩荡荡入京去觐见幼帝——那年他才九岁，脸上故作的威严薄如蝉翼。

不过，程玄英还是趋步上前，行了稽首礼，一拜到地："微臣程玄英叩见吾皇，吾皇万岁万万岁。"

我听到自己的心腹楚督军——此刻已然被晋封为镇南将军了，他耳语般说了一句："使君，这皇帝实在不像个皇帝。"

弦外之音我很清楚，再清楚不过了。

是要我蒋权篡位称帝。

可我不干。

只是因为我觉得当皇帝没什么意思，白日打着瞌睡听一群腐儒唠叨，晚上连留宿在哪儿都被安排得明明白白。

幼帝几乎将我视为救命恩人，至少有一个杀人不眨眼的恶徒震慑群臣，又尊他为君，他不必在一群各怀鬼胎的亲王、宦官的眼皮子下做傀儡。

他一高兴便封我为相国，其位甚至凌驾三公之上。我自此权倾朝野。

头几年倒是也客客气气，彼此相安无事。

可是秦本初死了，吕恭却还活着，在西北一带自立山头。我的心腹开始接二连三地传密书与我，说此人狼子野心，迟迟不来朝拜，是早晚是要打中原的主意。

他们说，要想借助朝廷的力量，我必须师出有名。

我自己也清楚，吕恭势力不小，要亲征就得调动兵符，甚至想要斩杀他，还需皇帝的御剑。

但，没有哪一个臣子开如此先例。

我能吗？

镇南将军苦劝道："相国，您这些年的基业打下来，何时有过如此举棋不定的时刻？末将说句冒死僭越的话，这天下给他朱浩存，他守得住吗？朝臣真的心悦诚服吗？他能端坐在龙椅上，还不是靠您一手扶持，既然如此，何不取而代之？"

不仅仅是他，亲信之臣的密书接二连三地送到相府。

一次两次无数次，人心总是经不住权势经年持久的腐蚀。

于是我便在一个寻常的冬日，下棋的时候状若无意同程玄英提了一嘴。

"当年有个算命的来找我爹，顺带着算了一卦，还说我有龙象庇佑，将来非君则候，你别说，还真一语命中了。"

他心思何等剔透，甚至无须我说下去，目光已挟裹着寒意逼视过来。

明明方才我二人还一同看窗外细雪，对坐煮茶下棋，而今他的神色却陡然沉下，瞳中凝定如渊。

"阿权，你要出尔反尔吗？"

"这话又不是我说的，你急什么？"虽然有所预料，却不想他态度如此决绝，我心底失望至极，却仍强作笑意，"再者，说这话的可不是一个两个，难道你全要追责？来来来，下棋下棋。"

"蒋权，你若真有不臣之心，我拦不住你，但愿你日后不要追悔莫及。"

他的声音又恢复了以往的冷漠疏离，和数年之前无二。

唯一不同的是那双眼中腾升蔓延的失望。

仅仅只为那个屁事不懂的幼帝朱浩存，仅仅只为了他什么贤臣忠君的抱负。

这下轮到我抬袖拂乱了棋局，我说："程玄英，当今君上是什么样子你不是不知道，君不是君，又何来不臣之说？"

"陛下也不过十二岁，我也见他批阅奏章，若假以时日、尽心辅佐，何愁不是明君？"

我被他气笑了："程玄英，你不该在这里，你该在那天庭，你该在庙里让人烧香供奉！你是不是忘了你全家都死在姓朱的手里？你可真是活菩萨一尊啊！"

他被我触及昔日痛处，嘴唇止不住地发颤，连带着摁在棋盘上的手也青筋暴突，唯有那张面庞是苍白的。

"蒋权，你当真冷血薄情，我早该明白你我不是一路人的。这些年，说过的这些话，全不作数了。"

很好。

很好。

根植于骨的默契，终于在此刻化成一把利刃，精准朝着对方的软肋扎下去。

我猛地捏住他的脖子，一手劈开窗，逼迫他看向窗外被素雪覆盖的格外静谧安稳的京都。

"看清楚了，这太平之世是我打出来的，是你所谓的薄情人出生入死换来的。朱浩存坐上皇位的每一日，我都能取而代之，你不会真的以为我是为了效忠他才进京的吧？

"我即便要这天下，也是应当应分，谁敢拦我？！"

说完我便意识到了，这话出口，便是覆水难收。

但已经迟了。

程玄英的眼中是大火燃烧过后的一捧死灰，他缓缓地垂下头，瞧着已经乱到分不出黑白的棋局。

最可怕的是哑然，我更情愿他针锋相对地骂回来，骂我狼子野心骂我不忠不义。

然而，通通没有。

他只是低声呢喃："无赖。"

"蒋权本来就是无赖，难道你此刻方知？！"

我大踏步地走出瞻园，吩咐亲卫将此地把守住，不准任何人探视，也不准里头的人出来。

这些年，我们争执了太多次，我纵了他太多次，这一次，我偏不低头。

我上马离开之前回首一瞥，程玄英就倚在门前凝视着我，透过朔风飞雪，他的面上慢慢绽开笑容，苍凉决绝。

大年十五为幼帝朱浩存的生辰，双喜之下，阖宫欢庆热闹非凡，连带着京都上下都弥漫着喜气，边疆遣送绝色舞姬十六名，在金殿随着铜鼓起舞，我强令自己沉沦在那纷繁艳丽的美貌之中，饮下了美人奉上的酒。

兴致正浓，大监颤巍巍地近前来，目光在我和幼帝之间逡巡，"扑通"一声跪下了。

我略有不悦，朱浩存问道："何事至于阿翁如此？"

"回皇上、相国，中书令……殁了。"

这人生得不讨喜也罢了，死也要赶在这普天同庆的大喜之日，当真扫兴。

我饮下烈酒，如火一般灼烧下去，竟是微咸的。

终

程玄英死后，许多朝臣暗中断言我必然造反，然而往后数年，上千个日夜，我始终摄政而不篡权。有人说我居心叵测，有人说德不配位，我注定穿不上皇袍，还有人说我预备将称帝的事留给后代。

可通通没有。

我辅佐幼帝，直至自己慢慢老去，而他羽翼渐丰。

朱浩存加冠之礼的同年冬日，我的旧疾随着一场风雪发作，终于缠绵床榻一病不起。

幼帝，不，此刻他已是一名年轻而名副其实的君王了，带了三样东西来看我。

毒酒、匕首和白绫。

我不知他是如何出入相府如入无人之境的，他负手而立，前襟双龙出云的纹样在雪光下熠熠生辉。

"承蒙相国提点多年，朕感怀于心。"说完之后冷冷地看向我，"如今朕已能够独当一面了，相国也是时候全身而退了。"

我饮下那杯酒，很痛快地将空酒杯展示给他看，没有分毫眷恋。

朱浩存很满意，居高临下地看着我："蒋权啊，这些年来朕力排众议，不知道挡下多少你的诉状，如今一杯毒酒让你了断，也算是尽了朕的情分，便宜你了。"

"不，得了便宜的人是皇上您。"我说，浓稠泛乌的血慢慢地从口鼻之中渗出，一滴两滴落在天青色的绸缎上。我想起程玄英是最喜欢天青色的，于是想要伸出手指擦拭掉，谁知越抹越多，越抹越多。

他静静地微笑。

回光返照之际，我忽然用力直起身看向他："皇上，你告诉我一句实话，当年……"

"你想问程玄英？"他无不悲悯地说，"是，你身边有些人是朕着意安排、进言怂恿的，在你囚禁了军师之后，朕也曾去暗中探望。我告诉他你的野心，给了两条路要他选，或者听命于朕、尽享荣华，可惜啊，他偏偏选了第二条。"

血丝攀附上双眼，十指将锦被上的纹路紧攥到扭曲。

"这第二条路呢……只要他死，也算剪去蒋氏的羽翼，朕便容你。好个程玄英，竟不惜赌上这条命来护你周全。"

我发出最后的叹息，朦胧之中仿佛又回到了那一年上京的冬雪之日。

他说，此生之愿，是与我看这世间海晏河清。

而我迟迟地来赴约了。

终

霸道专制帝王

亡国落魄君主

掌中雀

重九 · 从虞

"不论你信或不信，我也曾拼力护过一人。"

掌中雀

作者 ▨ 朝生

一只立志成为十级造梦师的小蜗牛。
微博 @ 朝生生生

楔子一

冬十月，帝有疾。

壬午夜，大雪，天有异象。

重九手里的暖炉已然凉透，他望着松枝上簌簌滚落的雪团，咳喘起来。

病弱的君王并不在意自己唇角的血迹，拇指摩挲着随身携带多年的银柄小斧，一开口却是肃杀之气。

"你逾越了，亭仪。"

烛火被室内暗流涌动的空气搅得蠢蠢欲动，暗影里的那人，似乎随着火光微微颤抖。

"这位置，你给或不给，今日都已成定局。"亭仪眼底猩红，"你活不过今晚。"

"是吗？"

重九竟然痴痴地笑了起来。他的眸子紧锁着坐在轮椅上的那人，

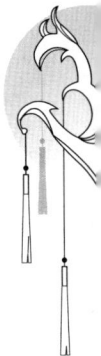

妄图透过昏暗的烛光看清他的神情。

重九的心宛若擂鼓，却不是因为他那逼宫禅位的胞弟。

他只想仔细瞧瞧，那隐没在黑暗深处的从虞——那个最该恨他入骨的亡国之主，此时此刻会是怎样的神情。

是快意，是癫狂，还是道不明的失意。

火光将熄的瞬间，从虞进入了重九的视线。他的神情不悲不喜，看不出一丝情绪，只有语气，泄露了些微心境。

"我还记得初到封京那年，也下着这样的大雪。"

受降

受降之日，天降大雪。

风雪，从江南白下城一路随行，三十九日连绵不绝，反倒愈演愈烈。

极荒的田畦边，素色连天，风声也掩盖不住妇孺哀恸的哭声。

妃嫔媵嫱，王子皇孙，辞楼下殿，辇来于秦。

此情此景，与千年前阿房宫建成后别无二致。

北地封京城，是这些亡国奴们最终的归宿。

穿过金耀门便是玄武道，道路两旁侧立着封京城的百姓。车辇经过，便是千夫所指、私语窃窃。

风雪作梗，极缓慢的行程，加剧了亡国奴们被观赏的耻辱。

手无缚鸡之力的女子，用唇齿与生念做着最后的搏斗，嘴角噙出的血迹，却只让她挨了一个巴掌。

"想咬舌自尽？当初怎么不跳进白下城的大火里？马上入京了还装什么贞洁烈女。来人，把她的嘴塞上！"

"陛下！陛下救我！"

女子丹蔻染成的指尖死死地扣住囚笼，用含糊不清的音节呼唤着

朱红车辇里坐着的那个人。

青白衣衫似天水一碧，眉宇冷凝如千层雪落。

白下城破，他早已孑然一身，更何谈庇护。

绝代风华的帝王……不，是亡国之主，坐在喜庆红幔搭就的车辇里，手指微微地颤抖。

最终却只能任凭女子呼唤的声音渐渐消逝。

这红幔，是封京城的主人特地赐予他、折辱他的礼物。

折辱他明知期限，却负隅顽抗；折辱他封城放火，拒不服降。

只不过，他在被俘虏时伤了后脑，也因此盲了双眼，看不到了。

"陛下"，一双柔荑轻轻覆上了从虞颤抖的手，"事已至此，便是生死有命，您不必自责。"

从虞的思绪浮在半空，恍然如梦。

女峨的声音，像是从很悠远的地方传来，听不真切，却字字诛心。

金耀门上，日光紧收。

从虞被拉扯着下辇，戴着镣铐的手向天宇伸着，寒气凝结在他的颊边，令他只能囫囵地吞吐着字音。

"白下城从来不曾下雪，女峨，我们的国呢？"

身后宫人齐身跪倒一片，恸哭不止。

没有人回答他。

哀恨融入封京城的宫宇之中，只能贴着墙隙间的枯草，悄悄生根。

脚步声在寂静中清晰地逼近，染血的战靴踩在雪地上，留下触目惊心的红。

来人的话，结成了霜，咬字的尾音，却一如记忆深处反复咀嚼的梦般熟悉。

从虞失明，也封闭了回忆，这三十九日的押解之途，让他近乎失去了一切思索的能力。

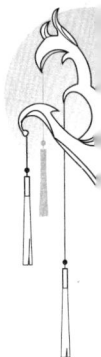

他木然地将脸颊转向声音的方向。

"你的国，亡了。"

这声音，听着如此熟悉。理智却让他拉开距离："你是谁？"

男子上前一步，声音兜头传来："朕是封京城的主人，重九。"

从虞头疼欲裂，破碎的记忆在他的脑海中不断闪过，最终沦为一片空白。

有什么刻骨铭心的东西，在国破家亡的冲击下，丢掉了。

没有人在意失神的亡国之君，在重九的示意下，白下城的宫人们被押往各处，寂静的宫宇前响起一片铁镣触碰的脆响。

"别碰我，我要陪着陛下！"

"来到封京城，就只有一个陛下！再敢胡说，有你的苦头吃！"

高大的士兵掌掴了女峨，旋即扯着女峨的手臂，要将她带走。

女峨冰凉的手如一尾搁浅的鱼，自从虞的臂弯间滑落，徒劳无功地拍打着士兵的铁甲，声音渐行渐远。

"女峨！"

从虞惊惧地辨别着女峨离去的方向，顾不得镣铐的束缚，在封京城的大雪中奔跑。

从虞的银狐大氅落在地上，被铁蹄和银靴践踏，甲士们想要抓住这个不知道好歹的亡国之君，却被重九扬手制止。

一声利箭削断了从虞飞扬的鬓发，呼啸着刺入雪地。

从虞被拦住了去路，伏在雪地，摩挲着眼前可以触碰到的一切。

箭尾还在颤动。

重九缓缓放下手中的弓弦，冰凉的眼底，有暗火焚烧，却也有一闪而过的开怀。

十年了，不论如何，他终于来到了自己的身边。

重九俯视着双目空洞的从虞，轻轻抬起他的头。

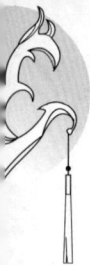

落下的话宛若诅咒。

"从虞，安心待在封京。从今往后，你的一切，都是朕的恩赐。"

旧梦

白下城的南国旧梦，渡得过桨声灯影，却渡不过素雪漫天。

被囚禁在春江楼后，从虞便再也没有做过关于故国的梦。

从虞出生的时候，天降祥瑞，赤霞泛金。五色玄鸟落于屋脊，盘旋七日方才离去。

传言神乎其神，谁都道——新得的小皇子是圣主再临，必能佑白下城百年昌盛。

只是，有太多人忽视了满目疮痍的乱政和人心，总以为这个孩子一生平顺富贵，飘飘然穿起一身山河锦绣，便能承上天庇佑，国祚绵长。

后来，国将破。

白下城被围陷多日，人性求生的丑恶本能如瘟疫般蔓延，那些人便将罪过架在了登基不过短短几年的从虞身上。

他成了众矢之的，成了民愤的泄口。

疯癫的百姓在宫外架起了大火，想要烧尽他们贪求不到的酒食与财富。

后来，那些上了年纪的人给后人们说起，那位小皇子从虞曾经是举世无双的荣宠，帝王家嘛，定是骄纵享乐惯了，他懂什么？

城破的时候玉霄楼上还能听到笙歌漫天。

难怪挑起了战事，难怪让北地一刻都等不得。

但无人知晓，从虞呕心沥血周旋了三月，送往盟国的密信拟了一封又一封，却最终石沉大海。

那些信，无一例外被重九拦了下来。

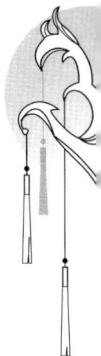

一共三十一封，斡旋周道，句句恳切，字字泣血，看得出君王大略。若能顺利送到，白下城尚有回旋的余地。

重九在明灭的烛火中将信读完，又用明灭的烛火将信烧尽。

灰烬熄灭仅存的火光时，恰逢长夜已尽，新生的白昼光耀四野。

从虞是何等君王，又是何等良苦用心，只有重九知晓。

但他要这天下，任谁挡在他面前，都不可。

那是他们自十年前离别后的第一次隔空会晤，也是唯一一次交锋。

北地大军兵临城下，围而不攻，只是设下十一月二十七日破城的期限，让从虞自行受降。

这已是野心勃勃的重九对从虞最温柔的宽待。

十一月二十六日，天降大雪，白下城孤城援绝，皇宫大火蔓延。

从虞被迫遣使赴封京城，请求缓兵，重九拒绝。

是了，天下一家，卧榻之侧岂容他人鼾睡，哪怕挡在重九面前的是从虞。

十一月二十七日，白下城破。

重九从不食言。

祖宗基业，终是在从虞的手中葬送殆尽。附赠的，还有他刚刚开始的人生。

……

"陛下，陛下。"从虞的思绪被拉扯回来，隔着门栏，有人小声呼唤自己。

那人穿着属于封京城的官服，泪如雨下。

"陛下！请恕张佰不忠，那重九逼臣归顺，臣本一心求死，但……来此异国，总要有人照顾陛下，臣才忍辱负重，应了下来……"

泪是真的，意却是假的。

好一个为君折辱，好一个忍辱负重。

"说吧，你要什么？"

从虞虽然看不见，心却是清明的。他轻呵一声，泠泠然的声音落在张佰的头上，让张佰的脸色青红变化。

张佰见已被识破，也不隐瞒，直接说道："如今陛下孤立无援，臣得替陛下多方打点……陛下不如把钟大师的那幅字画赠予臣，臣定当结草衔环以报陛下。"

原来是看上了钟大师的字画。

白下城几任国主都是风雅之人，收藏的金石字画多不胜数，其中不乏钟、王两位大师的佳品。白下城这位小皇子又是嗜雅如命之人，押解之途，金银财宝他不会带，但祖宗几辈珍藏的书画……他定舍不下。

从虞淡淡地道："在白下城的大火里，全烧了，以慰先祖之灵。"

"啧。"张佰懊恼地盯着从虞从容不迫的神色，兀自揣度着此话的真假。

从虞凌厉微笑起来，突然抓住了张佰，他白皙的手腕上遍布着被火舌舔舐后扭曲的皮肉，触目惊心。

"若如此渴求，张大人不如去白下城的大火中向先祖们讨要，只怕是不敢吧。"

当初以身殉国的大臣不在少数，若不是从虞被俘，大概也会随先祖去了。

这一呛，张佰的脸色异常难看，最终拂袖而去。

七日后，是封京城的献俘大典。

一样被俘的南汉国主，先行被拉去了太庙，行鞭笞之刑，宣不忠之罪，被折磨得人不像人，鬼不像鬼。

从虞看不见，只在宫人们嚼舌时听到了些许。

"你听说了吗，祭庙回来，那南汉国主生生病了十日。"

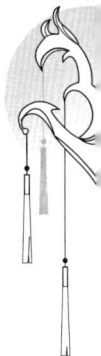

"好歹曾是万人之上的主儿，哪遭过这样的折辱，不知这白下城的，受不受得了。"

"我听说，咱们陛下对白下城的，可不太一样。"

"怎么个不一样？"

"陛下说，'从虞毕竟与那个南汉的国主，还有点不同'，然后就将祭庙免了。"

"啧，那可真是厚遇。"

厚遇……吗？

斜月高悬，春江楼挑起几盏孤灯，风泠泠而过，惹得灯火明灭，仿佛困倦的眼。

整个封京城陷入酒足梦饱的酣睡，却只有一人辗转难眠。

从虞回想着宫人们的话，双目清明却无神采，他兀自在黑暗中饮酒，下颌却被一只轻佻的手捏住，逼迫着他仰头。

掌心肥厚，酒气熏天，来人浑噩地打了个饱嗝，这才懒洋洋地把从虞撇开，语气里半是嫌恶半是玩味："没想到是个宦官。"

"王国舅，他可不是阉人，这位是白下城的前主，从虞。"

王勋突然来了兴致："哦，老子听过他，说他什么……什么冠世，文章什么的，老子是个粗人，记不住那么多。说来这江南的水土到底是养人，瞧瞧这细皮嫩肉的。"

一旁新来的小厮应是读过几年书，哪肯放过在国舅面前出风头的大好机会，忙不迭补充："国舅爷，是'辞赋冠世，锦绣文章'。"

没想到这番马屁拍到了马腿上，王勋一介武夫，平生最恨卖弄文采。他冷笑一声，啐在小厮脸上，半醉半醒间抽出腰畔的一把刀。

"老子问你了吗？张嘴！"

新来的小厮吓得肝胆俱裂，被左右驾着捏开了嘴，身抖如筛。

"啊！"

他只来得及发出一声单音，便被王勋割下了舌头。

从虞只听见东西落在银盘中的钝响。

"笑话老子笨嘴拙舌？老子倒要看看你这伶牙俐齿是什么下场。"

乱世出虎将，也出恶人。这王国舅正是恶贯满盈的封京虎将，战功累累，让重九也不得不高看他一眼，甚至将自己的姊妹嫁给了王勋，以示笼络。

但王勋却是十足的恶魔。

从虞握着瓷杯的手指僵直，他分明感受到了王勋那非比寻常的、灼热的视线。

王勋挥舞着匕首在从虞的颌角比画，似乎要找好角度，片下一块肉来尝尝。

"这江南的细皮肉，就是不一样啊。"

案前的蜡烛将尽，黯淡地吞吐着火舌。

忽然，一只手挡在了从虞的面前。

锋利的剑刃刺破皮肤的一瞬间，血珠滚落在了从虞的颊边。

楔子二

"明月淡飞琼，阴云薄中酒。"重九顺着从虞的话看向窗外，宫阶上一层薄白，将夜色衬亮了几分，"该喝上两杯。"

兵刃架在重九的肩头，他却浑然不觉，将银柄小斧搁在桌上，往空杯里添了酒。

"诏书在哪儿？"

"篡位谋逆，株连九族，三弟，你该想想清楚。"

"九族？亲人？呵，你将阿姊送给王勋的时候可曾想过这些？王勋将阿姊折磨致死，从此世间便再无我的亲人。"亭仪一字一顿，"你

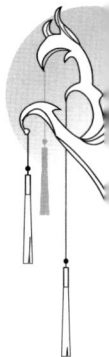

也不再是我的二哥。"

重九缄默，半晌才将视线转向亭仪。分明是病弱到极致的人，眼底的光却摄人。

"封京初立之日，你可知我为何要收回兵权？"

重九将酒杯覆在掌心，酒液汩汩流出，却握不住分毫。

"历来改朝换代都是兔死狗烹，诸如王勋一类的功臣哪个不是凶残乖张的屠夫，并非朕仁心不杀，而且朕杀不得。

"武人横行，社风糜烂，尚武而不经学，乃国之大害。朕太懂。

"收兵权，乃不得已而为之，你阿姊便是削弱王勋的那把刀，为了封京稳固，牺牲在所难免。你若为王，可否过得去这一关？"

"我能护多少人，便护多少人。"亭仪绷紧了下颌，握着剑柄的手紧了紧，"定不会同你一样。"

重九将视线转向从虞所在的方向，却在和从虞对视的瞬间，猛然收回。

他迎着明灭的烛火把玩着银柄小斧，光芒从锋利的刀刃划过，倏然一笑，自嘲道："不论你信或不信，我也曾拼力护过一人。"

违命

太庙的礼虽然免了，明德门还得去。

大雪初霁的时候，明德门千军列阵，百臣来朝，庆贺重九兵不血刃，夺下了江南十九州。

那是曾经身居白下城主的从虞，统辖的全部领土。

恭贺之声不绝于耳，重九一袭华服，帝冕遮面，负伤的左手被他藏在宽大的袖袍里，是那夜被王勋的匕首所伤。

那夜，情急之下，重九握住了匕首，将从虞护在了身后。他心若

擂鼓，若是从虞被这畜生伤了一分一毫，他定要王勋用命来偿。

"伤到哪里了？"从虞听到王勋的惊呼，明白了形势，摩挲着握住了重九鲜血淋漓的手掌。

猩甜的液体带着温热，从虞冰凉的手指小心触碰着重九的伤口，细碎的药粉抹上去，从皮至肉，激起一层战栗。

重九的喉咙发紧，缓缓道了句："多谢。"

从虞笑笑："应是我谢恩公，这地方，受到怎样的折辱也不足为奇，我早已做好准备，恩公也不必为了我得罪谁。"

"你不问我是谁？"

"萍水相逢，就不给恩公添麻烦了。"

从虞不再称朕，坦然以阶下囚的姿态娓娓道来，平静得让人心悸。

恰如此时。

重九看着端立在石阶下的从虞，收回了思绪。

从虞与白下旧臣着白衣纱帽，陈列如陶胚，分明知道将要被炙烤，却偏还要任人拿捏一番，塑成让那高位之上的重九满意的模样。

封京城的众臣倨傲地交换着眼神，瞧着从虞，满眼的不屑。

只会风花雪月、吟诗作赋的酸腐文士，能有什么烈性？

这样懦弱的人，为了活下去，此刻会献上什么珍宝以求苟延残喘？

封京众臣来了兴致，望着从虞身后巨大的漆木箱，猜测纷纷。

从虞合袖揖手，缓步而来，分明是盲了眼的人，身姿却异常沉稳。

重九望着从虞，屏息凝神，身躯不觉前倾。

他不知道自己在期待什么？或者说，急于确认什么……

从虞却打破了他的期待。

风华绝代的白衣后主立在他的眼前，执着地摸索着，亲手打开了身后的漆木箱。

箱中——空无一物。

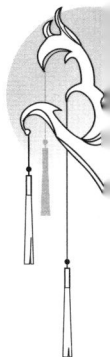

"臣，献无可献。"

好一个献无可献。

重九不怒反笑。

他从未打算让山河尽失的从虞再献上什么奇珍异宝。

他想要的，仅一样东西，既然从虞不献，那他便去讨要。他只想确定，这件东西对从虞的重要性。

"素闻白下城金石字画数不胜数，今日朕只向你讨要一件。"

从虞猛然抬起眼，微微紊乱的呼吸，泄露了他心底的慌乱。

"钟大师的字画。"

张佰先一步匍匐跪在了重九的面前，泣诉道："陛下息怒，我家主人一时冒进，将这字画……投进了白下城的大火中……烧没了。"

卖主求荣的不速之客，低贱的身影横亘在他与从虞之间，重九忽而就生出了心烦。

他压着眼底的愠怒，转而向从虞求证，声音里不知为何，带了稍纵即逝的恐慌。

"烧了？"重九猛地擒住从虞的手腕，反问。

重九拇指指腹间的茧，粗粝的质感让从虞不觉一怔。

唇齿开合间，他竟说不出一句话来。

从虞的颅顶传来一阵钻心的痛意。桃花与剑光渐次闪过，他知道那是属于十年前还是少年的他的记忆。

彼时的他握着剑，第一次杀了人。

少年从虞执剑的手微微颤抖时，是另一只指腹粗粝却安静的手，覆上了他的手背。

雨滴决绝地坠落，缚裹住初开的桃花，簌簌地落在染血的剑锋上，转瞬分为两半。

少年从虞的眼底突然涌现了泪水。

"怎么哭了？"

"这样好的花。"少年执拗地将情绪藏回眼底，掩饰着自己杀人后的恐惧，淡淡道，"可惜了。"

身侧年长的男子逆在光影中，轻轻地笑。

一个为花而哭的少年。

一个本能地用伤春悲秋粉饰怯懦的少年。

似乎从一开始，便注定了他柔弱的秉性。

可而今，他的国亡了，他站在阶下，任人宰割。但重九却不得不承认，纵使从虞落魄如此，却依然背脊挺拔，站成无冕之王。

从虞收回空袭而来的记忆，对着重九淡而坚定道："我烧了。"

重九燃起了无名的怒火，指腹用力，从虞细瘦的腕骨，传来锥心的痛。

腕骨断裂之时，从虞终于倒吸一口冷气。

从前那个小少年，何以如此负隅顽抗，如此……善于忍耐了。

看着从虞竭力忍耐着断腕之痛，重九因莫名的歉疚而慌神，他不知这是什么，只是迟钝地烦躁着。

白下的旧臣们看不下去，跪倒一片，俯首求情。

怎么求？

——求从虞献诗封京，取悦重九。

白下城最傲人的珍宝从来不是金石字画，而是从虞的辞赋。

谁人不知从虞文采，一词一曲都是人间惊鸿。

以诗换命，一辱再辱。

可眼下是什么光景，风骨和命，总该留个值当的。

重九应允，居高临下俯视着从虞，终听他一字一句，风骨落地的声音。

从虞闭上眼，满目皆是十年前风摇影动的月色下，桃花在剑刃起

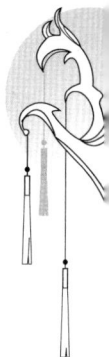

舞的簌声。

彼时身侧的人，是他最亲近、最信任、最仰慕的"兄长"。

纵然感觉再熟悉，却绝不是，也一定不许是眼前这个冷酷无情的封京帝王。

模糊的记忆一点点侵袭着他的神经，从虞的眼角，终于凝了一滴泪。

风雪从他的鬓边拂过，转瞬便将那点湿润消磨殆尽。

"满怀之风，究竟多少？"

从虞听见重九的诘难，悬着的一颗心，终于一点点冷彻："陛下希望多少，便是多少。"

重九冷呵一声，终是拂袖而去。

重九不知自己在耿耿于怀的是什么，钟大师的字画是他最在意的东西，他们曾在此字画前执手赌誓，可而今……却被一把火烧尽了。

从虞跪在长阶上，修长的脖颈在冷彻入骨的北地冻得近乎透明，不堪一握。

那样单薄的身子，看之可欺。

重九去而复返，失意倾泻而出，却淬成了更锋利的折辱。

"从今往后，朕赐予你的封号便是抗旨候。"重九倾身，伏在从虞的耳边，一字一句冷笑道。

从虞微不可察地收紧了指骨，匍匐成顺从的模样。

只有重九，从他的咬字中，听出了令人心惊的恨意。

"陛下隆恩，臣生生世世，无以为报。"

软肋

封京城的主人重九，发迹于富贵之家，勒马出征长驱直入。后来

掌中雀

217

九州平定，一纸令下，他那逼宫禅位、自立为王的事迹便被一概隐去。

百姓皆传，他是天选的帝王，是最仁善的君主。

但只有重九知道，他所拥有的一切，不过是强取豪夺来的。

包括这偌大的封京城，包括莺歌燕舞的江南十九州，也包括囚禁在春江楼里的从虞。

一个不受待见的次子的童年，没人教给他何谓礼让恭谦，更不会有人将他脚下的路踩平踏实，承给他一方光风霁月。

重九的每一步，都是舔着刀尖的血，跌撞出来的。

跌得狠了，心便硬了。

但不知何时，反复结痂的心里生了一根骨刺，那骨刺逐渐长成一个文弱少年的模样，最终成了他的软肋，渐渐压迫着最敏感的那根心弦，不可触碰。

恰如此时。

月入中天的时候，封京宫闱的山水亭外的灯笼渐次亮起。庆功宴席上歌舞升平，金迷纸醉。

"咻。"

烟火乘风，跃过火树银花，追赶着明月的光华，不自量力妄想与天物同辉。

"老子看那帮蜀军，也不过是蚍蜉撼树，死到临头还要逞英雄好汉。"王勋面色酡红，恶狠狠地比画道，"曹将军有何过错？要是老子，一定要杀人！"

封京大将曹邗奉命灭蜀，打得蜀军无从招架，最终归降十四万人。众将却在这当口上失了信义，在蜀川杀人抢劫，逼得蜀军降而复叛。

好在曹邗铁腕，又将蜀川平定了下来。

此番，虽是庆功，却也多了一丝道不明的紧张。

山水亭外，曹邗跪在重九面前领罚，左右近臣却纷纷请愿，求重

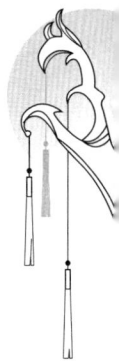

九饶了曹将军。

只有一人，昂首陈词。那便是重九一母同胞的三弟——都虞侯，亭仪。

"兴师吊伐，百姓何罪？"亭仪孤立无援，顶着众将如芒刺背的视线，恳切地道，"残忍至此，还望陛下整顿军纪，以偿蜀川百姓的冤屈！"

重九不语，视线扫过跪在面前的众将，指骨紧绷。

"咻"，又一个烟花炸响在天际。

"都虞侯仁心大义，蜀川百姓无辜，降俘无辜。臣附议。"

众人纷纷回头，灯火深处走出一人，是从虞。

烟花的金屑银沙在微冷的夜空中熄灭暗淡，落在肩头时已经成了一层薄灰。从虞捻下灰烬，面色是一贯的古井无波。

一年来，这个极尽折辱的亡国君早已学会了用沉默和顺服换取偏安一隅的宁静。

此时却为了毫不相干的十四万蜀川百姓，站了出来。

"陛下！不可！"女峨紧张地扑向从虞，指尖却只拂过从虞的衣袖。

长久的失明已经让从虞适应了黑暗，他的脑海里勾勒着封京众将敌视的目光，倏然笑了。

少年时的无畏在此时回到了身上，未知的危险被一腔孤勇抵挡在外，似乎伤不到他分毫。

这白下的亡国君，怕是疯了。

谁人不知，封京众将哪个不是位高权重，连重九也动不得。

王勋摇晃着身子站了起来，他记得，一年前他本想割下从虞的一块肉，却被重九拦了下来。

那时，见重九负伤，王勋的酒早就醒了大半，冷汗沁了半身。却

未想，重九只是用染血的手掌拍了拍他的肩，说道："国舅喝多了，早些回府吧。"

既未动怒，也无责罚，这让王勋嗅到了一丝不寻常的味道。

重九陛下，对这白下的亡国君护得紧呢。

但那又如何，封京卫戍的重兵，多半都是他王国舅的人，重九的帝位坐得稳不稳，还不是他王国舅说了算。

王勋一瞬间，有了个大胆的想法。

既然重九能对自己妹妹的惨状睁一只眼闭一只眼，那众目睽睽之下，断然不会护着这个无名无分的阶下囚。

"陛下，都虞侯说得对，曹将军治军不利，当罚半年俸禄以示惩戒。至于这瞎子，谁给他的胆子妄议朝政？陛下不罚，我等可不答应。"

重九面色微沉："国舅打算如何罚？"

"老子听说他能文善画，那便断他一条胳膊，杀杀他的锐气！"

一语落，座中哗然。

女峨率先冲了出来，挡在了从虞的面前，哭喊道："陛下万万不可！断臂等于要了我家主人的命！女峨愿代主人受过！"

王勋冷眼旁观，嬉笑道："小娘子，老子不要他的命，要你的命可行？"

"只要饶了主人，女峨愿意做牛做马服侍国舅大人！"

"老子不要牛马，"王勋舔舔唇角，"你可要想清楚，我只要这瞎子的一条胳膊，若你执意要换他，我可要慢慢折磨你。约莫半年才能解脱，你可愿意？"

王勋的暴行人神共愤，在洛阳时，前后残杀数百人，却无一家敢上告。

这些，女峨都知道。

女峨身抖如筛，声音却异常坚定："女峨愿意。"

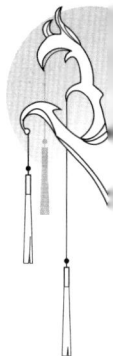

"女峨，退下！"

从虞伸手，将女峨护在了身后，柔声道："你阿姊薨逝前，我曾答应过她，要好好照顾你。如今白下没了，我们之间也便没有了主仆之分。我为长兄，自当护着你。"

言罢，女峨便看到从虞举起利剑，对着自己的臂膀削下……

重九从座中惊起："住手！"

从虞闭上眼睛，疼痛袭来的一瞬间，一个清亮而笃定的声线，与重九的声音重合，那是来自十年前的记忆。

"从今往后，我便是你的长兄，无论是何境地，我都护着你。"

楔子三

大雪凄凄地下，冷白色的月影偷潜入窗，攀附上撒在地面的酒液。光影顺着透明的液体蜿蜒爬行，吞吐着信子，窥探着房中隐秘的心事。

漫漫长夜，重九并不想过早地结束这逼宫的戏码。

他病了太久，也孤寂了太久，在人生的最后时刻，他却只想把酒言欢、围炉夜话。他只悔没有早些效仿那秉烛夜游的古人。

人生寿促，早应珍重。

"三弟，再帮朕最后温一壶酒吧。天明之时，诏书自会给你。"

重九瘦凹的两颊削弱了他素来凌厉的气质，一贯束起的长发披散而下，倒添了几分风轻云淡的超脱。

生死、江山从此都与他无关，他的眼中，只容得下坐在轮椅上的那一人。

亭仪默然，终究还是放下兵刃，转身离开。

重九与从虞相顾无言，极近的距离，中间却横亘着沟壑万丈。

"身为君王，不该有软肋。"

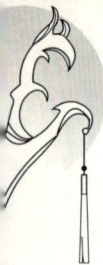

"你有软肋吗？"

"有。"从虞顿了顿，平静的声线之下，暗流汹涌，"从前有很多，现在只有女峨一人。"

"她已经死了。"重九盯着从虞漆黑而清明的眼，"你再无后顾之忧。"

"所以，你不该折辱她，再杀了她。"

重九倏然笑了："你们白下俘虏，命如草芥，朕要杀便杀。"

从虞不理重九的刻意挑衅："女峨葬在哪里？"

重九半晌无言，拿出袖中的瓷瓶，向杯中倒了几滴。他轻轻摇晃着杯身，声音蛊惑："这药毒性猛烈，饮后痛不欲生，一个时辰便会暴毙而亡。你若想知道，就喝了这杯酒。"

"好。"

"区区一个女人，真对你如此重要？"

"是。"

从虞不多言，将杯中酒一饮而尽。

重九低垂的眸猛然抬起，晦暗不明的情绪宛若附骨之疽，让他的心口一阵绞痛，上涌的血气，被他强忍着压下。

从虞轻声咳嗽，只是仰望着重九挂在房中的字画，茫然而空洞。

字画中间，撕扯留下的裂痕被精心地掩盖，看得出主人的用心。

可人心的裂隙一旦出现，便再也弥合不了了。

从虞冷笑着揩去唇角的血迹，细小的动作却让重九一瞬间慌了神。那瓷瓶中并不是毒药，他只是骗他，测试他究竟对女峨有几分情义。

可从虞嘴角的血痕，却分明提醒着重九，他服了毒。

"我们，本不该是如此的。"

云翳遮盖明月的短瞬黑暗中，从虞的声音悄然落下。

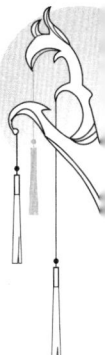

败逃

那夜过后，从虞一病不起，伴随他的还有漫长的梦。

梦里的白下还是江南首府，他依然是锦绣堆里打着滚的小皇子。

可从虞知道，梦就是梦，国破家亡的漫天大火早已将他的心烧成灰烬，缺损的部分容不得他逃避。

从虞还记得断臂前的那一刹那，虎口袭来的钻心痛意，重九掷来的酒杯碎裂在地。无人想到，堂堂封京之主重九，竟会当众救下从虞。

从虞得救，代他受过的却是女峨。

女峨被当着从虞的面拖走，梳洗打扮后，送入重九的万岁殿。

从虞知道，这是重九对他的惩戒。

"侯爷，女峨一介弱女子，这世道与她何干呢？臣才是该罚的那个人。"

从虞辗转找到亭仪的时候，已是深夜。在这个毫无人性可言的异国，为民请愿的都虞侯亭仪成了从虞的最后一根救命稻草。

"帮你可以，但你日后要替我做一件事情。"亭仪望着阴云密布的天色，面如沉水。

从虞知道，亭仪并非池中物，与虎谋皮的后果，大抵要赌上性命。

可他甘之如饴。

"侯爷放心。"

从虞如愿以偿，在重九的寝殿外不吃不喝，跪了七天七夜。这七夜，女峨的哭喊从声嘶力竭到气若游丝。第七日时，天降暴雨，从虞淋了一夜，终于昏厥在地。

意识抽离的最后一刻，他也没能等到重九推开宫门。

……

深秋极静的夜，一双软靴带着霜雪，踏入了春江楼。

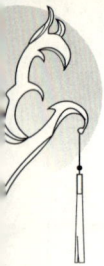

地上散落着酒坛酒液。明明是淋雨高烧的人，却如此糟蹋自己……

重九坐在醉倒的从虞案前，目光一寸寸地扫过从虞的眉梢额角，下一秒便猝不及防地与从虞的视线凌空相撞。

从虞醒得毫无征兆，眼底带着迷蒙的水汽。

重九神差鬼使地抚上了眼前人苍白的脸颊。

从虞的意识还停留在惊悸的梦中，梦里——

浴火的将军掷出长枪……旋转的枪头破开坠落的雨滴，从虞的眼瞳中缓慢地倒映出枪头锐利的光。月色忽然沉寂，远处城池的火光冲天，有亡国遗恨沿着河岸的呜咽声流淌。

夜雨落下，从虞湿透的发贴在额角，雨珠无声地沿着下颌滑落。

锋锐的长枪刺破他的皮肤，喉头弥漫上淡淡的腥甜。

若一切就在当时结束，该多好。

可偏偏有一双手，将自己拖出了炼狱。那双手修长劲瘦、指腹粗粝，恰如十年前他记忆中的那双。也恰如……现在停留在自己耳边的这双——属于重九的手。

回忆被迫戛然而止。

从虞察觉到重九，连忙拉开两人的距离。

凛冬的风从高楼的四面八方钻入，烈风如刀，刀刀切肤。

从虞不理重九，自顾自地饮酒。酒水沿着喉头无情地浇灌而下，舌尖的辣、味蕾的涩、腹中的烧，化作一种痛感，在四肢百骸蔓延。

"别喝了。"重九想要伸手按住从虞的酒杯。

"不要动。"

从虞转过身，背倚风雪，乱发在他单薄的肩头猎猎飞舞。他勾唇一笑的一瞬间，整个人散发出鲜有的张扬和快意。

仿佛翠竹卧雪而破，拔节而长。

还有一种窸窣而微小的声音，如星星之火，忽而间在两人之间悄

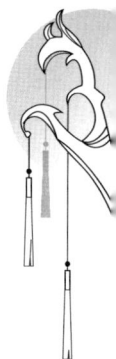

悄蔓延。

"放了女峨吧。"

从虞的神色只有一瞬的柔和。咬字的尾音是轻轻翘起的，像是雪团似的狸奴呼噜着扫了扫尾巴，带着慵懒和笑意。

那笑意里的难言之隐和苦涩，从虞藏得极好，半分不曾泄露。

"用我的命，换女峨。"从虞又仰头轻轻重复了一遍。

这是孤注一掷，也是最后一搏。

从虞赌的是重九的重情重信，赌的……是自己在重九的心里有那么一丝不同。

他身为帝王，总是太过纯善烂漫，可事到如今，他也只能用最不堪、最决绝的姿态祈求重九。

许是醉了，又许是有意。从虞的身子靠近窗棂，在月色被云翳遮盖的一瞬间，翻身落下。

人生的最后一瞬，从虞想到的不是他锦绣堆中无忧无虑的生活，而是多年前的那个夏夜，凌空破开桃花瓣的剑锋……和替他握剑的修长的手。

往事

"你逃不掉。"

重九想也未想，跟随着从虞跃下了春江楼。

坠落时的风逆空而上，从虞仰望倏然拉远的高楼烟火。重九衣袂猎猎间的熟悉气息织就出一张记忆之网。

他记得，十多年前，有人同重九说过如出一辙的话——

"你逃不掉，更不能逃。这乱世，你若逃了，身后的人该怎么办？"

说话的人，音色清冷、声线上扬，违和中透着一股理所当然的傲气。

那是重九第一次出现在少年从虞面前时的样子。

那时，少年从虞在半是宽慰半是嬉弄的声音里，丢开了手中的利剑，狼狈地捡起了掉在脚下的卷轴。

从虞仓皇的模样落入重九的眼中。

丰额皓齿，目光炯炯，正是传言中的天选之相。

那是少年从虞第一次出宫。为了得到钟大师的真迹，他仅凭一个虚实难辨的消息，便执意前往最危险的边地。未想，行程途中暴露了行踪，他被一路追杀。

从虞不知，追杀他的不是别人，正是自己的长兄——太子。

世人过盛的赞誉和捕风捉影的谶言，早已让他成了长兄太子的眼中钉，长兄欲杀之而后快。

太子知道从虞善诗文、工书画，是个十足的痴人，便网布陷阱，用钟大师的真迹做饵。捉他，是再简单不过的事情。

好在，命悬一刻之际，重九救了他。

"他死了吗？"从虞的声音在微微颤抖。

"你说呢？"重九抱剑而立，略带赞赏的目光落在少年从虞的身上，"危急关头出剑干练，倒不像第一次杀人。"

听到杀人二字，从虞的脸色又白了几分。

那是他第一次杀人，也是唯一一次。

是眼前这个人，逼他杀的。

他明明可以将刺客制服，却在最后关头将剑扔给了自己。

见刺客反扑而来，重九道："你逃不掉，更不能逃。这乱世，你若逃了，身后的人该怎么办？"

从虞惊醒，他的身后有母妃父王，有兄长弟妹，还有白下城的万千百姓。

纵然从虞被保护得完好，但北方局势瞬息万变，早晚殃及江南，

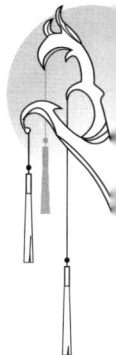

他已身处乱世洪流，一刻也不能逃。

终于，刺客扑来的一瞬，他将刀插进了刺客的心脏。

雨滴决绝地坠落，缚裹住初开的桃花。

温润的桃花落在染血的剑锋，花瓣被削铁如泥的剑，转瞬分为了两半。

少年从虞的眼底突然涌现了泪水。

"怎么哭了？"重九问。

"这样好的花。"少年执拗仰起头来，望着在风雨中摇曳挣扎的桃花枝，将所有的情绪藏回眼底，掩饰自己杀人后的恐惧，只淡淡地说了一句，"可惜了。"

重九颀长的身影逆在光影里，轻笑。

一个为花而哭的少年。

一个用伤春悲秋掩饰怯懦的少年。

"那是什么？"重九看向少年从虞手中的卷轴颔首。

从虞的手指扣紧了卷轴，泪水还未落尽，清亮的眼底落入重九的影子，带了微不可察的警惕。

他远赴边地取画，却还有一个隐秘的原因。

传闻钟大师这幅画的墨中，掺杂了一味灵药，可以治长兄太子从冀的隐疾。

兄要杀弟，弟要救兄。

十足的讽刺。

彼时的从虞不知其中原委，他只知道太子是东宫储君，是白下城未来的主人，太子的健康，与民生社稷生死攸关。既然他没有领兵打仗的才能，能为白下城尽一份心便是一份心。

"是钟大师的手笔？"

重九的问话拉回了从虞的思绪，他愣了半晌，才明白重九问的是

他怀中的字画。

"多谢搭救，但这字画不关先生的事。"从虞看着重九一身北地书生装扮，冷言道。

"我是来赏花的。"重九的拇指抚摸着刀锋，大言不惭。

"特地从北地过来赏花？"

"你们江南的花，天然锦绣，出了名的。"

"那先生慢慢赏，不奉陪了。"

从虞摇摇晃晃地起身，也不知去往哪里。只是看着怀里的字画，忧心忡忡。

书画最怕受潮，这雨势绵延……

他手无缚鸡之力，这前路漫漫……

抬脚还没走几步，从虞的衣领被人扯住。那比自己高一头的怪人，正拎小鸡似的拎着自己。

"不介意的话，我们同行。"

……

从虞想说介意。

但眼下虎狼环伺，来了一个刺客，必然会有第二个。

一旁的重九早就看出了从虞的口是心非，他不介意多送他一程。

何况，这锦绣堆里滚大的少年，举手投足间都掩饰不住他贵胄的气质。

他此番从北地来到江南，就是想调查白下城的皇室，为攻破白下做准备。

这个误打误撞被他救下的小少年，一看便知身份不简单。那种居高临下、悲天悯人的表情，他再熟悉不过了。

在泥泞中摸爬的时候，重九见过太多的人伪装出这样的表情。

可从虞不一样。他天性纯善烂漫，愿低在尘土中感知一切、怜悯

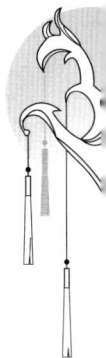

一切。流民、饿殍、娼妓、乞丐……这一路走来，一路散财。重九从未见过一个人如此乐善好施。

重九终于忍不住："你是家大业大不怕败吗？"

日暮时分，从虞甩着干瘪的钱袋："天下为家，没有民，何来国？"哼着曲，心情极好，像只被顺好毛的小雀。

"天下为家。"默默重复着从虞的话，一股奇异的念头涌入脑海。

他牵住从虞的衣角，含笑问道："那你可愿意和我回家？"

"啊？"从虞怔神，微微张口，只发出一声单音。

"既然天下为家，你可愿意和我回家，去北地？"重九重复了一遍。

他自幼在争权夺利的泥潭中长大，为了权柄和利刃，可以捏碎一切，哪怕是无辜的生灵。却从未有人告诉他，这世间有不计回报的善，有纯粹的好。

无垠的蛮荒中，有只小雀落在了他的肩头，重九第一次有了执念，想为它打造世间最美的金笼。

可伸伸手，又怕惊扰到它。

"你可是……家中有什么困难？"从虞绞尽脑汁，总算为重九找了个说得过去的缘由。

没想到从虞会这样问，重九愣了愣："啊，是有点困难。"

"需要很多银子吗？"

重九蹲下身子，眼神真挚而懊恼："很多很多。"

从虞思考了半晌，纯然的眼神让重九的心微微一缩。

"行，你救过我，我该报恩。钱财乃身外之物。"

"如果我要整个白下城呢？"重九半开玩笑道。

"不行，白下城乃祖宗基业。"从虞认真答复后补充道，"我要好好守护长兄和白下。"

"长兄待你很好？"

从虞摇了摇头。

长兄太子从冀，从来不亲近自己。从虞甚至感觉得到，长兄看向自己时眼里的戒备。

父亲将军机大事全权托付给长兄，父亲说，长兄用兵绝妙，是白下的战神。

长兄既是战神，自然不会亲近庸夫。

"长兄如父，不管他待我如何，我终归要为他分忧解难。"

深宫中长大的雀鸟，渴望的不过是与父兄亲近。多年前，自己也曾如此。

重九的心中生了柔软："你觉得我待你如何？"

从虞循着重九的声音抬起眼，只见重九指着那幅字画："不如就让钟先生做个见证，从今往后，我便是你的兄长，无论是何境地，我都护着你。"

"可我连你的名字都不知道。"

"十年后，我还会来白下城找你，那时你就知道了。"

从虞的心头暖意萌生，将随身带着的银柄小斧推了过去："既然如此，我们交换信物，这是娘亲送我的小斧，送给兄长！"

"啧，我没什么像样的礼物……这样吧。"重九洒脱道，"就送你'满怀之风'。"

"满怀之风？"

"来。"

重九牵着从虞跑到山顶，还不等从虞歇口气，便拉着从虞的双臂，迎着夜风做出一个拥抱的姿势。

山风鼓动着小少年的衣袂，恍然便有了仙人乘风欲奔的错觉。

"这……就是神仙的感觉吗？"

"这世间多的是奇珍异景，他日再来白下城，我带你好好瞧一瞧

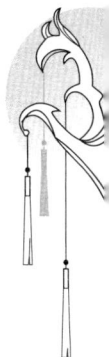

中原的大好河山。"

"一言为定！"

……

从虞破碎的记忆终于在生死之间拼合完整。

当初，替他握剑的是重九；护他一路的是重九；攻破白下城的也是重九……国破之日从长枪下救回他的是重九；王勋责难，为他挡刀的是重九；折辱女峨的也是重九……

聪慧如从虞，当年在明德门以诗换命的时候，便早该知晓一切。

那时的他被逼迫着吟诗，纵然感觉再熟悉，他也不愿、也不敢承认重九就是自己记了十年的兄长。

重九重信，十年之约，他不曾食言。

却不想，重逢的代价，是白下城和从虞的人生。

楔子四

"我服了毒药。"从虞浅浅地笑，平静异常，似乎只是在谈论窗外的雪月，"这么多年，我们总算可以再叙一叙了，长兄。"

重九的脑海一片茫然，却在从虞唤他长兄的一瞬间，呼吸停滞。

"你唤我什么？"

"长兄。"从虞靠近重九，微笑着拿起案上的小斧，经年累月的摩挲在上面留下岁月的印记，"我们在那幅字画前立誓，小斧，是我送给你的信物。"

重九竭力维持的理智终于一点点崩塌，经年来刻意压抑的情愫将肺腑搅得粉碎，他第一次有了深刻的恐惧："为什么要服毒？为什么要与亭仪逼宫篡位？为什么……"

"破晓时分，恐有援兵将至。"从虞看着东方泛起鱼肚白的天空，

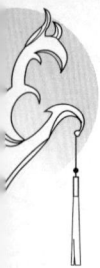

眼中倒映着残烛的微光，"解药在都虞侯手中，用我的命要挟你禅位，这便是我存在的意义。

"这么多年了，我只想知道……我对陛下而言，到底算什么？"

毁画

封京十七年，惊蛰夜。

从虞自裁于春江楼，被重九所救。

十丈高楼，一跃而下。若不是楼下冰潭之水深幽，两人怕是命都没有。

从虞的双膝摔得粉碎，重九找了最好的名医替他医治，却都被从虞拒绝，他再不想多承重九的一分情。

重九最终也没有放过女峨，他还斩断了从虞沟通外界的一切方式，真正将从虞软禁在春江楼。

若女峨是从虞的软肋，若女峨是从虞最重要的人……重九不敢想，他宁可捏碎从虞的最后一丝希望，哪怕从虞发疯般地恨他。

重九还记得长寿寺前女峨扯着他的衣袖，求他宽待她的王。

削发为尼的女子颤抖着匍匐在地上："主人错生在帝王家，所爱所亲皆身不由己。但主人重情重义，皇后阿姊薨逝的时候将女峨托付给主人，主人便将女峨护在身边……世人都道主人独宠女峨，却不知道主人心心念念的，只有钟大师的字画。"

重九的身躯微僵。

"当年白下皇长子从冀病入膏肓，主人却执意将此字画藏了下来。那是主人第一次知道皇长子对他的杀心。白下最冷的冬日，主人遥望着北方，说十年后，他会将此表送给真正的兄长……

"陛下，祭祖时您向主人索要字画，女峨便已经明白了。"女峨

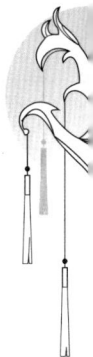

心有玲珑，将额头叩在重九的足尖，"白下已经不在了，女峨也将遵守约定，一生在长寿寺为陛下祈福，主人已经一无所有……还请您宽待主人。"

重九离开长寿寺的时候，黄昏的暖阳笼罩在封京城的楼头，茫茫金尘将远方的南国白下掩埋殆尽。

重九想起多年前，八岁的他曾亲手打铸金笼，为的是好好养着父亲从江南带来的小雀儿。他精心照料，百般呵护。可江南的小雀却只是畏缩在北地的风雪里，叫声凄厉，在笼中撞得头破血流。

日夜轮替，北地春暖之时，小雀终于奄奄一息。

重九第一次因为绝望而动怒。

他自始至终都不明白，为什么他倾心倾力的好，也敌不过小雀儿眷恋的那方天地。

重九的眼底暗火焚烧。

金笼中的小鸟，最终被他亲手折断羽翼，在封京城百年罕见的大雪中死去。

亦如今时今地——

他也曾仿照白下的玉霄楼，为思乡的从虞打造春江楼；

他也曾将从虞列王封侯，给他锦衣玉食的生活；

他也曾护着从虞在虎狼环伺的封京城安稳度日。

他只想从虞能安静地待在自己身边，除了王国和女峨，他什么都能给。

重九的一生，没有多少美好的事情，可他不会忘记在桃花树下落泪的小少年。

那样易碎而美好的人，何以要与世道敌对，扛起一个国家？他护着他，便好了。

可从虞，为什么要逃！

为什么宁可死，也不愿留在他的身边……

惊蛰万物萌生，却有些说不清道不明的心绪，在那个春天，消逝无踪。

在那往后的许多日子里，重九再未见过从虞。

世人只知那白下旧主从虞寻死不成，成了残废，却不知道重九也因为救下从虞，胸腹寒气入侵，缠绵病榻。

封京吞下太多国家，天下维持了表面的统一，局势却暗流汹涌、犬牙交错。重九成了牵制各方的唯一缰绳，分毫不敢露出弱势。

他将病瞒了下来，只有他最亲信的胞弟——都虞侯亭仪知道。

"二哥为了救从虞，不仅丢了一身武功，还被寒潭水伤了心肺，值得吗？"亭仪看着面如死灰的重九道，"从虞来到封京以后，就是半个死人了，这些亡国君日夜煎熬，本就活不长。"

"三弟！"重九猛然闭上了眼睛，"从虞过得很好，他不必死，也不会死。"

言语几分真几分假，却只有重九知道。

"臣弟听说，钟大师那幅字画的墨中有治愈寒疾的灵药，此画的前主就是从虞，二哥何不把这字画讨来治病？"

"在白下的大火里，全烧了。"半晌，重九轻笑一声。

"那你的病……"亭仪深吸一口气，"王勋绝非善类，虽然二哥当时已收了他大半兵权，可封京卫戍毕竟掌握在他手里，若是他要反……"

"有你阿姊在，王勋不会谋逆。"

"阿姊已经快撑不下去了！"亭仪跪在重九面前，"二哥！杀了王勋，把阿姊接回来吧，王勋恶贯满盈，死不足惜！"

重九猛然睁开眼睛，将茶杯掷了出去："你阿姊至死也只能是王勋的妻！"

翡翠玉杯在亭仪的身边摔得粉碎，迸裂的玉片割裂了亭仪的眉角。血汩汩而下，重九却没有注意到，亭仪眼底一闪而过的决绝狠厉。

封京十八年仲夏，国舅王勋之妻突发恶疾，薨逝长寿寺。

重九赐封怊善公主，厚葬永昭陵。

朝中都知怊善公主因何而死，却无一人作声。狐狸似的王勋却偏偏在此刻收敛了气焰，告病府中，装出一副哀恸的模样。

朝堂之上，亭仪双眼猩红，玄衣披丧，自请替怊善公主守灵三年。

重九应允。

封京开国，四方征伐，皇姊王兄，大多离散反目。亭仪一别，从此封京城中，便只剩下重九一人。

亭仪离开的第二年，重九的寒疾也终于撑不下去，缠绵病榻，一卧不起。

他只是望着空旷的大殿，不可抑制地想起了囚禁在春江楼上的从虞。

咯血的夜，他披衣执笔，撑着病弱的躯体，拟了一封又一封信。

重九知道自己时日无多，他只想，再见一见从虞。

送信的张佰，却身抖如筛地跪在他的面前，叩首请罪。

张佰说，每一封信，从虞看也未看，尽数烧了。

重九静静地听着，忽而想起多年前的十一月二十七日，白下城破的那天。

从虞的密信送了一封又一封，字字珠玑，句句泣血，请他缓兵。

他在明灭的烛火里读完，又将信烧为灰烬。

恰如此时一样的情境。

偌大的封京，只要重九想，无论是要挟、押解，他总有办法让从虞臣服在他的面前。

但重九不愿。

是他先亲手灭了白下，是他夺走了从虞的一切。

事已至此，他对他，早该别无所求。

可……为什么，他还会如溺水之人一般无助，窒息得心痛。

重九紧紧攥住胸口的衣襟。面色灰白之时，他看到了张佰呈来的东西——是钟大师的字画，是他念了多年的信物。

张佰小心传达着春江楼上那人的话语。

"抗旨候说，臣已献药，望与陛下再无瓜葛。'"

"我没什么像样的礼物……就送你'满怀之风'。"

"满怀之风，究竟多少？"

……

从虞终于回答了重九当初在明德门前问过的话语。

一张巧夺天工的绝世字画，从中间撕扯断裂。蜿蜒的裂痕仿若蛇蝎，蚀骨灼心。

孤寡的帝王终于在一瞬间明白，自己失去了什么。

终章

大雪下了一宿，长夜将尽，天地缟素。

重九顺着朝阳的光影端详着墙上的残画。表上的星星血迹，提醒着他那些最不堪的夜晚——重九屏退所有人，撑着咳血的病体，在大殿中执拗地修补字画的每一道裂痕。

"为什么不用它治好寒疾？"从虞问。

"不愿承你的情。"重九扯起唇角，用违心的字句掩盖着内心最深刻的苦涩，"多活了三年，已经足够了。"

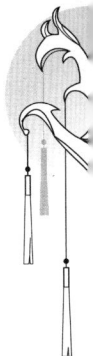

自古，没有一个手握天下的人不向往长生。

可重九却不敢。

那字画上的裂痕时时刻刻提醒着他，从虞所遭受的一切。

重九从来都是贪心的。他想要手握天下，也想与桃花树下的小少年情同手足。

他一向自负，杀伐狠厉，从未尝过败北的滋味。世事人伦在他眼中太过渺小，仿佛只要他招招手，一切便能围拢在他的身边，所有的残酷血腥都能被粉饰掩盖。

他却未想过，那个桃花树下落泪的小少年，偏生长了一颗柔弱又坚强的心。

从他攻破白下……不，从他多年前满怀算计走近他的那一刻，他们就已注定站在了深渊的两端。

残画易补，人心难弥。

同样在心中早已埋下隔阂的，还有重九最亲厚的胞弟——如今谋权篡位的都虞侯亭仪。

三年守陵期满。亭仪归来的那日，作为回报，从虞兑现了当初在亭仪面前许下的诺言——喝下毒酒，成为亭仪逼宫的一颗棋子。

亭仪看得出，重九对待从虞的与众不同，所以，他拿着毒酒，请从虞用性命去为他博弈。

亭仪做好了从虞拒绝的准备，却未料到，从虞毫不犹豫。

"侯爷，我不怕死。"从虞顿了顿，突然自嘲似的笑了，"我只怕，我对他而言并不算什么……倒是，扰了侯爷的大事。"

从白下来到封京，从虞从未想过复仇，此时却只想在重九心上插上一刀，看他疼不疼。

只一瞬间，从虞顽童似的想，哪怕伤重九一毫，他也值了。哪怕重九不动不伤，也好，他再也不用这么累地活下去了……

毒入肺腑，视力也随之丧失。从虞却并不畏惧黑暗，这黑暗伴随了他太久，早已刻入骨髓。从白下到封京，从山水亭到春江楼……直到坠楼的那一刻，他才同时找回了光明与记忆。

可代价却是搅碎心脏的痛苦，那个他念了十年的兄长，竟是他最该恨的人。

世道总是用最残酷的手撕破所有伪装出的太平美好。

从虞知道，该了断了。

他不愿待在原地等待重九的决断，将轮椅推向积雪的殿外。他早已看淡了生死，却依旧堪不透自己的内心。

从虞不知道自己因什么而畏缩，他发冷的指尖捏着亭仪早已给他的解药，只静静矗立在素白天地间。

……

亭仪将温好的酒送到重九案前，还未言语，重九早已了然一切。

"朕喝了这酒，便替从虞解毒罢。"重九对着亭仪说话，眼神却落在窗外的从虞身上，"三弟，一命换一命，莫要失信。"

下了毒的酒液泛着淡淡的青蓝，瑰丽而蛊惑。醇酒触及唇齿，带上了苦涩和温存。

重九执杯的手停滞了片刻，终于一饮而尽。

他向着亭仪覆杯示意，递过钥匙："三弟，打开密柜，将诏书拿来吧。"

亭仪从未想过重九会这般干脆地选择让从虞活下去。这场博弈的最后一个棋子落下，他胜得彻彻底底，却毫无快意。

看着诏书上本就写着的"亭仪"二字，亭仪步伐不稳，跟跄了两步。

"三弟，这天下，从来都是你的。

"你去守陵的这三年，我肃清了朝野，而今王勋也不足为惧。我替你铺平了路，登基后，务必做个好皇帝。

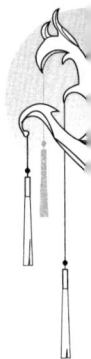

"你阿姊……便由我亲自去黄泉向她谢罪了。"

"二哥！"亭仪看着重九唇角涌现的鲜血，终于失声痛哭。

重九却只是摆摆手，摇晃着起身。大雪初霁，天地皆白，人生的最后时刻，他只想站在从虞的身边，静静地同他看雪。

……

重九缓缓走近从虞，两人的指尖，相距咫尺。

他与他，纠缠半生，却只能在人生的结尾，并肩而立。

"侯爷，我恨他，却不怨他。"失明的从虞将身侧的重九错认成亭仪，沉静道，"他是一个好帝王，这天下，本该是他的。"

"我守不好白下，与他无关。这乱世，改朝换代不过瞬息之间，我与蝼蚁并无不同。只是……我本该死在白下城破的那天。"从虞的身体因为毒性的发作微微颤抖起来，他强忍着钻心的剧痛，自嘲道，"可为什么？"

为什么要救他？为什么不狠厉到底？既然营营天下，为什么要予他自以为是的关照？！

这关照，重九从未问过他想不想要。

从虞的身体再也支撑不住，本能让他握住了身边人的手。

那双手骨节修长，指腹粗粝，此刻却也抑制不住的颤抖。

原来是他啊。从虞缓缓地笑了。

"阿虞！"

理智终于分崩离析，重九失声恸呼。他将从虞因冰凉而蜷缩的身子用力揽入怀中，手足无措道："解药呢？解药在哪里！"

"长兄，我累了。"

从虞微笑着，缓缓松开手指，化为齑粉的解药随风而散，也带走了他掌心的最后一丝温度。

"你赠予的满怀之风，阿虞还给你了。"

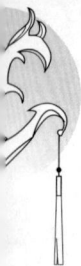

他留给他的最后一句话，终于淬成最锋利的匕首，深深刺入重九的胸膛。他不曾原谅他，甚至至死也不愿再承他的恩情。

……

长夜尽去，天光大明。禁漏三鼓中，无人听见万岁殿里悲彻的哭声。

银柄小斧落在雪地，鲜活的初阳渐次走过锋利的斧刃。风雪扯下了梅梢上的最后一朵残红，在斧影中簌簌而落。

时光骤然折叠。

那年重九二十岁，从虞十岁。

温润的桃花落在小少年的剑锋上，转瞬分为了两半。

少年从虞的眼底突然涌现了泪水。

"怎么哭了？"重九问。

"这样好的花。"少年执拗地仰起头来，纯澈的眼底有光影、泪影和斑斓的桃花色。

重九从北向南，舟车劳顿了许久，景致入眼，只觉得绵软无趣，却在见到从虞的那一刻起，明白了何谓江南锦绣。

◆ 终 ◆

"启禀皇上，谢将军在外征战三年，连打下三国，大胜归来！"

"打得很好，那……就奖励他再打三年吧。"

◆ 萧玄柯 ━ 谢无铮 ◆

皇上，臣脑袋还疼

纯良无害小皇帝

×

腹黑善战少将军

皇上，臣脑袋还在

还在

作者 ▨ 九先生

自媒体作家，一个拥有奇思妙想的说书人。
出版作品《九块钱》。微博 @ 是九先生啊

一

"启禀皇上，谢将军在外征战三年，连打下三国，大胜归来！"

"打得很好，那……就奖励他再打三年吧。"

众大臣："……"

二

关于皇帝和少将军之间不和谐这事，朝廷上人人皆知。

所以，没有人敢在皇上面前提谢无铮将军的好话，也没有人敢在将军面前讲皇帝的英明。

这次谢将军凯旋，宫里上上下下多少人都提心吊胆，生怕本就暴躁的皇帝再次暴走。

"皇上，夜深了，该休息了。"小李子站在御书房的桌子旁，点头哈腰，说话都小心翼翼的。

萧玄柯正在愣神，被小太监这么一提醒，回过神来，假装打了个哈欠："朕再学习一下治国之道，不着急。"

小李子欲言又止，最后还是开口："皇上，可是您的书一直都是倒着的……"

萧玄柯这才注意到手中的书是颠倒的，连忙咳嗽了一下缓解尴尬："我这是……我这是……你多管什么闲事！扣半个月赏钱！"

小李子无奈，只能应声回答："嘛。"

他还不清楚皇帝心里的小九九嘛，跟着皇上这么多年，他一直都是这么个没心没肺的性子，后宫的妃嫔都斗得你死我活了，他也无心过问。除了对一个人上心，那就是……前朝大将军之子谢无铮。

此"上心"可非彼"上心"。

他俩就好像那水火一般难以相容，处处针锋相对，就算是远隔几千里，都得暗中较劲。

例如半个月前，皇帝听说远在外征战的谢无铮新添了件貂皮大衣，就折腾锦衣宫的宫女连夜做出件更好点的，又费尽心思派画师画了画像给将军送去，还配文：将军在外征战辛苦，见画像如见君，慰问各位将士。

就这事，皇帝扬扬得意了好几个晚上，好像干成了什么大事一般。

"皇上？"小李子刚回过神来，就看到皇帝趴在桌子上睡着了，手里还握着一根快要干掉的毛笔，嘴里喃喃说着梦话。

"谢无铮，我跟你誓不两立……"

自己家的皇帝，可真是没救了。

三

萧玄柯和谢无铮水火不相容这事，是从小时候就开始的。

听说在萧玄柯还是太子的时候，和韶珺公主一起被先皇送去了感恩寺静心养性、学习文韬武略。

当时感恩寺的长须大师共收了三名弟子，这第三名就是将军谢俞恩之子谢无铮。传闻中的谢无铮冷漠无情、武功高强，而且外表俊朗异常，貌比潘安。

果然，短短几日的相处，韶珺公主便对其倾心，甚至不顾礼节讲明心意。

谁知少年的谢无铮冷眼瞥了一下公主，转身就直接关门。

这可把萧玄柯气炸了，直接扬言要砍了谢无铮的头。但是闹了半天才发现，他家世代都是战神，甚至先皇能够顺利夺得皇位都是靠着谢无铮他爹。

别说他是一个太子了，就算是当时的皇帝也不敢随便下令。

谢无铮的底气就来源于此。

这事之后，谢无铮每次见到萧玄柯都会似笑非笑地道上一句："多日未见，臣脑袋还在。"

摘不得谢无铮脑袋这件事，是他一辈子的痛苦。

从那之后，两个人是在任何事情上都得比上一比，谁也不让着谁。

特别是萧玄柯，小时候因为比不过，好几次被气得哭鼻子。

后来，一个成了皇帝，一个成了少将军，但还是针锋相对。

特别是皇帝，一旦到了谢无铮面前，就像头炸毛的狮子。

记得先帝曾经问过萧玄柯，这辈子的宏图壮志是什么。

本以为他会回答一统天下、万民平安之类的固定话术，结果他来了一句……

"各方面都胜过谢无铮！"

先皇："……"

好不容易等到皇帝小憩结束，已经到了深夜，小李子都差点站在原地打瞌睡。

"朕乏了，走，去休息。"萧玄柯伸了个懒腰站起身，朝着殿外走去，但还没靠近门，就听到了外面传来一群莺莺燕燕的声音。

"皇上还能出来吗……"

"在这儿站着好累。"

"皇上今晚肯定去我那儿……"

"胡说，去我那儿。"

萧玄柯瞬间连开门的心思都没有了。

小李子瞬间明白："皇上，咱还是老规矩，从后门走？"

"知我者，小李子也。"萧玄柯立刻点头，双眼放光，然后跟在小李子后面蹑手蹑脚走向后门。

他的这些妃嫔，一个个倾国倾城，出身名门，但他却并不感兴趣，只觉得庸俗，当成摆放在后宫的花瓶来看，确实赏心悦目，但是一想到她们在自己面前叽叽喳喳的画面，就觉得聒噪。

小李子看着自己家皇帝蹑手蹑脚的样子，直憋笑。

然而后院门一打开，小李子就愣住了。

一个穿着玄黑色锦衣的男子站在月光下，清冷的眉眼表情淡漠，黑发被束起，一块晶莹剔透的玉挂在胸前，让整幅画面又增添了几分美感。

是谢将军！

小李子立刻不敢动了，抬头却看到自己家皇帝低着头直接撞了上去。

皇上走路不看路这个坏习惯，到底啥时候才能改掉啊……

"是谁挡了朕的路！"萧玄柯一抬头，视线交汇。

"皇上，三年未见，臣脑袋依旧还在。"谢无铮作揖，说这话的时候嘴角带笑，似有一些嘲讽。

三年未见，谢无铮好像又长高了几分，萧玄柯计较地站到了台阶上，但还是矮了一些。

他慌张地整理好衣襟，然后咳嗽了一下才开口："脑袋在就好，爱将辛苦了，接连打下三个大国。"

这句话是咬牙切齿说的。

这些年他派谢无铮四处去讨伐最凶险的地方，但是没想到，他竟然每次都能完好无损地回来，甚至脸上连一点伤痕都没有。

看着他一副养尊处优、十指不沾阳春水的样子，真的很难想象这是让所有人闻风丧胆的战神将军。

这些年他可没少打听谢无铮的消息。

"臣，乐在其中。"谢无铮的眼底闪过一丝光芒，就好像想起了什么一样，右手拇指摩擦着关节处的血色玉扳指，那眼神令人看了就有些发颤。

萧玄柯可是还听说了，这家伙取人头颅就像喝水一样简单，而且每次杀人还会露出嗜血的眼神。

那玉扳指好像原本不是血色，征战了这么多年后，硬生生被染成了血红色。

合着自己费尽心思，他倒还挺享受？

小李子看着面前两个人针锋相对，半句话都不敢多说，默默往后退了两步，他可不想自己被无辜波及。

"你深夜来宫里干什么……等一下，你是怎么进来的？"萧玄柯突然想到了什么，按道理来讲，这深更半夜的，大臣根本没办法进来才对。

谢无铮不屑地哼了一声回答："皇上觉得，这宫墙能拦得住我？"

萧玄柯："……"

好吧，好像确实不能，别说是这宫墙，就算是城墙，都不一定能防得住谢无铮。

"臣来此没有别的事情，就是想尽早领命去攻打下一个国家，庆功宴什么的也不必了，臣不喜欢。"谢无铮开口，讲出真正的目的。

萧玄柯听到这话，脑子一转，当即做出了一个决定："既然将军这么想打仗，那……"

谢无铮有一种不好的预感，果不其然下一秒。

"那就休战三年，将军就好生休养着吧。"

萧玄柯观察着谢无铮的表情，他听到休战的时候嘴角抽搐了一下，随后满脸的不耐烦。

果然，这才是整治他的最好办法！原来这么多年他都用错了法子！

"我看将军很满意嘛，不错不错。"看着谢无铮受挫的样子，萧玄柯那叫一个得意。

"臣遵旨。"谢无铮的手握成了拳头，青筋暴起。

本想来这露一面，杀杀小皇帝的锐气就转身回战场，谁曾想竟然栽在这边了。

小李子浑身冷汗，他真怕谢无铮一个恼火，把自己家的傻皇帝给锤爆了。

"没什么事，你就退下吧。"萧玄柯咳嗽了一下，架子十足。

谢无铮刚想转身离开，突然想到了什么，勾起嘴角，对着殿前喊了一句："皇上，那臣就退下了。"

萧玄柯还没反应过来为什么他这么大声音，下一秒就明白了。

那边，一群莺莺燕燕的声音传来。

"皇上在那边！"

"是皇上！我就说这边怎么蹲不到他呢……"

"快走，在那边。"

萧玄柯瞪大了眼睛，看着谢无铮狡猾的眼神，懂得了一切。

他绝对是故意的！

"皇上，臣告退。"这次的声音很小，谢无铮退下。

小李子还在愣神。

萧玄柯慌张地提起龙袍："还不快跑！"

"哦哦。"

四

自从皇帝宣布停战，邻国都松了一口气。毕竟在先皇上位的时候，他们极力出兵制止，为此关系一直不好。而小皇帝登基之后，他们就蓄意谋反，本以为萧玄柯就是个草包，但没想到他手下竟然有谢无铮这名猛将。

几年下来，大家都被打得节节败退，人心惶惶，直到现在，总算是休战了。

朝堂上，各国的使者送来了礼物和美人，想要建立友好的外交关系，而萧玄柯看都没看就命人都堆在了一旁。

"皇上，为了日后的发展，老臣建议，还是建立外交关系。"一个老臣上前谏言。

萧玄柯看了一眼堆成山的礼品："当时他们攻进朕家里，用剑指着朕鼻子的时候，可曾想过有如今这天？停战可以，外交绝无可能！"

此话一出，没人敢再多说什么。

人人都知道小皇帝的出身，先皇本是京城商人，但奈何上一个皇帝为了他的家产捏造罪名、屠其满门。

而先皇与萧玄柯侥幸在乱葬岗逃脱，先皇带着年仅五岁的他四处征战，短短五年，攻下了城池。

当然，这也都得力于先皇的老友、谢无铮的父亲谢俞恩的帮助。

只可惜先皇登基仅十几年，就因病去世，萧玄柯这才登基。

紧接着，老将军也退休不干，整个朝廷就靠着两个毛头小子支撑，但却意外地强大了起来。众人都感叹，要不是这个英勇善战的将军，草包皇帝早不知道被打下去几回了。

"退朝……"旁边的小李子开口喊，众人这才退去。

萧玄柯总算不用再端着架子，一下子躺在了龙椅上，喝了口茶，眼睛四处看了一圈，随后问道："今日好像没有见到谢无铮来上朝？"

"皇上，少将军称病没来。"

"什么病？"萧玄柯又品了一口茶。

"这……"小李子欲言又止，小心抬眼看了一下说，"少将军说是'想打仗皇帝却不给打的病'，还说，这病是绝症，治不好。"

萧玄柯："……"

确实，这谢无铮从小就是个嗜血的家伙。

萧玄柯到现在都还记得小时候在寺庙的时候，看到农家杀鸡，其他孩子吓得嗷嗷叫，然后跑开，只有谢无铮一个人站在原地，淡定地观看。

这样的人，上战场最合适不过了。

但他偏就要磨磨谢无铮的性子，让他安稳几天。

"就病着吧。"萧玄柯站起身，乐呵呵地回寝殿。

这些天皇宫里可算是乱了套，谢无铮连着寄来了很多信件请求出兵，甚至动用关系找了很多妃嫔说好话，但萧玄柯还是那句话，休战不打。

终于，他还是忍不住了。

萧玄柯刚回到自己的寝殿，就看到窗前烛光下有个黑色的身影，随后勾起嘴角，像故意逗他一样开口："怎么，将军病好了，连墙都能翻了。"

"别废话，打还是不打。"谢无铮回头，目光深邃，看不出什么。

"不打，那些小国太弱了，不配让你出手。这些年那么多胜仗，还打得不舒服嘛。"萧玄柯走近。

"这么多年，你这个草包皇帝还是什么用都没有。"

要是换个人说这话，早就诛九族了。但他不一样，他是谢无铮。

老将军在退休的时候只要了一个福利，那就是……一块特殊的免死金牌。

他知道自己的儿子说话难听又自负，日后肯定有不少得罪新皇帝的地方，所以就提出了一个过分的要求，"让谢无铮与萧玄柯结拜为兄弟"，这样一来，皇帝不可能残杀手足。

"你才是草包，朕只是不喜欢打打杀杀，见血有什么好的，我从小见了那么多血，难不成后半辈子还活在血里。"萧玄柯坐在椅子上。

"打打杀杀有什么不好，我就很喜欢。"

又来了又来了，萧玄柯看着他那种眼神就浑身发颤，无奈地翻了个白眼。

"既然不打，我明日再来问。"谢无铮留下这句话，就转身离去。

萧玄柯随即喊来小李子："明日给将军府送点礼。"

"遵旨，皇上，什么礼？"

萧玄柯招了招手，小李子凑近。

……

谢无铮一睁眼，自己的将军府简直成了菜市场，门外嘈杂声一片，聚集在一起讨论着什么事情。

他只能出门查看，结果愣在了原地。

只见偌大的庭院里堆了满满当当的木盒，里面全部都是血红色的糕点，旁边还有一些凝结成块儿的鸡血鸭血。

脑海里突然回想起自己的那句话："打打杀杀有什么不好，我就很喜欢。"

看着面前满院子的鸭血鸡血，他一阵汗颜。

旁边站着的小李子满脸得意："少将军，这是皇上给你的良药。"

谢无铮嘴角抽搐。

大殿里，萧玄柯狠狠打了个喷嚏，搓了搓鼻子。

"这谢无铮，肯定在骂我。"

不过一旦想象他看到满院子鸡血鸭血的样子，就觉得还是很好笑的。

他记得，谢无铮小时候最讨厌吃鸡血和鸭血，但是老将军管教严苛，不许他挑食，萧玄柯经常看到他偷偷把鸡血鸭血倒掉。

还会被他威胁："要是说出去，就揍你。"

听说谢无铮小时候并不在将军府，而是在乱葬岗。他还是孩子的时候意外和老将军走散，导致他的童年都是自己一个人打拼活下来的，直到十几岁的时候才被将军找了回来。

正在他愣神的时候，一个声音传来："门外鄂菲使者觐见！"

鄂菲是邻国一个难缠的地方，那里的人一个个凶悍无比，是萧玄柯的心头大患，本来他计划下一步攻打，但因为停战，所以才暂时搁置。

"皇上，鄂菲送来好礼，想要外交，是他们那里最宝贵的药材，他们还想请皇帝前去感受地域风情。"

萧玄柯大惊。

要知道，任何小国攀炎附势都有可能，但唯独鄂菲最心高气傲，如今是怎么了。

旁边的小太监见皇帝陷入沉思，随后嘴角露出了诡异的笑容。

傍晚，小李子总算从将军府赶回了宫，结果一进门又看到了愁眉不展的皇帝。

"皇上。"小李子气喘吁吁地问好。

"小李子，你回去将军府一趟。"

小李子："啊？"

萧玄柯转身："怎么了，有意见吗？难不成下半个月的赏银也不想要了？"

"不不不……"

他能怎么办，只能认命。

这两个祖宗，针锋相对，最后受伤的却还是他呗。

五

马车再次停在了将军府门前。

"少将军，皇帝让我再回来一趟……"小李子气喘吁吁。

已经换上寝衣的谢无铮面色淡然，看着他，仿佛已经预料到了此事。

"把我的将军府变成了鸡血窝，还敢让你来第二次？"谢无铮满脸黑线。

确实，小李子进来的时候，门外还都是鸡血味，很浓很浓。

"将军……"小李子开口，但是很快被打断。

"我看皇帝真是无聊，征战不考虑，考虑给我送礼。"谢无铮继续吐槽。

"将军！"小李子又尝试打断。

"我看下次谁还去给他打仗。"惜字如金的谢无铮很少讲这么多话，看得出来这次是真的被鸡血惹恼了。

"将军……我想说的是，皇上也跟来了。"

门被推开，萧玄柯出现了。

谢无铮一愣，随即咳嗽了一下道："皇上吉祥。"

"不吉祥，有个不省心的将军。"萧玄柯双手背在后面，快步走到椅子旁边坐了下来。

小李子见气氛不妙，连忙先行告退，生怕下一秒就殃及池鱼。

"有重要事和你商议。今日鄂菲的使者觐见，邀请朕去赴宴，这一看就是鸿门宴，但是朕必须得去。"萧玄柯开口。

虽说他们从小就是对头，但是这偌大的朝廷，能够商量事情的却也只有他了。

"什么时候出发？"谢无铮没有多问。

二人都清楚鄂菲国的实力，想要攻下来很难，如果突然发动战争，最后只能两败俱伤。

现在唯一的办法只能是前去赴宴，赌上一次。

"明日。但朕有事叮嘱，一旦前去他国，我生死未卜，你一定坚守城门，不要被人乘虚而入，因为我怀疑，这朝廷有内奸。"

谢无铮一愣，随即低垂下眼眸。

"朕几次都发现，这鄂菲国对我们的行动了如指掌。之前这个国家就对旧皇帝虎视眈眈，但是后来先皇攻下城池，他们不敢轻举妄动，这些年一定在积攒兵力，寻找机会。"萧玄柯分析着。

"看来你还没有傻透。"谢无铮开口，看着他。

"朕哪里傻？"萧玄柯瞪大了眼睛。

谢无铮指了一下旁边桌子上堆得满满当当的鸡血，问："正常皇帝能做出这事？"

萧玄柯："……"

接下来，萧玄柯又反复交代了很多不同地方的民情，仿佛生怕自己回不来一样。

谢无铮甚至感觉再让他说下去，就该哭鼻子了。

"对了，三日后是你的生辰，朕估计还在外面，生辰礼我给你备好了，明日再看。今晚我就在此休息，明日早晨出发去赴宴。这事不能被朝廷那群老臣知道，不然一定会拉着我分析个三天三夜。"

"好。"谢无铮点头。

第二日清晨，萧玄柯竟然一觉睡到了午后，一睁眼，太阳已经挂在了最中央的位置。

"不是叫你喊我？怎么回事，小李子。"萧玄柯连忙站起身更衣，他已经耽误了两个时辰了。

"皇上……"小李子欲言又止。

"谢无铮呢，礼物给他了吧。"萧玄柯还在问着。

"那琴给将军了，将军说，他要这琴作甚，难不成背着它去砍人。"

萧玄柯："……"

真是不解风情。

他记得小时候的谢无铮曾经对琴箫很感兴趣，但是因为老将军只想让他致力于军事，所以直接扼杀了他的想法，这次挑选贺礼，他可是特意定制了一个独一无二的琴。

结果被他说成这样。

"行了，出发。"萧玄柯走出将军府。

只是没想到，这次的赌竟然真的赌对了。

皇帝单枪匹马赴宴，鄂菲国竟然丝毫没有为难，在大殿里安稳吃了一顿饭，然后放他离开。

本以为会是场"挟天子以令诸侯"的戏码，再不济也会是趁虚而入攻打城池，但没想到，真的就只是吃一顿饭。

萧玄柯从鄂菲国的宫殿里走出来的时候，满脸的不可思议。

"小李子，你掐朕一下。"

"皇上，怎么了。"

"那朕掐你吧。"萧玄柯狠狠拧了一下小李子，确定他的惨叫声是真实的之后，皱着眉头念叨，"真不是白日做梦。"

小李子："……"

六

这事让很多大臣也跟着一头雾水。

但是大家都惊叹于皇帝竟然真的敢单枪匹马地去赴宴。

对此，萧玄柯给出的解释是："朕早就调查到了，鄂菲国已经把兵力部署放在了我们边界的位置，但凡朕不愿前去，他们都有理由进攻，反观如果朕去，能拖延一些时间，将边界的百姓转移。"

"边界只是个贫民窟，为何要为那些百姓冒此风险。"大臣觐言。

"贫民窟？那也有很多无辜的孩子，你可知道我们大将军谢无铮的故乡就是那儿？贫贱的生命就不是生命？"萧玄柯语气高昂，众臣不敢再言语半句。

突然，一个太监从侧面悄悄给小李子言语了几句。

他脸色巨变，随即俯身到皇帝身边："皇上，谢将军突然出现在城门口，而且浑身是伤……"

"什么？"

他不是应该……在将军府吗？

仿佛是看到了皇帝的疑问，小李子犹豫了一下开口："那日清晨，是谢将军用香让您熟睡的，为的就是先您一步，用一样的马车前去，他料定鄂菲国会在途中设下障碍，担心您的安危……"

"胡闹！"萧玄柯站起身，抛下众臣，走了出去。

七

谢无铮浑身是伤，身上没有一块好肉，奄奄一息。

看到萧玄柯的时候，他勾起嘴角说了一句："皇上，一日未见，臣脑袋还在。"

萧玄柯连忙命人将他搀扶起来，但周围的大臣却都迟迟不动。

不是因为别的，就是因为今早的时候，京城里突然有了一个传闻：听说鄂菲国十几年前就培养了一群孩子作为暗影，安插在各个国家，而谢无铮将军就是其中之一，也就是说，这些年的细作，正是谢无铮。

"朕不信。"萧玄柯看着地上的谢无铮，自己蹲下身搀扶。

"皇上，我们已经查过了，将军身上确实有鄂菲国的烙印，在……手臂上。"旁边的御林军开口。

萧玄柯连忙扯下他的衣服，果不其然看到了一个明显的烙印。

"谢无铮。"

这次，谢无铮没有讲话，慢慢闭上了眼睛。

……

谢无铮被关了起来，这些日子，萧玄柯食不甘味。

他怎么也不明白，为何谢无铮就是那个细作。

然而事情也容不得他多加考量，因为鄂菲国那边传来了消息，他们正在招兵买马，战争一触即发。

"皇上，这仗得打。"老臣一个个跪在地上。

萧玄柯最看不得战火，最后却还是得亲自下令。

“打。”

八

战火已经持续了几日，没有了谢无铮，他们只能节节败退。

没想到鄂菲国比想象的要强很多，这让萧玄柯几日未眠。

直到……

“皇上！皇上！好消息。”小李子从外面奔来。

“什么事。”萧玄柯揉了一下眉心，满身疲惫。

“皇上，今日一战决胜负，有一蒙面人出现助我军一臂之力，最后竟然把鄂菲国的军队打退了！听说，他们可汗的头颅都被取下来了，但是可惜，蒙面人最后好像……”

小李子还在欢天喜地说着信上的战况，萧玄柯却皱起眉头。

这人……

“跟朕去一个地方。”萧玄柯站起身。

天牢。

“皇上万岁万岁万万岁。”

“谢无铮呢？”萧玄柯看着空空的牢房，蹙眉。

此话一出，众人皆下跪：“臣等该死！”

“这可是杀头的罪！”萧玄柯握紧了拳头，狠狠锤在了桌子上。

他早就该料到，根本不能让这些曾经跟着谢无铮打仗的人去看管他们的将军。

小李子也意识到事情不妙。

因为那蒙面人虽然勇猛，但在取可汗头颅的时候还是被刺中了要害，最后下落不明，估计九死一生。

如果那人就是谢无铮……

"给我搜，不管怎么样，都得把蒙面人给我搜出来！"萧玄柯眯起眼睛。

九

整个京城都在庆祝打败了鄂菲国的事情，除了萧玄柯，他把自己关在书房好几日，没有上朝也没有处理政事。

小李子愁眉不展，每天晚上都悄悄去看一眼皇上。

他真担心再这样下去，皇上的身子会撑不住。

直到……

傍晚，小李子蹑手蹑脚再次跑到皇帝寝宫前，刚想去送点茶水，就看到一个黑影钻了进去。

然后里面就传出一句熟悉的话："多日未见，臣脑袋还在。"

小李子瞬间明白，憋着笑离开。

自那天之后，皇帝腰也不酸了，腿也不疼了，每日按时上朝，还时不时偷溜出宫玩乐。

有一次小李子实在好奇，就悄悄跟了出去，结果看到皇帝来到了山间的一处小房子，里面养满了各种各样的鸡。

而杀鸡的，正是谢无铮。

终·谢无铮篇

我叫谢无铮，是鄂菲国精心培养的杀手。

从小到大，唯独在提着敌人的脑袋回国时，我才能饱餐一顿。

因此，我嗜杀。

那种看到血就忍不住冲上去的感受，全部来源于我活下去的欲望。

对于我来说，活下去是最难的事情。

我痛恨我的组织，但同时也不得不承认，他们养大了我。组织里的头目叫"可汗棵"，我们喊他大汗。

他高大异常，每次见到我们这群孩子就是一阵鞭打，身上的痛让我们不得不臣服，甚至每个孩子八岁的时候，胳膊上还会被烙下一个鄂菲国的烙印。

那种高温灼肉的感觉，我永远记得。

后来，我被送到了中原，可汗还给予了我一个新的身份——将军之子。

生来孤傲冷僻的性格令我难以融入其他同龄人中，除了一个傻子。

姑且称他为傻子吧，其实他是天子，名萧玄柯。

他爱多管闲事，爱伸张正义，但是脑子却总是缺上那么一些，令人发笑。

"臣脑袋还在。"

我总爱用这句话逗他，然后转身进军打仗的时候，便又更有动力了一些。

日子过得可真快活，直到我看到了下一个攻城目标——鄂菲国。

我知道，自己自始至终都是鄂菲的棋子，而这颗棋子之所以能安稳生活多年，仅仅是因为下棋的人想要按兵不动罢了。

果不其然，在我取得胜仗回京后，他们传来了消息——让我尽快想办法前去攻打鄂菲，然后瓮中捉鳖。

不知道为何，看着萧玄柯那傻样子，我犹豫了，最后竟然想到了背叛鄂菲。

要知道，暗影一旦背叛，就是死路一条。因为我之前做了太多出卖情报的事情，一旦我选择背叛，后果只能是被双方追杀。

斟酌了几日，我想到了延缓的办法，只要萧玄柯不下令，那么我也就不能出兵攻打鄂菲了。

我太了解他了，他总爱和我对着干。

所以，我只需要说自己想要打仗，那他一定会延缓这场战争。

最后，我成功了。

但为了不让鄂菲发现我的心思，我只能一趟趟前去皇宫，假装自己在催促皇帝打仗。

正是那几次前去皇宫，我刚好看到了傻瓜皇帝在给我准备生辰礼——一张琴。

第一次去的时候，他在画图纸，见到我来，慌慌张张收了起来。

第二次去的时候，他在吩咐木匠雕花，见到我来，连忙把木匠赶了出去。

记得小时候我确实是喜欢，但是沾过血的手哪里还能碰琴。

没想到他竟然记得。

不得不说，萧玄柯是草包皇帝，但心地善良。

那日，我接到鄂菲的消息，他们要采取行动了，如果皇帝不发动战争，那么他们必须有个理由发动战争。

所以，他们才安排了那场鸿门宴。

如果皇帝不去，就有理由攻城了。

如果皇帝去，就中途将其刺死，然后中原人自然会发现皇帝的失踪，但自始至终萧玄柯都没踏入鄂菲领土，而是死在半路，这事引起两国争端，也有理由入侵。

这就是计划。

而我得知之后，却沉默良久。

如果我按照计划中的安排与鄂菲里应外合，那么胜利一定是属于那边的。

如果我选择皇帝，自己死也就算了，可能根本无法回转局势。

就在纠结之时，萧玄柯送我的琴到了。

看着那精心设计的花纹，我决定搏一搏。

反正这条命也不值钱。

于是，我登上和皇帝一模一样的马车，前去了那条注定有埋伏的路。

果然，几个暗影冲了出来。

这些年，鄂菲训练暗影的技术越发差劲了。

我杀红了眼，虽然身负重伤，但是还不能倒下，因为我还有事情要做。

清除了路上的障碍，我一路到了鄂菲，趁着可汗放松警惕的时候将他挟持。

此举一出，我注定要死在这里。

但是只要一炷香的时间就行。

我只需要萧玄柯平安吃完这顿饭。

一炷香结束，看着萧玄柯和小李子满脸疑问地走出去，我才安心。

接下来，要杀要剐，都随他。

可汗非常生气，恨不得把我大卸八块，但他明白，杀人得诛心。

于是，他把遍体鳞伤的我放回了京城，还把细作之事曝光。

他要让我护着的皇帝，亲手杀了我。

只是没想到，萧玄柯竟然不顾大臣劝阻，仅仅只是把我关了起来。

在天牢的日子，看管我的那些人都是我曾经的手下，所以还算自在。

养好伤的我随时都在关注外面的动向，包括萧玄柯，也包括国事。

我这个人，从小到大都是冷血动物，倒是第一次有了想要关注一件事的欲望。

直到我听说，要开战了。

"放我出去。"这是这么多日来我第一次提出要求。

那群人看了下我，明知这是死罪，但还是选择开了那大锁。

他们以为，我是想要趁着战争逃脱，找个地方活下去。

其实并不是。

而我也懒得解释。

临走的时候，那群人塞给我很多吃的，还说等到皇帝赐死我的时候，他们会安排人调包，这事就不会被发现。

我摇摇头，说："他不会赐死我。"

我甚至不知道，自己哪里来的底气说这句话。

出了天牢，我用全身的银子买了一匹马、一把刀、一个面具。

因为熟知鄂菲的布阵，我轻而易举就杀到了可汗的位置，在砍下他头颅的一瞬间，也被旁边的暗影戳中了胸口。

理智让我迅速骑着马往远处跑。

我不想在战场上被发现，那样只会殃及放我出来的那群人。

不知道过了多少时日，我在一个农户的照顾下恢复了身体，虽然落下了病根，但好在捡回了一条命，飞檐走壁也不成问题。

所以，我也熟知宫内的动向。

听说萧玄柯他没有处罚放了我的那群人，还下令四处寻找蒙面人。

还听说，他好几天不出寝殿，也不上朝。

犹豫了半天，我还是敲响了寝殿的房门。

"臣……"

我只说了一个字，萧玄柯就打开了门。

我们相视无言。

后来嘛，就是大材小用的故事了。

萧玄柯这个草包皇帝懒得给那些迂腐的大臣解释我死而复生的事情，于是干脆让我远离官场，自己养养鸡、杀杀鸡。

有时候他偷溜出来，和我讲讲朝廷上的那些趣事。

好像，还蛮有意思的。

◆ 终 ◆

凶狠固执东厂督公

为人正派太子爷

背道

楚既白 : 闻霍

每一个身份都是他，每一个都让楚既白无法动手。

背道

作者 ▦ 格陵兰胖橘

永远热爱写爱、希望与勇气的故事，
偶尔也会搞怪。

◇一◇

储君之位被废除的那一天，楚既白正在太子府下棋。

他手执黑子，对面虽无人对弈，但白子已经形成围杀之势，即使黑子左右突围，也无力回天。楚既白沉思半晌，将手中的黑子放进棋罐。

一旁的老管家焦急地看着他，门外已经有极大的喧哗声传来，步伐声、刀剑交错声，似乎还没有见到人，就已经能够从声音中听出太子府外的惨状。

夺嫡之争中太子终究棋差一着，皇后难产去世、皇帝昏庸多疑、母族尽数被发配或投入大狱……所有这些都沉重地压在楚既白身上。

老管家似乎还想对楚既白说些什么，楚既白已经从容开口："薛丙，你走吧。"

"殿下！"薛管家差点跪了下去，"您跟老奴走吧！我们远离京城，暂且避一避风头！"

楚既白不置可否："我走不了了，如果我留下来，你倒还有机会

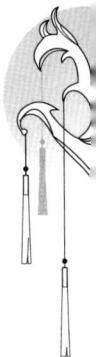

溜出去。"

薛管家咬牙，就是不动。

楚既白知道，如果不给他下死命令，恐怕他绝对不肯自己动身，于是他只好冷下眼："如果你不走，在他们杀进来之前，我就先杀了你。"

薛管家这才狠狠一咬牙，转身快速冲向后院："殿下，我一定会回来救您！"

薛管家离开的时候，厮杀声终于来到了门外，沉重的门被推开，一双黑色绣金靴先踏入进来。

来人穿着黑金四爪蟒袍，身形高大，看得出来他权势滔天。

坊间无人不晓东厂督主的大名——闻霍。他是权宦之首，爪牙遍布朝廷，传闻他狠辣至极，无人敢触他霉头，就连皇子被他抓住了把柄可能也会遭受东厂酷刑。

更别说现在楚既白只是个失势的废太子。

闻霍带着一身杀伐气走到楚既白面前，眼神像锁定了猎物的恶狼，语气讥讽："太子殿下，别来无恙。"

五

明明太子之位已废，闻霍却非要这么称呼，就是想要羞辱这位前太子。

楚既白只动了动眼皮，并没有分给他一个眼神，仿佛桌上的棋盘才是他的宝贝。

一时间气氛凝滞。

不过闻霍的表现却让人觉得奇怪，以往谁惹到他，哪个不是大祸临头性命不保，但偏偏面对废太子，他却比以往都要沉得住气："你就不意外吗？"

楚既白心想他确实很意外。

以前闻霍没有得势的时候，就是他太子府里的一条狗，他是小主人，闻霍是给他捶背挠脚心的奴仆；他要吃甜食，闻霍一定要亲自试一口确保不会太腻；他要喝凉水，也是闻霍用手心捧着，一点点等热茶凉得刚刚好，才送到他面前。

后来旧党暗中策划清君侧，被宦官集团发现并追杀，他才知道这个自己随手捡来的小狼崽是旧党余孽之子……于是他便亲自将闻霍逐出太子府，送进群狼环伺的东厂。

如今闻霍成了权势滔天的东厂督主，自己反而成了废太子，着实可笑。

现下说这些话已经没有意义了。

楚既白抬了抬眼："怎么？想看我向你求饶？"

闻霍盯着他，楚既白已经嗤笑开口："你也配我低头……"

"砰——"

闻霍掐着楚既白的脖子，将他压在棋盘上，黑白棋子撒了一地。他的眼前全部都是面前这人当初高高在上，用轻飘飘的语气将他逐出太子府的模样，傲慢得仿佛随手丢弃一条狗。

而如今他从天上落进泥里，依旧这么傲慢。

"圣人已经立了新太子，而你将被贬为庶人。"闻霍笑了，笑声逐渐疯狂，他一字一句道，"不过，在此之前，东厂有权将废太子带走审问。"

"殿下啊。"闻霍贴近楚既白，如毒蛇呢喃，"将我送进东厂的时候，有没有想过会有今天？"

楚既白呼吸艰难，断断续续道："你……想……怎么样……"

"东厂的手段，殿下还不知道吗？"闻霍像是魔怔了，掐着楚既白脖子的手逐渐收紧，"我想杀了你，我想让你生不如死，也让你尝

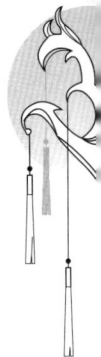

尝一无所有的滋味——不过，在这之前，我会先将你的自尊心狠狠踩在脚底。"

楚既白痛苦地咳嗽，但眼神里却明晃晃写着讥嘲：你大可以试试。

闻霍沉默着，如一头即将爆发的野兽。

"既然太子之位已废……"闻霍缓缓开口，"那就将太子府全烧了吧，改日咱家再让圣人下旨，将罪人楚既白并入奴籍，你看这样可好？"

楚既白呼吸一窒，脸色发白："你敢？！"

"我为什么不敢，这不就是你当年做过的事吗？"闻霍手臂颤抖，青筋凸起。

楚既白心口剧烈起伏，咬牙不说话。

"这下殿下也跟咱家一样，是条丧家之犬了。"闻霍状似亲昵地凑过去，眼睛里是凶狠的冷意，"将我的殿下带回东厂，咱家来亲自处置。"

他冷声下令，"我的"两字咬得极重。

三

东厂有一间"暗室"，是专门用来摧毁人意志的，犯人被关在暗无天日的低矮房间内，幽闭的恐惧会无限放大，大部分人熬不过三天就会精神崩溃。

这便是闻霍为楚既白挑选的"处置"。

新上任的巡查太监却皱着眉，小心翼翼地进言："大人，这样的刑罚是不是太……仁慈？以往哪个进了东厂的人不是脱一层皮才能出去，给废太子的刑罚实在有点上不了台面，怕叫别人看了咱东厂的笑话……"

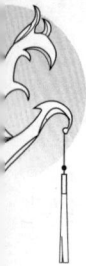

然而督主却阴阴地盯着他，他立刻知道自己说错话了，白着脸跪下去。

"他再落魄，以前也是咱家的主子。"闻霍森冷地道，"当年他喝的水都是咱家在手心温好了的，你认为咱家还要给他上枷锁，敲碎膝盖，然后再将他的脊梁骨一寸寸折断？！"

闻霍一生气就会阴阳怪气地使用"咱家"，巡查太监唯恐自己大难临头，闻霍却已经抛下他，径直向着关押楚既白的暗室走去。

他知道楚既白比一般人要恐惧黑暗，他可能撑不了多久。

暗室阴冷潮湿，墙上还挂着无数沾血的刑具，不知道有多少人在这儿受过惨烈的刑讯。楚既白的状态说不上好，他脸色苍白，眼神里的仇恨让闻霍停下了脚步。

闻霍声音冷硬："这就受不了了？当年我差点死在东厂，如果不是一个老太监带我东躲西藏，今天我也不会站在你面前。"

"那你为什么不杀了我？"楚既白撑着冰冷的地板，身体还在因为幽闭造成的恐惧微微颤抖。

"杀你太便宜你了。"闻霍蹲下来，半跪在楚既白面前，眼神幽深，"殿下啊，我八岁的时候失去父母，十岁进入太子府，留在您身边，我知道您最怕什么。在太子府的那几年，一直都是我守在您旁边入睡，现在，我却能亲自将您拖入黑暗中。"

"你想说什么？"楚既白指尖抓紧，声音讥讽，"用这种方式告诉我，以前我随意指使的奴仆，终于有一天踩在了主人头上？"

"你果然很适合东厂。"楚既白一字一句，"这套玩弄人心的本事，你学得倒是快。"

听到前半句话的时候，闻霍的眼神已经很可怕了，他用力抓住楚既白的手腕，仿佛要将它掐断。

"您说得对。"闻霍气极反笑，"但我毕竟承了太子殿下几年的恩情，

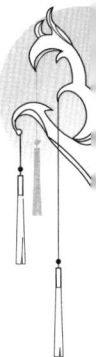

就算我舍不得杀您，也要让您付出代价。

"——我会死死将您困在东厂，直到我死亡，您也别想逃离。"

楚既白死死地咬牙，依旧仇视着闻霍。

在他看来，他管不了闻霍的所作所为，当年闻霍离开太子府后，两人就已经没什么关系了。现在两人立场不同，闻霍是恶名昭著的东厂督主，这就是自己和权宦之间的斗争。

宦官已经控制了三代皇权，也是宦官在皇帝耳边吹风，让自己的母族全部下狱。长此以往，若让宦官继续控制第四代、第五代，他们只会沦落到跟史书上因为宦官之乱而灭亡的朝代一样的地步。

可悲的是，偌大的楚氏只有自己意识到了这点。当今皇帝宠信宦官，自己的兄弟们为了夺嫡，哪个身后没有宦官的影子？甚至现在，闻霍的权力大到能够仅凭一句话，就让圣人将皇后嫡出的皇子并入奴籍，这让楚既白怎么不愤怒。

闻霍久久等不到楚既白的回答，拽着他手腕的力气越来越大，两人在黑暗中谁也不理解对方的想法，仿佛两只受伤的野兽在相互挣扎。

闻霍心里想的是要不就和他互相折磨下去算了，突然听见楚既白一声闷哼，与此同时他感觉手下骨骼有异。

怎么可能？

他反手顺着楚既白的指骨和腕骨探上去，抬头借着微弱的光，他看见楚既白毫无血色的脸，和痛出来的满头冷汗，闻霍几乎失控地质问："您是太子，怎么会遭受过东厂的审讯？！"

四

当上东厂督主后，闻霍几乎对东厂上下了如指掌，包括它有多肮脏，它在暗地里究竟做过多少见不得人的勾当。

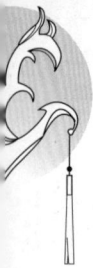

比如它有一种刑罚，外表几乎看不出来它的伤害，是用一种艺术品一样的工具扣在骨腕上，让两根极细的针刺穿手脚筋，使骨头错位。这种工具往往用来审讯身份尊贵的大臣，因为它不如其他审讯工具那般血腥，如果及时治疗也能保住手脚，但是审讯效果却不比其他工具差。

刚刚他抓住楚既白手腕的时候，感觉到了骨骼的异样和虚弱无力，分明是曾经被当犯人一样审讯过。

闻霍当下便将太医院的张太医叫到了东厂，让他看看楚既白的手腕是否能够恢复，顺便看看脚腕是不是也有同样的痕迹。

张太医很快出来了。他面对闻霍也发忧，一边擦冷汗一边自顾自地回道："先前老臣给殿……给楚公子医治的时候就觉得只能恢复个八成，这些年楚公子恢复得很好，只是不知道怎么最近又突然挫伤……"

"先前？"闻霍打断他，"是什么时候的事？那次也是你给他医治的？"

"是……七八年前。"张太医谨慎地道，"刚好是旧党余孽被清除的时候，当时前督主怀疑太子，便私下动了刑。"

闻霍只觉得有些恍惚。

前督主……在他上位的时候已经随着势力更迭被秘密处决了，不过这已经不重要了。

他知道曾经发生过一次很严重的权宦党争，但他当时身处权力旋涡的边缘，所以知之甚少，后来这些陈年旧账被尘封，他也不曾了解过。

张太医了解一点，他觉得这位督主似乎对这位前太子还是上了心，于是低下声知无不言："当年旧党以大将军为首，拉拢了一批学士和几位武官，企图以清君侧的名义铲除圣人身边祸乱朝政的宦党……"

他说到一半，突然想起来自己面前这人就是如今最大的权宦，当下白了脸。

"无妨。"闻霍沉着脸，"你继续说。"

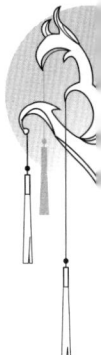

张太医看了一眼闻霍，又想到了前太子，便壮起胆子继续道："结果……失败了，事迹败露，大将军等人成了逆贼，一夜之间被抄家下狱——当然还有部分余孽仍旧在逃，前督主为首的派系依旧不放心，一直在暗中监察，果然发现了蛛丝马迹……"

屋内传来一声瓷杯破裂的声音，他们的对话被打断。

闻霍立刻转身进了房间，发现屋内地上全是碎片，他摆在桌上一整套名贵的青白瓷茶具，已经全部被推到了地上。

"你当年在保护谁？"闻霍一步步上前，鞋底踩在碎片上也毫不在意，紧紧盯着他，"甚至不惜自己受刑，那人究竟是什么人？"

"告诉你有意义吗？"楚既白错开视线，生硬地说道，"你觉得我会告诉你，然后你们就可以去追杀？"

闻霍想说自己不会，随即突然想起，前东厂督主被处决的时候，曾经恶劣大笑着和自己说："上了这条船，你也会成为船的一部分，你以为自己能挣脱？"

他明白，也许什么时候下船并不由自己控制，当他大权在握的那一刻，就已经成了权力集团的中心。

"殿下。"他执拗地叫着这个称呼，"您先留在我身边养伤，我会弄明白这一切。"

五

楚既白被迫留在东厂。

排除东厂本身的性质，这里的确是最安全的，有闻霍这位督主在，谁也不敢置喙为何废太子如今还能安然无恙。

外界的夺嫡之争还在继续，没有了楚既白，还有二皇子、三皇子、五皇子，等等，既然上一个太子能够被拉下马，新太子又何尝不可？

闻霍自然也有自己扶持的皇子，只有自己的傀儡地位稳固，他才能长久地手握大权。

与此同时闻霍还要追查旧党。

楚既白曾经受过审讯，时间点又如此微妙地和他当初被赶出太子府的时间重合，闻霍敏锐察觉到，自己可能并不了解全部真相。

也许……楚既白当时被胁迫了，逼不得已才将自己赶走。

然而楚既白却主动找到他，对他说："不要再追查旧党之事了。"

闻霍："为什么？"

楚既白在长久的沉默后说："因为没有人喜欢旧事重提。"

"真相就在眼前我却不能知道。"闻霍的眼里露出自嘲，"还不如让我放弃东厂的权力。"

楚既白冷笑一声："也对，我一个废太子，自然不能命令你做什么，你宁愿当太监那就当吧！"

闻霍暴怒，差点又对着楚既白发疯。

他觉得自己甚至可以不计较楚既白把自己扔进东厂自生自灭了，毕竟他曾在楚既白身边好几年，就算是条狗也会恋旧，但楚既白每一句话都仿佛能把两人的关系拉至冰点。

闻霍气得拂袖而去。临走前他叫来一旁侍立的小太监，指着房间道："不要让任何人靠近这里，也不要让里面的人出去。"

"是。"小太监低声应答。

然而在闻霍离开后，小太监拉低帽檐遮住自己的脸，小心翼翼打开门走了进去。

他一进去就跪在地上："殿下。"

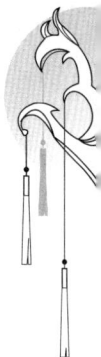

六

楚既白一开始没有放下警惕，但是小太监一抬头，赫然是薛丙的脸。

"你怎么在这里？！"楚既白差点掩饰不住惊异。

"是七殿下想办法送老奴进来的。"薛管家苦涩地道，"闻霍狗贼准备扶植的就是七殿下，如今他已经被封为太子，其余皇子虎视眈眈，他无法亲自和您联系，便想方设法将老奴送到殿下身边。"

"原来是小七。"说到小七时楚既白的神色温柔下来。小七是个性格温暾老实的好孩子，皇后去世后，皇宫里只有小七和自己相互扶持，没想到小七在自身都陷入困境的时候，却还在努力想帮自己。

不过楚既白很快便失去了笑容："闻霍的傀儡是……七皇子？"

是了，小七的性格的确容易被当作傀儡，权臣都很喜欢这样的皇帝。

"殿下，现在重要的是您！"薛丙上前一步，躬下身压低声音，"今天夜里子时，闻霍狗贼会被拖住，我来接应您，然后我们去青州。留得青山在，不怕没柴烧！"

青州，太子母族被发配的地方。

楚既白狠狠闭眼，下定决心："好。"

七

楚既白不知道薛丙用了什么方法拖住闻霍，今天入夜后，东厂确实看不到闻霍的身影。

掐着点数到子时之前，楚既白想到了一些陈年旧事。

他很早以前遭遇过刺杀，那是一个漆黑的夜晚，在他看不见的地方杀气逼近，仿佛下一秒刀就会落在他头上。

虽然之后他被大将军救下，但却一直害怕独自在黑暗中。于是他

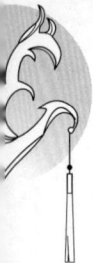

养了一只叫作小雪团的狗，这样他夜晚就不会那么害怕。后来小雪团走失了，闻霍取代了它整夜守在自己身边。只有他知道自己有多害怕幽闭黑暗的环境——是以东厂明明有那么多手段，闻霍偏偏选择将他关进暗室。

现在想想，如果当初小雪团没有走失便好了，两人也就不会有什么交集。

子时一到，楚既白听到了极轻微的敲门声，他推开门走了出去，和薛丙在黑暗中会合。

薛丙趁着巡夜太监打瞌睡混了进来，然后他们要在两队接交的时候离开东厂，不惊动任何人。今晚城门的守卫也打点过了，只要坐上马车，他们就能连夜前往青州。

一切都很顺利。

薛丙已经激动了起来，只差一点就能顺利离开了，眼看马车就在门外停着。然而楚既白一直沉思着，没有说过一句话。

"殿下。"薛丙转过来压低声音道，"您的腿伤还好吗？"

他受过伤的地方除了手腕，还有脚，有时候运动太过剧烈就会旧伤复发。今天虽然有些隐隐作痛，楚既白还是没让自己露出弱态："我还好。"

薛丙点了点头。

"等一下。"楚既白上前一步，将一个鱼符放到薛丙手中。

"这是……"薛丙心中惊异，这鱼分明是将军府的标志。

"收好它。"楚既白什么也不解释，在薛丙张开的手上写下一个"七"字。薛丙立刻郑重地握紧鱼符，手心却冒出了汗。

殿下在布置什么？还是在留退路？

不，这次逃跑不可能失败，他已经将所有意外都排除了，唯一需要担心的闻霍也被调虎离山，除非他察觉到提早回来……

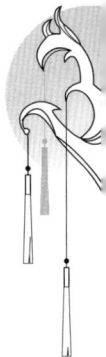

薛丙不敢细想。

但好在这一路上都很安静顺利，大大降低了他的警惕心。薛丙急切上前，想要先一步上车控制缰绳，然而楚既白却突然拉住他的胳膊后退一步。

一只短箭从马车里射出来，就落在刚刚薛丙所站的地方，深深没入路面。

楚既白终是叹了口气："这不是你那辆马车。"

帷幕被掀开，闻霍半隐在火光中的脸探了出来，他随即走下马车。

"你要去哪儿？"他冷声质问楚既白。

薛丙气得脸色发青，他上前一步拦在楚既白面前："闻霍，你还想怎么样！"

"我们之间的乱账还没算完。"闻霍闭了闭眼，"我不会让你走的。"

楚既白猜测，大概是小七那边没能拖住他，才让他刚好在两人出城的最后一刻赶了回来，连马车都没来得及下。而且刚刚那一箭分明是直接冲着薛丙去的，闻霍今天晚上不打算留薛丙活口。

"闻霍，让他离开。"楚既白深吸一口气，"我会留下来。"

闻霍还没从"楚既白居然为了一个区区奴仆妥协了，却不愿意为了自己妥协"的情绪中回过神来，薛丙已经愤怒出声："闻霍！当年殿下就应该直接把你交出去！你对不起父母！对不起殿下！

"当年旧党之事东窗事发，宦官追杀大将军和学士们的亲眷宗族，如果殿下当初没有留你在太子府，你只会落入宦官手里！后来他们追查旧党余孽查到了太子府上，太子也是为了护着余孽亲眷才被审讯！"

见闻霍突然脸色苍白，定定地看着楚既白，薛丙才恶狠狠地说道："想必这几天你也查到了吧，那余孽亲眷正是你，闻霍！"

八

“我……”闻霍张了张嘴，嗓音沙哑，“为什么，你要把我扔进东厂？”

楚既白并不想提这些陈芝麻烂谷子的事，但是薛丙却必须要说出来：“东厂的爪牙无孔不入，你现在应该知道得很清楚！连太子府都护不住你了，天底下还有哪里能安全？殿下唯一的选择是兵行险招，将你伪装成最低贱下等的太监，藏在他们眼皮子底下！

“你以为是自己很幸运？没有殿下你真的能安稳活到今天？”

楚既白始终一言不发，闻霍却难以控制地心口起伏：“一面之词……殿下，我想听你怎么说。”

楚既白错开视线：“一些无聊的旧事罢了，与薛丙无关，把他放走吧。”

“薛丙……薛丙……”闻霍突然失魂落魄，“原来是这样……原来是这样……”

当年那位帮他遮掩逃过净身的老太监，说自己的名字叫薛甲。

后来帮他打点通融，还有那些对他视而不见的一些低等杂役，都或多或少提到过自己受到恩惠，才不计后果地帮助自己，所以他们一直都是太子安排的？

闻霍依旧固执地看向楚既白：“所以你一直都知道？”

楚既白却避开他的视线，冷漠地道：“当年宦党查到太子府的时候，我才知道你是大将军之子……但我绝对不是因为知道了这层关系才留下你，我就是缺了一个下人。”

闻霍知道他就是不想示弱，嘴上不饶人。

“这不重要了，殿下……你已经把我赶走了一次，我不会再让你赶走第二次。”

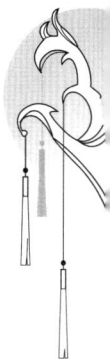

现在闻霍已然看清。一开始，他以为是楚既白铁石心肠，因为失了兴趣才将自己随手抛弃，甚至扔进东厂那种虎狼之地——毕竟他们皇家从来都视人命如草芥。

后来闻霍发现了自己是大将军之子的身份，他又想到可能是因为自己会连累到太子府，所以楚既白为了撇清关系，才将他送进东厂。

但是他从来没有想过，也没有胆子去想……高高在上的太子殿下是为了保护他，主动将他送到了东厂手上。

那样骄傲的殿下，为了瞒住他的存在，孤身踏入了肮脏的东厂接受刑讯，在审讯过程中也没有透露他的任何消息，还在东厂尽可能给他铺好路，让他隐姓埋名活下去。

殿下扛下了一切，却至今一个字都不想解释给自己听。

闻霍不知道是该哭还是该笑，周围火把四起，象征着东厂督主地位的蟒袍猎猎作响，两人一个在阴影中一个在火光里，仿佛被分隔成两个世界。

"都带回去。"

九

闻霍并没有为难薛丙，他其实根本不在意薛丙，就连他从牢里逃出去了，闻霍也没有继续追究的意思。

虽然闻霍没有再牢牢看管楚既白，还给了他一些自由行动的机会，但是他依旧不能离开闻霍的控制，想知道外界的消息，更是必须要经过闻霍。

七皇子的消息时隔多天终于到了楚既白的手上，是闻霍亲自交给他的，还语气僵硬地说："他非要给你。"

楚既白看了他一眼，伸手接过信。

道

281

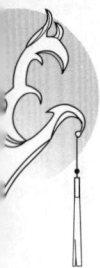

信上写了七皇子对楚既白的担心和抱歉，说他那天没能拦下闻霍，一直担心哥哥会出什么事。

"您要回信吗？"闻霍问。

楚既白没有说话，只展开一张纸，开始磨墨。他的动作不太熟练，几次都没有磨好，闻霍便只好接过来替他磨。

楚既白低头写信的时候，冷不丁来一句："你打算什么时候放我走？"

闻霍低声道："外面暂时……还不太平，您留在东厂比较好……"

楚既白嗤笑一声。

"你当自己在养宠物吗，闻霍？"他用墨水在纸上重重画下一笔，"你把我看作你的私人财产？想要困住我？"

闻霍没有肯定，也没有反驳，只是走到楚既白面前慢慢蹲下，偏执地凝视着他。

"这样不好吗？"闻霍喃喃自语，"我很早以前就想拥有今天的场景……没有纷争，没有流血，我最重要的人在我面前和我说话，窗外枯叶安静落下……除了死亡，没有东西再能把您从我身边夺走。"

换个人在这儿已经毛骨悚然了，但楚既白不是一般人，他抬手就在闻霍脸上画了一笔。

闻霍不在意地擦擦，他说："殿下，我把您当作我的家人，从您收留我的那一刻起就没有改变过。"

楚既白没说什么他配不配的话，而是心平气和地说："你的家人是大将军，而不是我。"

说到大将军，闻霍的心里十分不是滋味："殿下，大将军和太子府明面上没有太多交集……您看上去和他私交不错。"

楚既白顿了顿，回道："小时候我遇到刺客，被困在没有出路、没有一丝光线的黑暗里，是大将军将我救下。"

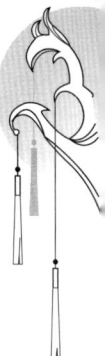

所以即使多年之后，他不再与将军有密切联系，也愿意保下将军的亲眷。

楚既白不曾向谁的利诱或者威逼低头，他的理念就是谁对自己好，他就对谁好。闻霍本来应该明白这个道理，但是他在将楚既白从太子之位上拉下来，又一把火烧了太子府后，就没有了回旋的余地。

"为什么……您不告诉我？"

"你已经与太子府没有关系了。"墨滴从楚既白的笔尖落下，"我自问从前的恩怨可以一笔勾销，再提没有意义。"

闻霍恍惚了半天："所以之后，您便将我视为……陌生人？"

"陌生人算不上。"楚既白平淡道，"你当上督主后，我就料到了和你刀剑相向的那一天。"

闻霍呼吸一窒，房间内一时间落针可闻。

"如果我……"闻霍说了三个字就闭上嘴。

算了，没有这种可能。他已经无法放弃到手的权力，否则他就失去了至今为止活着的理由。

"你想说什么？"楚既白问。

"没什么。"闻霍又恢复如常，扯出一个不怎么好看的笑容，"这几日圣人要去护国寺祈福，我可以带您去……散散心。"

十

闻霍已经表明了他的立场。

楚既白面色凝重地将信封好，吹灭蜡烛。他不能再等下去了，七皇子被封为储君，却牢牢地被东厂督主控制着，即使以后登基了，也只会成为闻霍的提线木偶。

现在朝堂上已经有一半大臣被阉党残害过，包括一尸两命的皇后、

下场凄凉的大将军、翰林院的学士……皇权到现在即将交接到第四代，不论是小七登基还是自己登基，他都不会让阉党再寄生下去。

他会用一柄隐秘的刀，将毒瘤剔除。

烛火幽微，与此同时七皇子在殿中抬起头，接见了一位不速之客。

他放下纸笔走过去，伸出手，从不速之客手上接过质地冰凉的鱼符。

◇ 十一 ◇

圣人的身体一日不如一日，如今还能撑着去护国寺，可见他求生欲之强，已经把希望寄托在神仙佛祖身上了。不过命数不可逆转，虽然朝臣都知道这个道理，但没有人敢开口。

出行的队伍浩浩荡荡，朝臣按照尊卑长幼顺序从山上一直延伸到山脚。

而进寺门的顺序也是有尊卑的，圣人的座驾第一个进入，随后是东厂督主的黑蟒座辇，然后才是太子。在圣人的座驾出来前，朝臣不会再进入内殿。

不过天公不作美，天色陡然阴沉下来，像是要随时下雨。

楚既白拉开马车帷幕看了看，平地起了凉风，透过窗缝吹了进来。

"山上的天气倒是多变。"他若有所思。

闻霍坐在他的对面，闻言只轻轻"嗯"了一声。

只要不聊一些朝堂上的话题，两人之间的气氛还算和谐。

闻霍直接无视了圣驾，拐去了护国寺另一侧，不过也没人敢拦他。他带着楚既白来到一个求平安的佛像前，和他一后一前从马车上下来。

"其实，我跟'父亲'的关系并不好。"闻霍慢慢开口，"我是大将军的私生子，我的母亲只是一个平民家的女儿，父亲将我和母亲安置在一个宅子后，就再也没有出现过。我几乎不知道原来我还有父亲。

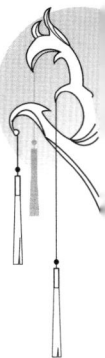

"后来母亲改嫁，我就彻底失去了安身之所。

"……我是想说，其实我对他们没有太多的感情。"他说话时，定定地看着走在自己面前的楚既白，停了下来，"所以东厂的权力不会让我有负罪感。"

"于是你选了一个傀儡。"楚既白淡淡地道，"你连皇权也想牢牢掌握在自己手里？"

"我不是圣贤君子。"闻霍将手背在身后，遥遥望着殿内慈悲垂眸的佛像，声音暗哑，"人有贪痴嗔，我也会贪心。以前我只想不被你抛下，现在我更想将帝王之位亲自捧到你面前——等我大权在握之后。"

楚既白已经拂袖进殿。

殿内余香袅袅，他并没有看向佛像，据说这还是闻霍的母亲曾经为他求过平安符的地方。对于神佛这些东西，楚既白的兴趣也始终很小，只是旁边有一间极小的解签室，他径直走了进去。

接待楚既白的是一位小沙弥，他双手合十，垂眉闭目："施主。"

随后推给了他一张纸："这是七殿下给您的信。"

楚既白接过来打开，声音很轻："小七还说了什么？"

"殿下说，如果您现在改变主意了，他们也可以随时撤离，一切以您的指令为先。"

楚既白极慢摇头："不，我不会改变主意。"

十二

两天前。

楚既白将七皇子给他的回信揉成一团，放在蜡烛上点燃，火苗瞬间吞噬了纸张。

"你和他决裂了？"闻霍坐在他面前，眉头紧皱，"为什么？"

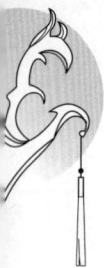

楚既白："果然我写的每一封信你都会看。"

闻霍没有反驳，他在细细思考那几封信中的字句，没有任何疑点。楚既白让七皇子从储君之位上退下来，但是七皇子并没有答应。这样的决裂理由似乎非常合理。

突然有人在他耳边低语几句，楚既白只听见一句"宫中召见"。闻霍没什么表情，只对楚既白说了一句"我出去一趟，这期间任何人来找你，都不要从东厂里出去。"

楚既白慢吞吞地应了一声，在闻霍离开后便继续下面前的半局棋，将闻霍之前执的白子杀得片甲不留。

有一种情况，就算闻霍有所防备，他也不得不出去。

圣人的圣旨由新封的储君亲自传来，楚既白前往东厂门外接受圣旨，平静地听七皇子宣读自己被贬为庶人的旨意。

两兄弟时隔多日第一次相见，气氛却比意料中更为冷淡。

"哥哥。"七皇子念完，便对楚既白唤了一声，"今日，二哥在宫中自缢身亡了。"

楚既白闻言手指抓紧，压下心中郁气："所以……一切都结束了？"

"是的。"七皇子说，"如果我背后站的不是闻霍，今日死的就是我。哥哥，我们都只是身不由己罢了。"

"身不由己？"楚既白笑了一声，"身不由己到你抢了哥哥的皇位？"

两人在大庭广众下起了争执，无数密切监视的眼睛被吸引过来，没有人注意到一队人马秘密上山。

当年旧党逃亡，最后削发为僧躲入了护国寺，从此销声匿迹。就是闻霍也想不到，这佛门清净之地，居然藏着当年所有失去踪迹的旧党余孽。

当为首之人拿着信物和楚既白的亲笔信敲开山门时，来开门的人就料到了，忍不住感叹一声："阿弥陀佛……当年大将军的确没有看

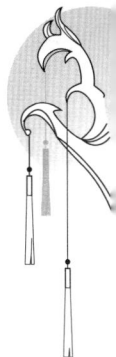

错人。"

冥冥中似有一双手将时间拉动，两天的时间如皮影戏一样飞速流逝，夕阳重新移动到无极殿的窗角，落在楚既白的手边。

楚既白低头，他发现自己刚刚为了遮掩信件，顺手拿起了一个平安符，从闻霍的视角正好可以看到。

他顿了顿，将平安符递到了闻霍面前。闻霍眼睛里有微微亮光，眼睛里全是楚既白递给他的平安符："殿下……"

随即而来的一句话，却让闻霍愣在原地："也许你应该出去看看，圣人那边已经三个时辰没有任何消息传来……你东厂的眼线们都去哪里了？"

十三

无极殿是一个三层高的建筑，依悬崖而建，仿佛纵云梯而上，每层都有半人高的矮墙，主殿中放着金尊佛像，左右一些十方罗刹像错落分布，宝殿内只点几盏红莲灯，灯光柔和，更显得菩萨慈悲。

阴影拉得极长，十分适合藏人。

只听一声风哨入耳，数道影子从阴影里蹿出来，刀尖直指东厂太监，一时间四周火把并起，悄无声息的杀招趁着混乱降临。

有经历过当年之事的宦官才能借着火光看清，这些刺客何其熟悉，正是那些在逃的旧党余孽。

今日圣人祈福，随行的宦官没有兵器也没有准备，这些人悄无声息地从各个隐藏的角落中蹿出，就算做不到将宦党连根拔起，也势必要重创他们，还朝堂一片清净太平。

日落前，楚既白在混乱中与闻霍分开，从天而降的刺客将闻霍困在密不透风的无极殿中，不一会儿大殿就变得一片狼藉。

楚既白在殿中寻找着闻霍的身影。闻霍不会那么容易死，他知道

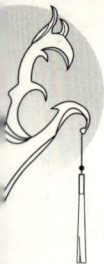

闻霍有功夫傍身，且本就是大将军之子，又是爬到东厂顶端的人物，想必旧党也奈何不了他。

而且他并不担心，因为一早他就交代过那些人，闻霍要留给他自己来解决。

终于在走到最高层的时候，他看到了楼梯上的血迹，以及虽然中了一刀，却依旧能靠墙站立的闻霍。他身边没有其他人，此时正双目沉郁地看着从楼梯上走来的楚既白。

"你现在知道，为什么我和你说道不同不相为谋吗？"楚既白轻声道。

闻霍的眼睛里暗火涌动，气极反笑："果然除了皇权你的心里什么都装不下了，我究竟何德何能，能让当年的你为了护着我而受刑？"

"不愧是楚太子啊。"他捂着潺潺流血的肩站起来，"好计谋，好手段，在我眼皮子底下，仅凭几封书信就布下了这个局。"

现在看来太荒谬了，什么决裂，分明是楚既白的障眼法，用密语隐藏了信里的真正含义。

"但我还是无法奈何你，没有人能杀你。"楚既白静静道。

闻霍即使负伤了，他的战斗力也不是楚既白能比的，一闪身便来到了楚既白面前，手臂横在身前，眼神凶悍地将他抵在墙上。

"所以……这几天我以为你打算跟我和好，其实都是骗我的？"

"是。"

"七皇子和你争执，也是你安排的戏份？"

"是。"

"你……如何能骗过我的眼线？"

楚既白忍着背后的疼痛，摇了摇头："多年前，旧党便藏在此处，将军临死前将信物交给我，只待某天他们重拾逝者遗志，继续为大楚清君侧。

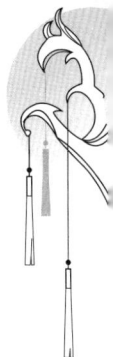

"我没有那么大的能力让这么多人躲过东厂视线，悄无声息上山。他们一直都在这里。"

"你这是在自掘坟墓！"闻霍低吼道，"圣人会怎么想？他难道会认为你是在维护皇权？维护他的血脉后代？不会！他只会觉得你要弑君才和叛党勾结在一起！你以后再也没有任何希望能夺回你的储君之位了，你会被罢黜、流放、彻底从天上跌进泥里！"

他抵在墙上的力度越来越大，楚既白吃痛，抬手打了他一巴掌。

这一掌力度轻得可以忽略不计，但闻霍还是从疯魔的状态中清醒过来，失魂落魄地后退几步。

他只能看见楚既白咬牙切齿地对他说话，嘴巴一张一合。可他耳边风声呼啸，仿佛被堵住了似的。

十四

闻霍和楚既白遥遥对视。风声夹杂着不远处交战的混乱声，闻霍眼中的惊异越来越明显。

"你现在……并不在乎被褫夺的太子之位？"

"对。"楚既白慢慢地走过去，在两人之间的某处地方站定，弯腰捡起地上遗落的剑，"太子是小七也好，是二皇子三皇子也罢，我都不在乎，只要皇权不被旁人掌握。"

"那你自己呢？"闻霍紧紧地盯着他。

"我不知道。"楚既白罕见地露出一丝茫然，但很快沉寂下去，"因为我不知道你的结局应该是什么，所以我留下自己来对付你。"

"……那么，你想怎么对付我？"

那把剑被旧党刺入闻霍的肩膀，然后才被他抽出来扔在一旁，剑锋上依旧闪着锋利的寒光。

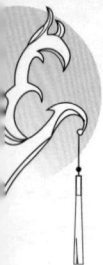

现在这把剑的刀尖正向着自己。

烟尘与血腥气顺着风吹来，楚既白握着剑，在闻霍越来越沉的目光中，将剑随手抛出了窗外。

他是旧党之子、东厂督主，是记忆里与他度过黑暗的"小雪团"，是将他拉下太子之位的仇人，每一个身份都是他，每一个都让楚既白无法动手。

悬崖上传来叮咚的响声，越来越远。

闻霍愣愣地看着楚既白，两人如今均是赤手空拳。

"督主闻霍落入悬崖，尸骨无存。"楚既白低声道，"废太子，楚既白，回皇宫等待圣人宣判。"

就让一切在今晚画上句号吧。

这就是他给两人选好的结局。

闻霍声音沙哑："你要回宫？接受圣人裁决？"

楚既白点点头。

闻霍上前一步："你又要抛弃我？"

楚既白一愣，他本想说自己并非这个意思，但最后还是保持沉默。

然而闻霍却在此时突然上前，紧紧抓住楚既白的手腕："我不允许！"

他的眼神孤寂又凶狠，如同孤注一掷的困兽："如果你没有其他选择，那就由我来替您做决定。"

十五

大楚六年，宦官之乱结束，有人在史书上记下了这浓墨重彩的一笔。

据说在这场斗争中最重要的两个人，事后在护国寺内消失得无影无踪，后来侍卫只在悬崖底部找到了一把沾血的佩剑。

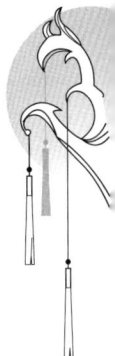

也有人信誓旦旦地说见到闻霍狗贼胁迫楚太子跳崖，也许两人早已尸骨无存。

最终七皇子成为储君，其余皇子均在宦官之乱中元气大伤，其中一人被太监投毒，一人被逼自缢。

大楚七年，在大学士的辅佐下，已经是太子的七皇子废除了东厂。

七皇子始终不相信楚既白已死。他坐稳了太子之位后，依旧在派人寻找楚既白的下落，顺便也……找一下闻霍，或许找到闻霍就能找到楚既白了，毕竟他们俩是一起失踪的。

斗转星移，他最后收到楚既白的信件，是在自己登基为皇的那天。护国寺的小沙弥敲响了入宫的大门，递给他一封信，里面还有一个平安符。

"唉。"已经是皇帝的七殿下垂头丧气，"如果当时，我早看清楚哥哥的打算就好了，不然我绝对不会让哥哥自己去对付闻霍。"

那个可恶的闻霍居然把他的哥哥给带走了！

那天在无极殿中，闻霍做的决定是两人抛下过去的一切前往青州，就当楚既白和闻霍两人已经死了，从此世上再也没有废太子和东厂督主。

于是那天夜里，他们一起离开了京城，没有告诉任何人。

"薛丙会在青州半路接应我们。"楚既白迎着风说话，声音恼火，"幸好你当时把薛丙放走了，不然我们俩谁也不认识路。"

谁能想到，堂堂东厂督主闻霍居然是个路痴。

虽然楚既白自己也好不到哪里去，但至少他分得清方向。

闻霍听出了他声音里的轻松，始终凝视着楚既白的背影，眼里深处的执念终于一点点消散。

他驱马上前几步，紧跟在楚既白身侧："没关系……路这么长，我们总能找到正确的方向。"

图书在版编目（CIP）数据

君臣有别/ 顾郸主编.

一武汉：长江出版社,2022.6

ISBN 978-7-5492-8291-3

Ⅰ.①君… Ⅱ.①顾… Ⅲ.①短篇小说－小说集－中

国－当代 Ⅳ.①I247.7

中国版本图书馆CIP数据核字(2022)第069059号

本书由天津漫娱图书有限公司正式授权长江出版社,在中国

大陆地区独家出版中文简体版本。未经书面同意,不得以任何

形式转载和使用。

君臣有别 / 顾郸 主编

出　　版	长江出版社				
	（武汉市解放大道1863号　邮政编码：430010）				
选题策划	漫娱图书　巴旖				
市场发行	长江出版社发行部				
网　　址	http://www.cjpress.com.cn				
责任编辑	罗紫晨				
特约编辑	姚轲馨　张项杰　唐新雅				
总 策 划	重塑工作室	开　　本	880mm×1230mm　1 / 32		
装帧设计	许　颖	印　　张	9		
印　　刷	武汉鸿印社科技有限公司	字　　数	228千字		
版　　次	2022年6月第1版	书　　号	ISBN 978-7-5492-8291-3		
印　　次	2022年6月第1次印刷	定　　价	45.00元		